姑
荻
鳥

姽婳●著

并

世纪文睿
Century Literature

世纪出版集团 上海人民出版社

目 录
CONTENTS

Chapter 1　惊魂圣诞夜 / 001

Chapter 2　催眠室中的黑色幽灵 / 017

Chapter 3　奇怪的夏天 / 029

Chapter 4　迷宫 / 042

Chapter 5　寻 / 055

Chapter 6　离异的人 / 067

Chapter 7　白天鹅之死 / 079

Chapter 8　荒凉的公墓 / 099

Chapter 9　鬼影 / 109

Chapter 10　幽灵之婴 / 119

Chapter 11　死神的召唤 / 138

Chapter 12　谜之黑洞 / 173

Chapter 13　神秘岛 / 217

Chapter 14　不要吵醒她 / 240

Chapter 15　谁是姑获鸟 / 299

姑获鸟的影子，游荡在每个倍受折磨的灵魂身后，哀歌！

惊魂圣诞夜

瞬间，一道白光刺痛眼睛。

午夜十二点。

上海，新天地，最高一层。

圣诞的礼花在夜空中绽放，璀璨炫目。

服务生脸上浮着倦意，看着人们举着酒杯狂欢。`

乐曲，歌声，美酒，笑声。

一年中最狂放的一个夜晚，最适宜肆意忘形丢掉过去的日子。

音乐突然停止，所有人一下子尖叫起来，男男女女们毫不客气地拿起桌上的酒杯和素不相识的人干杯，相互拥吻。

手中捞着半瓶古巴甜酒，身子晃悠悠地挂在阳台栏上，冷风将柔美的芭蕾舞纱裙撩起，从楼下向上看，顾夏初有如绽放在天际的一朵白色优昙。

抬眼，是绮丽华彩的烟火，在天空层层绽放。低头，脚下人头攒动，如一群盲动的野兽，为了虚无的瞬间即逝的欢乐虚耗着精力热情，将能量散发到无限的虚空，直到自己也化作一缕轻烟。

忽然，她的眼睛一阵刺痛，像无边的森林里看见一道星光。一个男子，站在脚下人群之中，正和他们一起仰望天上烟花。那张脸清晰地面向自己，好温暖。

她笑起来。那是一张前世就已经熟悉了的脸。一股暖流渐渐充溢全身，仿佛腹腔内被挖去的那一块血肉又回来了，稳稳地放在那里。不，不仅是一块血肉，是魂魄，小小的魂魄，在里面游动，它游动，带动了母体的魂魄也还了回来。

时间好长，等了好久，如丛林潜伏很久的野兽，与黑暗对峙，与时空虚耗，磨砺了牙齿和利爪，只为了这一餐嗜血吞骨。

她奔向洗手间，在闪亮的镜前长久停留，看自己的脸，片刻的陌生，恍惚间的迷恋。她好看，妩媚，令人惊艳，如同埋伏在某个黑色山洞转口的山鬼，让人惊鸿一瞥之后就不可自拔地爱上她。

我是谁？是沉睡多年等待王子一吻的公主，还是修炼千年挑战人性撕破伦理的狐狸精？不，都不是，我是顾夏初，柔弱的可怜的不知道前生后世的顾夏初。

夏初看着镜中的自己。发际的大丽花血一般红艳，在暧昧的光下魅惑招摇，冥冥之中的那个她说得没错，我终会等到他，不必再过孤魂野鬼的日子。

等着我，不要走，千万不要，我要抓住你的手，像以前那样紧紧地抓住，再也不放开。

夏初向电梯口奔去。

这是狂欢夜，电梯口也挤满了人群，夏初急于寻找一个出口。

这时，一个男生大喊着冲过来。

"你去哪儿？"

男生攫住夏初的手腕，趁着拥挤的人潮紧紧抱住了她。

厌倦有如霜打的叶子扑簌而下，夏初不回头也知道是谁。她努力挣脱，将手腕自他手上狠狠抽出，冷冷斜视那张脸："别这样。"

"我爱你！"男生大声嚷道。

这是一个高大却略显瘦弱的男孩子，看上去比夏初还要小的样子。因为年轻，所以爱得单纯炽烈，他对夏初的爱，更像是一个童真的孩子对母亲那样赤诚地依赖，甚至有些缺乏逻辑。

"景阳，你不要再缠着我啦。"夏初整理着被弄散的发，带着敷衍笑意。

"你不要总是逃避我，我会死的……"叫景阳的男生眼睛红了。他竭力要抓住那只手，但那手一如往常，璀璨的光下泛着阴冷。他偏执得将那手折回心口，仿佛要以真挚融化寒冷般哀绝地呼喊着，惹来一片奇怪的目光。

感到周围目光异样，男生迅速低下了头。他有一双细长的眼睛，苍白的面孔，眼神单纯，身上散发着孤来寡往的艺术气质。这样俊秀的男孩子其实是不缺女子青睐的，但他已经如同吸食了罂粟一般沉迷着夏初不可自拔。

这算是哀求么？夏初没有多想。暴涨的人流迫使电梯停运，她迅速闪进黑暗的步梯入口。

眼看那身影瞬间消失在黑暗之中，男生绝望了。

"……你去哪儿？我和你一起去！"

没有回应。

他加快脚步紧跟着冲入那黑暗之中。

一片黑暗，令人窒息。

没有顾夏初的影子。

犹如受伤的野兽执意要从黑暗的丛林寻找出口，他一层层地向下冲去，寻找顾夏初的身影。

忽然他看到一缕荧光，微白的荧光从下面反射过来……

华唯鸿看着焰火，恍若看到天上的神。

不知从何时开始，他不再开心地大笑，即便是周围欢呼的声浪一层高过一层，他的眉眼之间还是掩不住的寥落与忧伤。

人们兴致勃勃，一张张面孔幻作烟花般的五彩色，服过迷幻剂般拍手欢呼。这种兴奋可以缓解人心深处的煎熬，但兴奋过后还是空虚。他最怕的就是狂欢过后的冷寂，还不如悄悄离去，趁着这狂欢还没有结束。他裹紧外套想要脱离这喧嚣，身后却传来轰响。

烟花最绚烂处，一个人自顶端直坠下来，抛物线般在空中打了一个流利的光影，接着是巨涛拍岸般的一声闷响跌到了地上。

"有人跳楼了！"

受惊的人群"哗"一下散开，又"哗"一下潮水般涌去将死者围在了圆心，形成一个水泄不通的半圆。

华唯鸿身不由己，一会儿被推开一会儿又被推上前去。进退之间，他看到了坠楼人的那张脸。

他趴在那里，手脚都生硬地向后别去，血肉模糊处森森白骨也露了出来。血自他的鼻口缓缓淌出，被天空停不下的烟火映作了诡异的五彩色。

紧接着是刺耳的警笛声，来得如此迅速皆因这是狂欢夜，警察们都不敢懈怠。他们本就守候在侧以防有变。

现场迅速被警察圈定，围观的人群也被隔离开，只有一个人被带到了死者身边。

仿佛事情发生太过突然，她脸上还是惊怖的表情。似乎不忍心看死者的惨状，她双手掩面无力地跪倒在尸身旁，轻声饮泣着。

"小姐，请节哀。"警官王重光一边在勘察现场维持秩序，一边安慰。

空中忽然传来此起彼伏的嚓嚓响，跪在那里的女子察觉到异样，不自觉地仰面看向了人群。一道道蓝光在诡异地闪烁，大众把这惨剧当作圣诞夜罕见的点缀，举起手机向她和身边的那具尸体狂拍。女子心一颤，那张脸在无数闪光下变得更加惨白清晰了，她正是顾夏初。

夏初抬手遮住自己的脸，那些光让她的神经难以自控地紧张，一波一波袭向心脏。

"是我的错，是我逼死他的。他说要自杀，我没想到他真会这样……我眼睁睁看他从我眼前跳了下去……现在说什么都晚了！"

坠楼者是那个男生景阳。

围观者中有人更嚣张，趁警察不注意，摆出比记者还要霸道的姿态冲向了景阳的尸身，从不同角度抓拍更多血腥镜头。

"你们太过分了，请尊重死者！"华唯鸿试图阻拦那几个抓拍者，但是没用。眼看尸体马上就要被运走，那些人将他冲到了一侧，手远远地伸了出去，相机咔嚓咔嚓不停。

真是个道德空前沦丧的年代。

一身制服的王重光警官当街一站，摆出北方男人的粗野派头，雷鸣般大吼着："操，是人么？走开，快走开！"

那几只犯贱的手都讪讪缩了回去。

华唯鸿松了口气要转身离开，双脚却被束住了。他低头一看，一双手正紧抱着他的双腿，是那个哭泣的女子。

"帮帮我……"像是地底下传来的声音，又好像来自遥远的天际，他的心堤有瞬间被水漫过的荒迷，那是一双黑蝴蝶般摄人心魂的眼睛。顾夏初力不能支，快要晕厥，把他当做了一棵救命的稻草。

"怎么回事？"一名警察凑过身来。

"她可能是受刺激了。"华唯鸿扶起了夏初。

"放下，不用你。"一双粗壮有力的手臂拦住了华唯鸿，重光公式化地命令着："带她到警局去。"

"她已经昏过去了！"

"我们有医生。"

重光说着，和一名法医抱起夏初向警车上去，人群终于一哄而散。

剩下的人开始处理现场遗留的血迹，白色石灰洋洋洒洒覆在了上面。

华唯鸿看着那若隐若现的一个人字，仿佛置身于一种空前绝后的时间境地。

上海的夜晚除了闹市区，大部分区域都宁谧且有着妩媚之处。

华唯鸿住在淮海路附近的一条分支。这里还是旧时弄堂模样，窄小的单行线马路，路边是两排高大的法国梧桐。

走在路上，有流浪猫从草木茂盛的花园里面蹿出来趁着夜色仓皇逃去，行迹诡异令人心惊。

华唯鸿回头，忽然觉得今夜与往日不一样。那些高大的树木和长枝月季构织成一张巨大的黑网，在他身后投下令人压抑的影子，仿佛有人在暗中监视且跟随他。

他加快脚步走了一路，最终在一幢法式旧楼前停下。这楼更是死寂，若不是有深夜晚归的妇人从格子窗里面伸出白细的手臂去正收那晾着花花绿绿衣服的晒衣杆，路过的人会觉得它毫无人气。

华唯鸿小心翼翼地上楼。上次晚归，他的皮鞋声让隔壁一个神经质的老太太大发雷霆。上海老女人的语言天分足可一人舌劈八国联军，发起牢骚来是杀伤力巨大让人深恶痛绝的。他因那一次教训便格外小心，像一只夜猫悄无声息地潜回家中。

坐在沙发上打开电视，看着越来越流俗的电视节目，忽然觉得这是一个心惊且无聊的圣诞夜。他起身打开酒柜，喝了很多的酒才昏昏入睡。

睡前，他眼前又浮现起那双黑蝴蝶般迷人的眼睛，带着些许迷幻哀愁和多情，仿佛内心中有着水母般极为柔软和敏感的部分，等他去触摸。他恍惚，这双眼睛在脑海中挥之不去，甚至让他对这次死亡事件前后的原委没了兴趣。

夜晚，他做了一个梦。自己仰面躺在巨大的蓝色天幕之下，身下是无边的浩瀚海洋，泛着幽蓝的波光。因被包在一个巨大的水母状泡泡之中，他感受不到天地虚无的惊恐。那泡泡是海水般的浅蓝，极美，极柔软，抬眼可见星星们在天空中呼吸般散发着宝石般的蓝光。他将背脊和膝盖屈成一团，恍如子宫里的婴儿一般均匀地呼吸，安然入睡。就算是在梦中，他也清楚地知道，自己好久没有睡得如此安稳。除了满天的星星，一双蝴蝶般的眼睛正透过那薄如蝉翼的蓝色水母凝视着他，依稀有一个女子的声音在头顶萦绕："孩子，你终于回来了……"

第二天早上起床，他耳畔依稀还回荡着那些声音，很美丽的一个梦，想到这里便微笑。那个柔美的女声是谁呢？像是幼时母亲哄他入睡的声音，但又不像……忽然他心底一凉，莫名的恐惧上来，他本能地遏止自己想下去。

他跳下床去推开窗户。一股潮湿的空气混杂着楼下各种早点的味道，甚至还有说不清的草木香扑面而来，真是久违了的上海的生活。

他刚从美国回来不足一个月，放弃了那边薪酬优渥的心理医生工作。因母亲今年得了两次大病令他揪心，且她又执意不肯离开家里那栋老屋，到千万里之外的美国，因此他只有屈从，应了老师的邀请回来工作。上海离家乡虽然足有几个小时船程，但这让他安心，可以尽得为人子的本分。

幼时的华唯鸿在上海是有过几年好时光的，只是后来不知为何母亲又要迁回老家，为此他哭闹了很长时间。好在小孩子天性顽劣，当他发现乡下的野外生活比上海的弄堂更有趣更自在也就渐渐忘了这些。

现在他闻到了那种久违的上海老弄堂特有的市井味道，就像打开童年的那扇门，他又站回到原来那个纯真世界的门口。

耳畔是他小时候常听到的那种喧嚣。过不了多久，太阳当头的时候便会人声鼎沸，有热闹的集市吆喝和车水马龙的嘈杂。他急不可待地冲下楼去，要去街拐角那家小吃店。

小吃店是这条弄堂的一个奇迹，它的身影在华唯鸿的童年中便存在。二十年过去，它依然守候在街角静静地等他的归来，仿佛时间没有在它身上留下任何痕迹。

生煎馒头，排骨年糕，小馄饨，牛肉粉丝汤，没有一样不是老味道。他要了一碟生煎馒头坐了下来。

耳边全是絮絮叨叨的上海话，因为久违的亲切反倒不觉得鼓噪。叠在桌上的报纸，是前面客人留下的，看过三分钟，忽然兴味全无，在报纸不起眼的一角刊着一则新闻——《音乐天才圣诞夜上演殉情惨剧》。

新闻所述就是昨夜之事，跳楼自杀的死者名叫谢景阳，是上海音乐学院即将毕业的高材生，四五岁就登台演出，十几岁就会创作歌曲，杰出的青年小提琴家，拿到的音乐奖项多如牛毛云云。但整则新闻似乎刻意回避了死者的死因。

忽然他心中一沉，景阳？景阳！这名字好耳熟，好像哪里听过，哦，天啊……记得去德国的那一年，年近五十的导师带着他的儿子送自己去机场，那个小子在自己身边转来转去顽皮可爱，导师那时候就叫着"景阳，景阳——"，难道是……他不敢往下想了。还有那个女子的眉眼，华唯鸿的眼前又浮现出那双眼睛。那双眼睛就像磁石般牢牢吸引着他，不单是美丽吧，应当还有别的什么，深沉的，黑暗的，类似于海底浮藻类纠缠的东西，幽怨的，凄冷的，近乎被冰冻的，伤痕累累的，熟悉的，曾经缠绕过自己心灵的，那些说不清楚的……华唯鸿不愿意再想下去，他抬起头来看向窗外，法国梧桐的叶子在阳光下闪着绿油油的光泽。这是美好的一天，你还怨抑什么？

是，他是心理医生，但他也是人，甚至还一直沉浸在忧郁当中。好在因职业的关系，他比一般人懂得如何自我治疗。导师曾告诉他：每天晒上十分钟的太阳，你的心理疾病将不治而愈。他深以为然，并且一直坚持着。否则现在的他是什么样子，他实在不敢想象。但，无论在国内还是国外，黑夜降临的时候，梦魇常常不请自来。他希望将来有一天能够不必为稻粱谋，轻轻松松地去国外旅行，希腊或者夏威夷，彻彻底底地给心灵放一个长假。

正想到这里，饭桌上的手机震动起来。

凌晨六点，重光在问讯室里面已经陪对方做了六个小时的绕口令。

隔壁办公室的电话铃声此起彼伏震人耳鼓。重光点燃了一根烟，皱紧的眉头暂时放松下来。

他言辞冷峻，话语之间布满陷阱："夏小姐，死者的亲属都不相信他是自杀。作为案发时唯一在场者，你是最可疑的嫌疑人。"

"景阳是被我害死的，他是被我害死的。"夏初面色苍白，喃喃自语着，"他是被我害死的……"

"受不了，"重光内心叹了口气，重力挠挠头，"反反复复就这一句！"

正在做笔录的蔡渺渺抬眼扫了一下自己的上司，眼神中也是无奈。她不过二十出头，刚从警校毕业，与老成持重的重光相比，脸上挂了太多的稚嫩和天真。这次陪审问讯熬了一整夜，眼睛下面也显出一圈淤青。

夏初也一样，眼睛早已黯淡无光，像一只被惊吓过度的小鸟啼声凄惨，每问一句话都可能刺激到她内心引发她的一声抽噎或哀泣。

不能被对方所迷惑，毕竟死的是一条鲜活的生命，要探知到真相只有强迫自己按良心做事。重光反复提醒自己。按理说夜晚犯罪嫌疑人的心理防线较为脆弱，抵抗意志弱，容易招认。经过这么长时间的夜间问讯还是毫无进展，而现场几乎没有留下什么痕迹，从死者的坠楼姿势和顾夏初的口讯来看只能初步断定是为情自杀。想到这里，死者脑浆迸裂肢体僵硬扭曲的场景又浮现在他眼前，重光重重吁了口气，那家伙真是个傻瓜，要殉情也不知道死得好看点。

"就到这里吧，"他推开身下椅子，向顾夏初道，"委屈你了，你可以回家了。"

忧伤失神的夏初用纸巾捂住嘴巴的呜咽，无力地站起来。她转身那刻颇为茫然，仿佛已经失去方向感，不知道该从哪里出去。重光颇绅士地揽过她的身子为其推开门，做出一个请的手势。夏初这才向重光微微点头道别，走了出去。

"头儿，你真相信她是无辜的？"

"你觉得哪里可疑？"

渺渺茫然地摇摇头："哪里有什么可疑嘛！她那么漂亮，也难怪会有人为她自杀，"说着，她极为失落地叹了口气，紧接着向后伸展身子打了一个大大的呵欠，"唉，我要是有这么漂亮该多好……"

"扯淡。呵呵，这就是女人，永远不要和她们谈什么逻辑，一堆没头脑的花瓶。"重光暗自苦笑，怎么办？死者家属是有来头的，上头责令要严查此事。

操，再查也是这个结果！他干脆闭上眼睛不想了，正要歪在椅子上沉沉睡去，外面却忽然爆发出一波喧嚣的声浪，紧接着是凄厉的哭喊，他吃了一惊。

蔡渺渺反应极快："是不是出事了？"

就在方才，顾夏初刚走出问讯室的时候，一群人迅速围拢过来，黑压压若鸦群。

"是她，就是她害死景阳——"那些人七嘴八舌，对她指指点点大声咒骂着。

"你这个狐狸精，欠收拾的！——"喧嚣声浪中蹿出一声嘶吼，一个体态臃肿的女人冲出人群向夏初扑去，紧接着就是几记响亮的耳光。

夏初快要晕过去。她已经很疲惫，极度的惶恐让她没有半点力气。捂着嘴角溢出的鲜血她跌倒在地，却一声不响。

风暴才刚刚开始。

那女人狠狠揪住夏初的头发控诉着："狐狸精你不得好死！勾引我儿子还害他死得不明不白！"

女人是死者谢景阳的母亲姚桂云。丧子之痛令她极度疯狂，如非洲原野上的犀牛般咆哮着撕咬着，恨不能手足并用将夏初活活撕碎。

可怜的夏初头发被揪住，腿也被踩在地上，身子被好几双手按在地上骤雨狂风般地暴打，只有伏在那里发出低低的哀鸣。

重光连忙冲过去："这是公安局，谁让你们乱来？！"

"公安局怎么了？我上面有人，一个指头就捏死你。"一个人阴冷地站了出来，挡在了重光面前，"你们这些公安越来越不像话了！能不能凭良心做事？为什么要放她走！？她要对我儿子的死负责！"

重光气得血涨脑门，他不明白这一群人怎么就被轻易放了进来，众目睽睽之下还能如此嚣张对一个弱女子大打出手，而周围的同事竟可以视若无睹。或许对方说得没错，他们上面的确是有人，但重光是怎样的人，没等对方说完就一个肘撞把他揉到了一边。

那人被他撞得差点仰面跌倒在地，这下可激怒了周围的人。紧接着就有人冲了上来，对着重光就是狠狠一拳。重光挨了重重一击，眼前顿时金花四射。他格斗经验丰富，怎么也没想到自己会被偷袭。回头一看，一个三十岁左右的男子一边扶着那个跌到一边的老者，一边瞪眼看他："你疯了，对这么大年纪的老人动手？"

那青年男子正是华唯鸿，原来说话的那人是他的导师，死者谢景阳的父亲谢永镇。

重光摸了摸红肿的脸颊，愤怒道："我疯了？你们才疯了！这么多人围攻一个女孩子！"说着他用身体拨开那些人，一手拉开姚桂云一手拽起了夏初。

像被狂风蹂躏过的蝴蝶一般，夏初的裙子都被撕碎，脸上臂上全都是擦伤。她拾起一只被踩掉的鞋子扶着墙壁慢慢站起来，白墙上落下殷红的一个手印。

"看你们把她打成什么样子？就算她是凶手，你们也没权力这样做！"华唯鸿显然是初来乍到，看到夏初那副样子也呆了一呆。

大家居然都是静默。

夏初没有回头，她散着发一步步向外挪去。

"不能放她走——"

姚桂云歇斯底里地喊着，如果不是华唯鸿及时抱住了那臃肿的身躯，她又要向夏初扑咬过去。最后她索性坐在了地上捶胸顿足，撕心裂肺地哭起来。

"师母你要冷静。"

"小华，你说景阳没理由自杀的是不是？他怎么会这样呢？我真的接受不了——"谢永镇看着崩溃的妻子无力地咕哝着，他是上海最有名的精神病学专家之一，某大学精神病与精神卫生学博士生导师，此刻却像个孩子一样茫然了。

"她怎么能这么狠呢？不管是谁看到景阳跳楼都要拉一把的是不是？她怎么能这么狠呢？华唯鸿啊，我就是打死她也不解恨啊，再怎么样景阳也活不过来了呀！我和你老师养他这么大吃了多少苦费了多少心啊，这可让我怎么活啊？"姚桂云哭得撕心裂肺。

此刻的夏初成了众矢之的，"狐狸精"、"婊子"、"害人精"之类的字眼犹如刀枪剑戟一般扔在了她身上，但她连争辩的力气都没有。那么多张嘴诅咒着暗骂着，争辩又有什么用呢？忽然，她停住了脚步回头看去，那双原本黯淡的眼睛陡然黑亮如星，直面每一个人。

这眼神很突然，所有人都不说话了，仿佛觉得有点不对头。

她缓缓看向姚桂云想要说什么，嘴唇哆嗦着努力半天却一个字也吐不出来。她又看向谢永镇，目光又变惨淡了，接着，那目光越过了两个老人停在了华唯鸿身上。哦，那双眼睛，她的心忽地一颤，那个人正看着她。

华唯鸿不明白，为什么这女子看自己的眼神总是那么奇怪。

"你相信么？"夏初面色纸一样苍白，无视那些布满愤怒与仇恨的嘴脸，仿佛只对着华唯鸿一个人轻语道，"我是杀人犯。"

她忽然凄凉地笑起来，那笑有着意味深长的惨烈和讥讽，倒真是散发着猛兽嗜血之后挑衅与满足的意味令人心寒。空气中有着一股诡谲的气息在弥漫。这笑不合时宜，再度挑起了一群暴民的质疑和愤恨，华唯鸿的心也悬起来，或许景阳死得没有那么单纯。

一行泪水轻轻滑落，她哀怨地看着华唯鸿，看得华唯鸿都很奇怪，那感觉就像自己倒是负过她的故人。

众人都惊愕。

只见夏初凄笑着，身子晃了几晃便软软滑了下去。

"她昏过去了！"最先冲过去的是重光，他扶着面色惨白的夏初，"顾小姐，醒醒！"

夏初双目紧闭，泪水却源源不断滚出来，软软道："我没事……"

"她到底怎么了？"

"我……我看不到了！"

"什么？"

"我眼前一片黑暗，什么都看不到了！"夏初说到这儿，忽然像孩子一般捂住了双眼放声大哭。众人面面相觑。

"怎么回事？"

"还犹豫什么，送医院呀！"蔡渺渺在那里喊了一声。

"好好的怎么会失明呢？"重光嘀咕着。

"演戏博同情吧？这女孩子真他娘的狡猾。"人群中传来这样的窃窃私语。

谢永镇的脸罩上一层阴雾，但他站在那里狠狠咬着双唇一言不发。华唯鸿看着自己的导师，想说什么却又暗自咽了下去。正在这时，谢永镇忽然叹了口气，竟转身默默走了。

华唯鸿推开人群向夏初走过去。

"夏小姐，我是华医生，"他在她面前蹲了下去，"你听得到我说话吗？"

夏初气息微弱地点了点头。

"你的眼睛之前受过什么创伤吗？"

华唯鸿的提问让重光心内一动，莫非顾夏初和死者生前产生过什么身体上的争执？

"没有。"夏初哽咽着。

华唯鸿将手轻轻放在了她脸上，颇具职业性地将她的眼皮翻了翻，冷静地审视一番："其实你的眼睛根本没有问题对不对？"

"喂，你搞什么？！没问题她会看不见啊？！"重光粗声道。

夏初紧咬着双唇哆嗦着，她的全身都在发抖："我……好冷！"

华唯鸿小心地伸手，一手紧抱夏初，一手轻放在她眼睛上："放松，这只是错觉。"

"可是，我的确什么都看不到了！"夏初双手抱住头部尖厉地哭喊着，"怎么办，我要死了！景阳的死是我的错，或许我就该死！"她泪水崩决哭成一团，"我也不想事情变成这样，如果可以弥补的话我愿意用自己的生命来赎罪，我愿意去死——"

夏初的失常让所有人都呆住了，尤其是她在华唯鸿怀中拼命挣扎，大睁着双眼，双手竭力抓向空中却什么也抓不住的样子真是令人生惧。

"请冷静！"华唯鸿将那挣扎的双手紧紧按住，"昨天晚上的情形我也看到了。我相信那不会是你的错，警察不是已经放你回家了吗？你放心，误会慢慢会解除的。你一心求死有什么用？如果景阳看到你这样痛苦他或许会更难过……"

华唯鸿温言劝说，竭力让顾夏初冷静，倒是王重光有些不明白了。他的半边脸已经肿胀，还在隐隐作痛。眼前这家伙刚才还给了他狠狠一拳，现在又说出这样的话，他到底是哪边儿的？

戏演到了这里就没了看头，虽然让同类受到公审令自己的动物性阴暗本能得到发泄以致赢得快感是他们惯有的卑劣，但夏初的崩溃着实让看客们心情寥落，除了那些还要做做样子的人，大都已悄悄退去。走廊上静寂下来。

夏初的哭声时高时低。

"如果你愿意，我现在就送你去医院。"

"喂，你要带她去哪儿？"重光满腹狐疑。

"去医院。"

"你是谁？"

"我是精神病科医生，她可能是心因性失明。"华唯鸿从怀内掏出名片。

重光扫了一眼，难有敬意地回敬："头衔挺多。"

"头儿，让我去吧。"蔡渺渺站了出来，紧随华唯鸿向外走去。

华唯鸿抱着夏初急匆匆向外走着，他忘记了身后有一个人正心情复杂地看着他。姚桂云早就停止了哭泣，恨恨地看着眼前的这一切，当她看到华唯鸿将夏初抱起向大厅门口走去的时候，心头有了异样的感觉。这孩子真是太善良了，而那个小婊子她又想要什么新花样？难道她害死了景阳还不够，瞬间就把华唯鸿给蛊惑了？

她狐疑地看向自己的丈夫，只见谢永镇面色灰白，杵在那里竟然一丝阻拦的意思都没有，反而哑声对身边的助理道："给她安排康德最好的病房。"

姚桂云几乎以为自己听错了，瞬间她又悲从中来，仰天嘶嚎道："景阳啊，你真是瞎了眼睛投错了胎啊，你死得太不值了呀——"

催眠室中的黑色幽灵 Chapter *2*

我曾在黑暗中走了很久，

直到遇见你，

眼前亮光一闪，

终于又重回人间。

夏初昏睡了一夜，再次听到有人唤她的名字是在清晨。

窗外的花草早就醒了，无形的肢体在空中到处游荡，留下露珠般清甜的香气。不知名的鸟儿在园深处欢快地叫着，催醒她失去知觉的肢体，令其渐渐复苏，随着庞大的世界一起运转。

她头脑昏沉，努力睁开眼睛。过去的记忆若巨大的黑白影照挡住了她的去路。她寻找、探寻，看到的依旧只是一片黑暗。

昨晚的嘈杂和混乱还残留着若断若连的声线渗入她的脑海，那是一些不连贯的没有次序的事物，就像没有画面的声像将她时刻要脱壳的魂灵拽回现实之中。

有冰冷的器械贴在胸口，"心跳正常。"

虚幻的白色光源，像在天堂口，她看到笼罩在一片圣洁光泽之中的

催眠室中的黑色幽灵

白色天使。

"眼睛没问题……"一个轻柔的女声。

"看来我的推断没错,是心因性失明。"是谁的声音?飘渺又沉重,一缕缕灌入心脏,冰冻窒息的胸口有了水滴融化的声音,她轻呼出一口气。

那人轻握她的手,"你看,夏小姐,你的眼睛一点儿问题都没有。"

"我不姓夏,我姓顾。"

"哦?呵呵,抱歉。"

"华医生,你能记住我的名字吗?我叫顾夏初。"

"哈哈,当然。像顾小姐这样美丽的女孩子,我可是过目不忘!"

周围一片笑声,有一个冰冷的女声:"现在就开始吗?"

那女声像来自外星球堆积的冰山,她不由自主打了个寒颤。

接着是那个温暖的声音:"让顾小姐好好休息一下吧。"

手心忽然没了温度,她心一悬,随即一股温暖的气息贴近耳边:"相信我肯定会让你很快好起来。"

那声音带着一股淡淡的消毒药水的味道,还有若隐若现的香。那香携带岁月的沉积,或许来自某个不知名的岛屿,是一大片白色雏菊开在荒芜的山坡上散发着热烘烘的香气,细白的沙子在海水冲刷下潮湿又温暖的味道……对,是那种香。

有这种香的男人必然有着温润的眼睛,宽厚柔软的唇和可依赖的肩膀。

她的手指微微颤动,恨不能像牵牛花的须蕊那样迅速绕上那个人的脖颈。不,不要贪恋这种香气,它是嗜血猛兽迷惑路人的诱饵。当你沉浸其中,那蓄势已久的利齿和寒光四射的眼睛就会从暗中一跃而出咬断你的咽喉。当你成为一堆血肉淋漓的尸骨,它早已抛下你的残骸消失在命运的交叉路口不知去向。

空气中传来凄厉的呼啸，是风声涌过怪石林立的峡谷吧?！听，尖锐的风声，仿佛来自地下的某个洞穴，抑或空旷的海域，带着海水的腥咸血的潮湿，心底瞬间豁开一道沟壑，血水从伤口处汩汩流出来……是谁发出疼痛的叫喊? 那是无人可以听到的痛苦的呻吟。哦，停止吧!

眼中有一滴泪轻轻滑落。

她不知道自己躺在那里的样子，是水晶盘中奄奄待毙的金鱼么? 金鱼应当放在鱼缸里的，不需要多么精致的鱼缸，只要注满水让我活过来。谁是我的水呢……水，冰冷的水，真的能拯救垂死的金鱼么? 不，我是一条被淹死的金鱼，被仇恨和怨艾淹死的金鱼呢! 想到这里，她的心口就是被撕扯的痛。

因为看到了就痛苦，听到了就痛苦是么?

那个人远去了。静寂。陷于黑暗之中倒真是一种超脱。

她这么想着压力减轻了不少。哦，以后的世界真的只有我一人了呢! 再也看不到任何人类的脸。看到又如何呢? 每个人的脸都藏在自己的内心，你看到的永远都是不真实的。明知道不真实却有依赖和期待，否则就会觉得无所依托。呵，人生真是一个充满魅惑的邪恶骗局。

走吧，走吧，一个轻柔的女声响起。

像是有一双手轻轻托住了自己的脸，她抬头，看不到阳光。一具柔软的躯体轻轻从后面环抱住了她。她没有抗拒，埋首在那个人的怀里，温暖，温暖得快要睡去。

来，来，跟我来，一个稚嫩的童声从天际远远传来。空中有一只巨大的风车掠过，伴着女孩子的咯咯笑声，一群鸽子倏然而起，划出流星般的白色光影。多么美丽的画面啊，她努力瞪大眼睛，却困在黑色的死寂之中什么也看不到。

陡然，那个冰冷的女声砸破了她的耳朵："二号床起来了！"

她的心不由得又缩成一团。

这天早上，在医院的精神病科诊室里，华唯鸿正努力使一位病人开口说话。

病人原本是被拒诊的，因每次他都是一个人偷偷地来，来了却一言不发，几次下来使得他成了医院不受欢迎的病人之一。华唯鸿刚回国，病人的这种奇怪举动倒让他有几分好奇。但这次病人依旧一如往昔，仿佛在与医生对峙一般将那张脸藏在了两膝之间。那弯曲的姿态令人想到埋身沙漠的鸵鸟。

时间已过去一个小时，对方窝在那里还是没有开口的意思。他需要时间，华唯鸿提示自己要忍耐。病人的这种反常的沉静下面往往是在做着激烈的内心挣扎。

"还是不想说吗？"

"唔……"

那张脸慢慢抬了起来，是一张稚气未脱的面孔，眼睛黑亮澄澈，看上去是个可爱的男孩子。

"到底是什么样的烦恼呢？说来听听。来，看着我。"

男生用力搔着头发，快要哭出来的样子："谢谢你医生，我想我必须要说了。这里的医生没有一位像您这样对我这么好。他们不止一次把我轰了出去，还说我是存心过来捣乱的坏学生。我现在真的很烦，每天情绪都很低落。"

"为什么？"

"唉，想想真的好奇怪啊。我之前一直都是很开心的。大概是我读高三以后快要高考时，我每天都很焦虑。突然有一天，我看着自己的书房觉得很异样，有了一种飘离的陌生感。"

"哦?"

"看着眼前的一切我忽然产生了好多疑问，这个是桌子，这个为什么是桌子呢？为什么就不是冰箱？为什么这个是彩电？为什么这个就不是桌子呢？其实我也知道它本来就是桌子本来就是彩电嘛！但脑子里就会不断地提问。为了停止这种恐慌，我必须要制定一套答案努力说服自己，安慰自己说'这个本来就是桌子，它是木头制造的一种工具，哦，为了满足人类需要而产生的，当然它也可以是椅子或者床，但绝对不会是彩电或者冰箱，因为材质不同嘛，这个无法改变，任何科学或自然道理都可以证明它是桌子……'但随即我又会想，为什么我讲的这个答案就一定是对的呢？然后我又去想这个答案的正确性，一旦想通了，那心情比中了五百万还舒服。要是想不通那就真的太痛苦了，我的大脑就会不断地提问，像一个人在我耳边一直一直不断地敲钟，无法阻止地去想这个答案的对错性，无法正常地学习和工作，反正就是这种类似的问题一直困扰我到现在。还比如，这道题目是对的，为什么它就一定是对的呢？然后我会去好好想因为它是经过科学证明推理以后本来就是对的，这个是我想的答案，我又会去想，为什么我想的这个答案就一定是对的呢？……我真的是太痛苦了，虽然外表看起来和正常人一样，但是内心总是不断在打架，我已经有女朋友了呢，真的不知道该怎么面对她！她会不会把我看作精神病呢？"

"呵呵，你有强迫症的倾向，但和严格意义上的精神病相比，危害性微乎其微。在我这里，你这种心理疾病就好比小小的感冒根本不算什么。"

华唯鸿脸上挂着职业性的微笑。时间一点点过去，他不止一次失神，有个人正沉寂在黑暗中，他很想去看她。

突然走廊上响起杂乱的脚步声。

一个身材高瘦的女子气势汹汹地向这边过来，大力推开房门："华医生，华医生！"

推门的人叫李宛冰，年约四十岁，两只颧骨高耸撑起一张黄而皮包骨的脸。在华唯鸿眼里，几乎全世界所有的女人都可以比作灵性的花朵，不管她是年轻通透还是苍茫暮年，总有一朵花适合她。但对于这个女人，他实在不知道该怎样形容。她手脚关节粗大，像一截截粗笨的原木拼接打造而成，但整体看上去却又觉得那高挑的身体奇瘦，像是一只身材怪异的猫头鹰。这只猫头鹰有着理性独断的思维，是国内屈指可数的戒酒专家之一，谢永镇得力的手下。

"怎么回事？"

"真是见鬼了！"

"哦？"华唯鸿内心有了不好的预感，是那个顾夏初吗？他身子动了一动，但还是忍住了，"李主任能不能稍等片刻，我还在坐诊。"

李宛冰早就看到了那个一脸惊惶的男生，撇了撇嘴："还等什么呀，让这个小崽子滚出去！"

男生战战兢兢地站起来，嗫嚅道："阿姨，我——"

"谁是你阿姨，快滚！你个小骗子！"李宛冰吐着口水就将男生推推搡搡地赶了出去，临了还不忘补充一句，"杜小麦，别再让我看见你！"

华唯鸿倒吸一口冷气，有些不高兴了："你这样是不是过分了？"

李宛冰满不在乎地把那把椅子向前一拉，和华唯鸿面对面地坐下："告诉你吧，这小崽子根本就没病，他谎话连篇拿我们这些医生寻开心呢！"

"什么意思？"

"那些病症都是他自己想出来的。他这次来是这样的病，下次来又变成那样的病，每次来都不一样，你想想呀，精神病哪里是那么容易得的！一个小孩子又怎么会有那么多复杂的精神病症状？他把想象力都用在考验我们医生的诊断能力上了！臭小子，下次你再来发神经就把你关起来！”

杜小麦根本没走远，正贴在窗户上津津有味地看李宛冰发牢骚，他知道她在说自己，内心说不出的兴奋，冲着里面做了个鬼脸，兔子一般跳开了。

“好了，华医生，你听我跟你讲顾夏初那个丫头吧！真跟见了鬼一样，我现在心里还怦怦乱跳呢！”李宛冰说到这儿还煞有其事地按住了胸口，仿佛里面那颗心脏随时会蹦出来。

事情的经过是这样的。

早上，宛冰将顾夏初叫醒之后便开始实行催眠疗法。这是前夜几位医生在给夏初做过检查初步定下来的治疗方案。催眠自西方引进之后颇为盛行，应用于现实病例之中也证实疗效显著。

当时，夏初躺在柔软的病床上。为了让她舒适放松，只有宛冰一个人待在了房内，以保持绝对的安静。

窗帘都是半掩着的，光线柔软适度将整个房间笼罩成浓浓的暗黄色。

宛冰的声音虽然不够亲和但透着一股权威，像刚劲有力的钢琴音一般具有金属质感的渗透力，那些依赖听觉对医生有极高期望希望摆脱黑暗的病人常会不自觉地被震慑，受其引导摆弄，这也使得她催眠成功的案例比率颇高。实际上如果不是考虑到顾夏初身后复杂的纠葛关系，作为一个成绩斐然的精神病科主任，她是不需要亲自出面的。但如果不是后来对方的失常，她也绝对不会认为这次催眠与往常相比会有多么诡异。

“将你的手平放在身体两侧，交叉放在胸口也可以。”

"有没有感到眼皮越来越沉？"

"放松了吗？"

"完全放松了？"

"有没有感到手部很温暖？"

宛冰一步一步有条不紊地暗示着，一边暗中观察夏初的表情变化，除了细微的呼吸，夏初始终没有发出任何声音。

宛冰的声音也越来越低，越来越轻。为了确认对方进入完全的催眠状态，她轻轻翻开了她的眼皮。夏初的眼球是不动的，宛如初生婴儿般恬静安适。

"现在你已经来到了海滩上，看到了什么？"

"海水。"夏初低低答道。

"什么颜色的海水？"

"黑色。"

"黑色的海水？"

"很模糊……黑色的沼泽一般黏稠的海水。"

"双眼看到的吗？"

沉默。

"哪只眼睛看到的呢？"

沉默。

空气仿佛被冻住了一般。

宛冰不过是在套用西方的催眠模式，譬如对方说左眼，那可以问对方右眼能不能看到，如果说不能，医生则继续循循善诱，告诉患者说其实你的右眼没有任何问题，试着看一下，肯定可以看到。

"到底是哪只眼睛看到的呢？"

还是沉默。

看样子需要换一种情境。

宛冰继续暗示道："现在你已经来到自己的家里，看到了什么？"

"妈妈……"夏初轻声呢喃着。

"好，很好。用左眼还是右眼看到的？"

沉默。

"这时候除了妈妈，你还看到什么人？"

"我看到……一个男人，他的雨披，不是爸爸的。"

"哦，哪只眼睛？左眼还是用右眼？"

夏初还是沉默。

"你不是看到了吗？"

"我，不是用眼睛看到的。"

"什么？"

"我的眼睛流血了！它什么都看不到，看不到——"夏初忽然从床上跃起，捂着双眼痛苦地哭喊着，仿佛真的有鲜血从眼睛通过指缝源源不断地流下来一样，她时而惶恐地望向天花板，时而看向地面，嘴里不断地重复着，"血，我看到很多血，它们到处都是！墙上，天花板上，全是血……"

宛冰吓得倒退一步，但随即强迫自己平静下来。顾夏初大声喊着，剧烈喘息着，胸口起伏不平，这种疯狂令宛冰的心头不禁涌上一股怒气。她冷冷看着哭泣的夏初："够了！别在这里装疯卖傻了！我就不信谢景阳会喜欢你这样的疯子。我看你根本就不想好好治你的眼睛，要么你根本就没病！"

听到景阳的名字，夏初眼中忽然盛满了惶恐，惨白的一张脸望向宛冰，哆嗦着："景阳，是我害死的，是我……"

夏初的眼睛和声音异乎寻常的悲凉。宛冰看着哀绝欲死的那双眼感到一股凉气扑面而来，一种叫做恐惧的东西包裹了她。她更加恼怒，大声喝道："闭嘴！这是医院，不是你发疯的地方，景阳是不是你害死的跟警察说去吧，跟我喊什么！你再要什么花招，我就把你轰出去，你去街上装疯卖傻吧！你这个疯子！"

宛冰言辞刻薄，就好像在畏寒的夏初身上下了一场毫无人情味的冰雹，顿时冰天雪地。谁让她在这个世界上是孤零零的一个人没有亲人呢？现在她只是一个被黑暗包围任人摆弄的木偶。虽然看不清对方的模样，但她知道对方毫无慈悲可言。之前的那些黑暗的东西趁机又席卷而来，夏初止不住哭声，只有竭力捂着嘴巴在那里抽泣着。

已经快到中午十一点，李宛冰忽然想起下午还有重要的会议等她出席。顾夏初双手抱肩缩在那里哆嗦着，宛冰只能看到她头顶那一小块白色的头皮，她更加不耐烦了："喂，你把头抬起来，别让外人看到还以为我欺负了你。"

夏初茫然地抬起头来。

她们两人就那么对视着。

"你这个死丫头，我看你根本就没瞎！你就是来捣乱的对不对？不，你是想趁着这个机会找清静吧！这样就没有人来问你的罪，调查你为什么会害死谢景阳！"

李宛冰声色俱厉，夏初看着那张薄而犀利的嘴拼命摇头哆嗦着，泪水灌满了眼角。突然，她直勾勾地看着宛冰身后，哆嗦着不说话了。

宛冰觉察到这种异常气氛，正在诧异间，她看到夏初身后的窗帘扬了起来，就像一个女子随风而起的裙角，白蒙蒙的玻璃上清楚地映出一团黑色的影子，一个人的身影，那身影和自己的脸叠印在一起模糊成一团。

瞬间，她以为是自己的错觉，那影子很明显不是自己，更不可能是顾夏初。莫非？一股阴森之气从脚底升起，慢慢袭遍全身。她猛地转身看向身后，只见一团黑雾悠然飘了过去。那黑雾，像是一个女子飘散的一头长发，诡异又魅邪。

宛冰大吃一惊，惊惧地捂住了自己的嘴巴，那女子的脸几乎都覆在长发之下，但隐约可见的那冰冷的眉眼分明就是顾夏初！

她几乎要尖叫，再转身看向那个顾夏初，只见她满眼泪水望着自己，凄楚的眼神恍惚又飘离，仿佛是要哭喊什么倾诉什么，但她对自己有什么话要讲呢？那眼神中交织的情感纷杂可疑，分明不是冲着自己，倒像是冲着虚空中根本不存在的某一个阴魂。想到这里，她不由自主地打了个寒颤，但她的理性马上又否定了自己的第六感。不，不可能，这个房间里面没有第三个人存在，那刚才的那一瞬又是怎么回事呢？哦，我明白了，这个可恶的顾夏初，是那双眼睛，一定是她的眼睛！

想到这里，李宛冰愤怒起来。她走到顾夏初的病床前狠狠揪住夏初的头发，紧接着就是一记耳光！作为精神病领域的资深专家，竟然被一个病人催眠产生幻觉，这真是天大的笑话！如果不是在开放式病房，她真想好好给对方一点颜色看看，这简直就是在挑战自己的权威。

这响亮的一记痛感让夏初暂时停止了哭泣，她惊愕地呆坐在那里，一脸的无辜和茫然。

"你根本就没瞎，你这个疯子！想骗所有人么？"宛冰恨恨撂下这句话，便脚步噔噔走出房门。

当她走出那诡异的房间来到走廊上，第一个想到的就是把事情经过告诉正在给病人做咨询的华唯鸿医生。

余怒未消的李宛冰咕咚咕咚大口喝下半杯红色普洱，斩钉截铁道："华医生，我感觉顾夏初的眼睛没有任何问题。"

这女人总是刚愎自用。华唯鸿心里微有不快，但还是坐在那里静静听着，越听越觉得失望。虽然李宛冰叙述的前后经过不够详尽，但他已明白问题的症结所在。

催眠术刚从国外引进来不久，整个治疗体系还不是很完善，施行催眠之前最重要的就是充分了解病人的心理状况。但现在的一些医生都是太过功利，总是急于求成，套用了西方模式就匆匆上阵有如走过场。李宛冰虽在医院工作多年资历颇深，但心理重心肯定要偏向院长谢永镇，自然也就不自觉地漠视了顾夏初内心的痛苦和惶恐，甚至有可能产生敌意。而顾夏初刚刚目睹了一场生死惨剧，内心惊魂未定意识混乱完全在情理之中。李宛冰设置的一些催眠情境无意中触犯了她的心理禁区也是有可能的。而后面李宛冰竟然说夏初对她进行了催眠，这简直太可笑了。女人描述事物总喜欢带上强烈的情感色彩，令可信度大打折扣。

但李宛冰怎么知道华唯鸿内心在想什么。她滔滔不绝，最终一拍桌子："以我的经验来判断，这个女孩子绝对不是看上去那么简单，她身上有太多的病症，是一个复杂的混合体……我建议将她长期留院观察！说不定谢院长儿子的死真和她有摆脱不了的关系呢！"

呵呵，女人真是可怕的动物，唯恐天下不乱。华唯鸿都要被吓出一身冷汗。

他皱了皱眉头淡淡笑着："李主任，您忙了一上午也辛苦了。顾夏初确实很复杂，就把她交给我吧。"

奇怪的夏天 **3**

我从正午走到日落，

走到天尽头的光线都陨落，

头顶看不到一点光亮，

还是没有到尽头。

后来发现不是我没有绕过那堵墙，

是我的眼睛已经看不到了……

这是个漫长且空洞的午后。

坐在室内你会觉得阳光灿烂无比温暖，等你推开房门发现那不过是亮色造成的错觉。阳光依旧灿烂，但寒风飒飒，极低的气温迅速包裹了你让你浑身发抖，恨没有多穿一件外套。

重光抖擞着身子走在阳光明亮的街头，脚下偶尔会踩到未消的积雪。

在上海工作十多年，仍旧是一个异乡人的感觉。走在阴冷的上海小巷，心头更怀恋的是白山黑水的辽阔和大气。地方的民居往往承载了原住民的心态。在这样狭窄的羊肠道一样的巷弄，处处散溢的是小市民的精明与阴冷，令他窒息。

当他站在一排低矮的棚户区时，他简直不敢相信自己的眼睛，怀疑自己是否钻到了上海之外的另一个地方。除了三两个蹒跚而过的留守老人能够证明这片巷弄还有着微弱的生活气息，他看不到多余的人影。那些陈旧的低矮的电线杆就像缠绕在一个病人身上的层层纱带，乱得一塌糊涂。像一头牯牛卡在阴冷的羊肠道，他还是不断缩着脖子硬起脑袋向里钻。

顾夏初户籍资料上登记的"杨浦区×巷×号"应当就是这里，但显然这已是一片废弃的空宅。他微微有些失望，在那破旧封闭的门前跺跺脚转了几转。一群鸽子因这突兀的脚步声从弄堂围墙上乍然而起，啪啪地扇动着翅膀向电线交错的狭窄天空飞去，在明亮的日光下化作一道道银亮光影。唯有只年老的乌鸦伏在他头顶的那根黑线上瑟瑟咳着。

"什么鬼地方！"他低低骂了一句，"连个人影儿都没有。"

忽然，他看到一抹白寥寥的光，从对面围墙上缓缓地散过来。那白光如同日光落在积久未消的残雪上散射的冷冷白色。可那不是残雪，是一个少女阴冷的面孔。她就伏在那墙上向外看着他，仿佛已经看了很久且充满了惊惧。

重光心一跳正要招呼，只见那少女惨白的一张脸迅速没下去，漆黑的头发在墙头拱动了一下就倏地不见了。

"喂——"他终于还是喊出声来，但马上就意识到喊得没有意义，门上落了一把笨重而陈旧的锁，带着经年的锈迹和污垢，甚至还有破烂经年的褪色封条。

日光已匆匆退去。重光呼出一口气，这地方有点邪气。三秒钟的视觉幻象飞逝而过，甚至无法在脑海中清晰地回放一次，他有些怀疑自己的眼睛。就像和前妻离婚之后的那些夜晚，他经常会听到洗手间里面的声响，好像她还在里面来回走动，洗漱，唱歌。闭上眼睛，他甚至会觉得她正温顺地睡在身边发出均匀的呼吸。但实际上他很清楚那时的她正在一个有钱阔佬的怀里努力摆动身体挥洒汗液献媚取宠，永远不可能再出现在自己这一清二白的穷光蛋身边。

重光想到这里便打住，自己就像是一个猎杀多年的老猎手在现实的无情岁月里面渐渐失去了锐气变得敏感多疑，郁郁寡欢。都是这鬼天气给闹的。他啐了口唾沫，叼起根烈性烟慢慢向弄堂口踱了出去。

风中有呜呜的哭声。

重光走在弄堂口忍不住再回头看了看，他总感觉身后有双黑洞洞的眼睛在看他。但结果令他失望，他没有再次看到那个小姑娘。哦，她只是从时间的某个空洞中钻了出来和自己捉了个迷藏而已，或许她根本不存在。

太阳软软地斜下来，仿佛当空挂了个被烹得半熟的嫩蛋黄。

弄堂口有处发廊，闪着旋转彩灯。两个发廊妹将头发染得闪闪发亮，站在门口招揽生意。发廊不远处，一个穿着厚重风衣的高个子男人立在一间堆满杂志的报刊亭前，正向这边静视着。

风将他的白色头发哗哗地一层层翻起，留下耀眼的银色。他目光深沉，久久注视那破败不堪的弄堂，眼里并没有重光。

"谢先生，不，谢院长！"重光拉紧身上的夹克衫，郑重打个招呼。

谢永镇吃了一惊，看了半天还是没有认出他来。

"您不记得了？我们在公安局见过。"说到这里，重光欠了欠身。眼前的谢永镇看上去比那晚要苍老许多。他想到那个暴烈的肘撞，忽然觉得自己有些过分，对方毕竟是一个垂暮的老人。

谢永镇似乎已无心去回忆那晚的事情，微微颔首示意。

"呵呵，您怎么也在这里？"

"偶然路过。"

"哦？"

"那天晚上真是不好意思，您不介意吧？"

谢永镇漠然地摇头，最后看了那弄堂深处一眼，冷冷道："我走了，再见。"说着他招了招手，一辆豪华的黑色轿车缓缓靠了过来。年轻的司机跑下车，殷勤地开门，谢永镇转身向车子走去。

临入车门的一霎那，他又将头伸了出来，缓缓道："顾夏初在我的医院。你放心，我以上海最权威的精神病科专家的信誉向你保证，我会公平地对待她，绝不掺杂个人私怨。"

重光几乎要为这庄重的表态鞠躬了，但对方早已消失在拥挤的车道上一溜烟儿远去。

那冒着烟的车屁股上分明写着几个字：你们都是小人物。

重光啐了一口，有些人斯文有礼，却有让对方拿出皮鞭狠抽的冲动。他不明白自己为何忽然上来一股邪火，只有告诫自己：最近死人太多，要镇定。只是顾夏初怎么会跑到这个老家伙的医院里去了？他反反复复回忆了当时的情形终于明白了，那个华医生和这个姓谢的关系匪浅，蔡渺渺那个小妮子提着个空脑壳跑了趟医院，什么都没告诉我。

下午四点五十分。

当华唯鸿进入病房的时候，惊奇地发现顾夏初竟然一直在沉睡之中。

或许最近发生的事情太多，或许上午哭得太累。

那张娇嫩的脸上，可以清楚地看到有红肿的印记。

早在来医院之前，他已经听到了一些关于医院的负面言论，甚至见诸于国外的某些媒体，但幸而只是零星的报道声势不大。他将那些资料都私下转给了谢永镇。谢永镇除了不快只有无奈。他老了，作为一所市内颇富盛名的医院院长要业绩还要有政绩。他分身乏术，对下面这些见不得光的粗暴也只有睁一只眼闭一只眼听之任之。

"是华医生？"

就在他怔然伫立窗前等对方醒来的时候，顾夏初却怯怯喊了一声。

华唯鸿忙转身看去，她已无声无息地靠坐在了床头温柔地看着自己。那双眼睛泛着晶莹剔透的波光，像一朵盛开在黄色暖阳下的纯净水仙。

李宛冰口口声声称顾夏初根本没有失明也不算虚妄，不知底细的人看到这双清亮的眼睛都会这样以为。

"你再不来，我就要离开这儿了。"夏初凄惶地笑着。

"顾小姐受委屈了吧？其实这都是一场误会。"

夏初摇了摇头："这所医院我谁都不相信。"

"呵呵，为什么？"

"上海人都知道这医院死过人。"夏初低语着，"一耳光而已，没什么的。或许去哪所医院都一样。"

"真的很遗憾，我再次向你道歉。"

"不关您的事。"

夏初说着，脸上绽放出淡淡的笑，那挂着泪珠的笑容让人生怜。华唯鸿看着那笑容几乎要痴迷了，可惜她是一个病人。产生心因性失明的人相当一部分有着很深的心理宿疾，他多么希望她只是一个意外。

"如果你不介意的话，我很想知道您为什么会产生那么可怕的幻觉。"

"可怕？那天晚上的情形您不也看到了吗？"

"哦，好像并不是一回事。"

"什么意思？"

"您为什么会在自己的家里也看到血流遍地的情形？顾小姐有过什么不愉快的过去？"

"华医生，"夏初的表情变得严肃陌生，"我不知道李主任跟您说过什么，但您也知道病人产生的幻觉并非都是有理可循，那只是一场梦魇不是么？现在我也觉得当时不可思议呢。"

华唯鸿看着夏初将信将疑，就像是善意的一只手伸出去却触到了坚硬的墙壁。对方的内心有一座坚实的壁垒，很难让别人洞窥其中，他淡淡笑着："我无意窥探您的隐私，只是不想重蹈覆辙。"

"或许是因为景阳，这两天我不断梦到他的死，那些鲜血都要把我给淹没了……"

"人死不能复生，现在去想又有什么用呢？"

"不，是我的错。"似乎是哭太多的缘故，此刻的夏初脸上反而没了泪水，"我一直不喜欢景阳，他就像一只长不大的小蟋蟀，整天缠在我身边说很多无聊的话。哦，你知道么？我对男人说的那些甜言蜜语山盟海誓都厌倦了，只当它们是耳旁风。他越缠着我我越讨厌他。到他跳楼的那一刻我忽然觉得自己错了，我为什么不能好好爱他呢？他就是一个孤独的小男孩。"

"大部分人都是孤独的。"

"我已经孤独了三十年啦。三十年，人生最美好的一段时光就这样默默过去了，孤独得太久太深，像海上的浮萍，身边是翻涌不倦的海浪，身下是万丈的深渊，时刻都害怕被时间卷走被黑暗吞没，彻底坠入无底的孤寂之中。为了寻找寄生的依托我漂呀漂，漂到最后都没了知觉……现在想想我拒绝那么一颗真挚而且年轻的心是多么残忍啊！我怎么能做出这么残忍的事情？"

"你是无心之过，用不着这么苛责自己。"

"不，我就是残忍，残忍……因为别人对自己残忍，习惯了接受别人给的残忍，也习惯了把残忍留给别人，才会发生这么可怕的事。"

"以前的感情经历有很多无奈和痛苦？"

"怎么说呢？我原本不是这样的人。那时候我爱这世上的一切，不论是美好的还是丑陋的，我想只要有一颗爱心没有填补不了的沟壑。这要感谢我母亲，她教会我什么是爱怎样去爱，可她没有告诫过我一些人是不可以爱的……我曾经深爱过一个人，一个叫'Victor'的男人。"夏初说到这里眼中又有了深深的怅惘，仿佛陷入了更遥远的回忆之中。

"哈哈，'Victor'？我也叫'Victor'呢！"华唯鸿很好笑地插科打诨。

"抱歉我不能把他的名字说出来，那就是扎在我心口的一根刺。"夏初哽咽着，"他对我真的是无情。我不想回忆过去，但不得不承认自他离开之后我身上就发生了很多可怕的事情。"

"哦？上次失明就是在那段时间？"华唯鸿敏锐地捕捉到了这一点，不失时机探问道。

夏初凄楚地点了点头。

"他离去的那个夏天对我来说如同坠入了地狱。我无数次哀求他，始终不明白自己错在哪里。为了挽回那段无望的感情我放弃了所有自尊，一封又一封地给他写信，深更半夜一个人在街头无意识地流浪，甚至在他的房门前枯坐了一夜。那时候我把他看作整个世界，多可笑呀，真的很可笑……直到有一天我沿着一堵墙走了很久很久，从正午走到日落，走到天尽头的光线都陨落，头顶看不到一点光亮，还是没有到尽头。后来发现不是我没有绕过那堵墙，而是我的眼睛已经看不到了……"

"实际上你的眼睛根本没有问题。"

夏初沉默了。

"然后呢？"

"醒来时看到天空灰沉沉的，自己躺在一个人的怀里。"

"谁的怀里？"

沉默了许久，她发出细微的声音："Victor。"

"Victor？"

华唯鸿有些惶惑了，她的脸上又浮现出悲苦，这悲苦总是能牵扯到他内心，令他隐隐作痛。但如果真是这样，她为何还会有如此痛苦的表情呢？

"这个人总是在你痛苦的时候出现？你觉得他是你痛苦的根源，还是解除痛苦的根源？"

"或者都是，或者都不是。"

"我问的是真实的情境而不是你的幻想。"

夏初的眼泪一颗一颗源源不断地滚落下来。此刻的悲苦不像零星细雨了，就像潜伏海底来历不明的暗流，力量巨大。于是，空气中四处游弋着这种悲伤，像隐身的海豚般撞击着华唯鸿内心的神经，带来潮涌般的疼痛。

"真实情况到底是怎样的呢？"

"事实上是……"她脸上呈现出一种迷离恍惚的奇怪表情，有如再次置身那种精神抽离的状态之中，"我发现自己在一个丑陋男人的怀里。"

"哦？"

"他令我难堪，我从来没有想过自己的身体会在那样一个人的手里面……"羞涩，痛苦，耻辱，愤恨，不甘，种种复杂的心情暗流一般在她脸上涌动。那个下雨的夜，在那个零乱的散发着腐臭的窝棚下面，她和一个面目丑陋污秽不堪的男人蜷缩在一起，在失去自控能力的情况下任其妄为……她用哽咽代替了后面的叙述。

她的身体曾在茫然中被那么龌龊的身体侵占过，这是事实。想到这里华唯鸿的手心渗出冷汗。他无法再听下去，也极力遏制自己不要再想下去。不，她是散发着幽香的白色玫瑰，应当盛开在清新的早晨，带着圣洁的光芒让所有人都赞赏，而不是这样荒唐。但这是谁的错呢？癔症是大脑皮质受强烈刺激而引起的皮质和皮质中枢机能失调，属于神经官能症。这种病症临床表现多样化，在女人身上更多见，因她们情感更丰富。而癔症性失明作为感觉障碍的一种表现，病人是无法控制发病期也无力避免的。不知道怎样的心灵才能承接这种残酷的现实，她醒来时一定非常痛苦吧？

"我还需要说下去么？"

"我在听。"

"那真是奇怪的一天，因为奇怪的事情太多了。是，我一点都不难过。"她沉静下来，"我只是想这一切快结束吧！我需要马上离开。对于一个挣扎在生死边缘的人来说，我感谢所有能够让我活下来的人。经过的路人很多，却只有他肯收留我这样一个失明的人。如果没有他我会被水沟涨满的暴雨淹死，泡涨之后也不过是一具惨白的丑陋尸体，那时候爱情和贞洁算什么呢？能够在阳光下自由行走就是很大的恩惠。你不会觉得我这么想很卑劣吧？因为心里面羞愧欲死，我只有这样安慰自己啦。从那以后悔恨和羞耻感不断折磨着我，之后每当受到难言的委屈和侮辱时我都会这样，忽然陷入一片黑暗之中，像是不想再看见这世界一样。"

华唯鸿有些明白了，这或许就是她频频发病的症结所在。

"在你的记忆里面，最美好的一段时光是在哪里？"

"无所谓哪里。只要是春天。一个人走在空旷无人的山间，头上有皎洁的明月，路边是大团大团盛开的白色花朵，散发着浓烈的异香。停下脚步去亲吻它们，赫然发现它们的身体都扎根在脚下深不见底的山谷，只要再靠近一步就会堕入深渊。那些花树美丽无比却狡黠诡异，好像不甘心沉寂在无边的黑暗里面，所以在默默中努力长高，只是为了让世人有机会看到她们的容颜。"

"你很爱花和明月？"

"嗯，就像男人迷恋高山深海一样。"

"那现在你试着闭上眼睛，假如你又来到了那些花树前，你还能看到么？"

"姿态百异的花朵，我闭上眼睛都能把它们在夜风中的姿态画出来……"

"……很好。除了花朵还看到什么？"

"……蝴蝶，栖息在白色的花簇上面像是已经睡着了。它们身体庞大，远看就像一只只黑漆漆的乌鸦。当它们展开翅膀在空中飞舞的时候，你会觉得时间在倒退，因它们飞行得极为缓慢。"

"看得到它们翅膀上的纹路么？"

"一个个大大的惊叹号或者问号，好像在说'危险，不要靠近我'……"

"还有什么？"

"带着金黄色翅膀在黑暗中飞舞的硕大鸟雀，还有沉睡在山谷林海下面的红色太阳，在我脚下蛋黄一样游动……"

"人世之外的异空？"

"我清楚地看到它们。"

"好，你的双眼已经完全好了，可以清晰地看到东西了。我现在从十倒数到一，数到一的时候你就会醒来，你的双眼会完全恢复。"

华唯鸿以肯定性的语调暗示着，他看到夏初握着白色床单的手在微微发抖，便轻轻把那只手握在了手心，"十，九，八，七……"

他轻轻倒数着，数到一的时候，夏初微微睁开了眼睛。

他把手放到她眼前："能看到吗？"

"很模糊。"夏初说着轻轻按住了头部微微蹙眉，像在恼恨一个电路开关老化不灵。

"头有点痛是么？"

夏初还是不敢完全睁开眼睛的样子，轻轻点头。

"这很正常。再休息两天你的视力可以完全恢复。"

华唯鸿舒出一口气，他看到她的眼角又有亮晶晶的东西在闪烁。

"不要再想伤心的事情。保持心境平和，在你出院之前我会常来。"

夏初看着那张脸，模糊得就像冬天雾蒙蒙的玻璃橱窗，只有那笑容是鲜活的。哦，那笑容可以扎根到心里去，开出纯净的白莲花，她感激这笑容。

在城市里面你会经常遇到一些叫做什么"村"的地方。

李宛冰就住在一个以治安极差出名的村落。从市中心的康德医院到她居住的"和平新村"要转上一班地铁，两次公交。一个多小时的颠簸之后，便是那些参差不齐的牙齿一般的破旧楼房伫立在坑坑洼洼的水泥牙床上十几年如一日地恭候着她。

她原本并不住这里。夕阳落脚处那一排镶着茶褐色玻璃的新式高楼是她昔日的家。和前夫离婚后，她便搬到了这里，为的是探望孩子方便。

每天晚上她都望月似地望着那栋新楼，它崭新贵气得像是不属于这个星球。前夫是早就出了轨的，但被揪住把柄的是她。那几个夜晚她不过是被发霉的婚姻憋得透不过气来，在谢永镇的怀里痛哭了几次，谁知会被前夫雇佣的私家侦探给拍得比港片还夸张，她不但被踢出家门，连探视孩子的机会都被对方卡得死死的。有几次，她分明听到孩子被那个狐狸精关在家里打骂的哭声，却只能在门外跳脚一点办法都没有。

她现在真的是一无所有了。婚姻化作了灰烬，昔日和谢永镇那些褪了色的梦又鲜活起来。年少如花的时候她曾那么痴缠过他，让他品尝过蜜糖似的青春年华。看他第一眼的时候，她羞涩地叫他"谢老师"。

那是个闭塞传统的年代，不像现在天下互联，这张脸腻了鼠标一点，马上就有张三李四王二麻子唰唰出来做替补且个个精彩活色生香。你永远不会累，永远会有更新鲜的在前面等着你，上一秒钟哭得肝肠寸断下一秒钟破涕为笑柳暗花明。如果早有互联网，孟姜女也未必守得贞，王宝钗早就把寒窑翻新做停车场了。那个年代遇见谢永镇这样儒雅的男人少有不倾倒的，他几乎是所有女生的梦中情人。李宛冰更不例外，她将这种畸形的爱恋坚持到底，直到糊里糊涂得把一生都埋了进去。说到底，情圣与白痴不过是一个人的 A 面 B 面而已。

她绕过横七竖八的小巷，拐进一个岔口，那刷着灰扑扑白粉的旧楼就是了。

楼道狭窄昏暗，四处堆放着的箱子，锅，垃圾桶，荒置在外的破旧家具，在李宛冰心头投下了黑黝黝的鬼影。

往常她都是踩着高跟鞋噔噔地经过这里，从没有这种感觉，但近来就不同了。四周黑如深渊，暗影中有一点铜绿色鬼魅似的闪着，不疾不徐地跟着她。她心虚地回头，移动的车灯光束将她整个人刷作了惨蓝色，她的影子就那样被吊在了墙上来回晃着。一只猫在飞驰而过的车身下面发出凄厉的一声叫。她的心猛一哆嗦，两只瞳孔在耀眼的光束下急剧放大，那更像是一个女子凄厉的惨叫。

她几乎是一路小跑跌跌撞撞地回了家。

房间是黑着的，一股旧房子的潮湿味道扑面而来，她哆嗦着推开每一扇门，拧亮每一盏灯，它们光线凌乱看上去都杀机四伏藏着鬼影子。

她怔怔地坐在镜前，脑海中不断回放着那声猫叫，不，确切地说是一个女人的尖叫。那声尖叫萦绕她耳际多少年了。她曾经以一个胜利者的姿态欣赏着那声尖叫，它像一把尖利的匕首撕破了谢永镇与江一璃婚姻的最后一层虚壳。

那个女人，善于在聚光灯下翩翩起舞的女人，尖叫着捂着双眼冲出房门，谢永镇从床上爬起来呆若木鸡不知道是该追还是该留，她却恶作剧地给了他一个重吻。那是她人生中为数不多的导演成功的重头戏之一。谁会想到一个十八岁的少女会有这样的勃勃心机？

李宛冰看着镜中的自己。密如麻点的黄褐斑像永远洗不干净的苍蝇屎，松懈下垂的乳房如同过期芒果，对了，那种趋于腐败的芒果里面还蓄着令人作呕的有机液，留下剖腹产刀疤的褶皱腹部，白了的稀松的发，它们在镜中黯然无神，再也不能发出半点嘲笑之音，随之苍老的还有这颗育满嫉妒刻薄种子的心脏在胸膛内软弱无力地奔腾着。

她叹了口气，经历了一场又一场绝望的情感狙击，她已淹没于沼泽，无力跋涉。尸体是一只鹤，向天空呕着白泡，死了。

死于寂寞的深海。

夜半，她起床去洗手间，衰老的肾脏总是在梦中频频唤醒她。她睡眼惺忪地拿起手纸，忽然有异样的感觉。当她抬起眼睛，赫然看到一张血肉模糊的脸正靠在枕边冷冷看着她。

她尖叫一声，身子迅即向一侧滚了出去。待她喘息片刻才看清楚了，那是一只猫，一只被活活碾断了脖子的猫，它那犹存着死前惊恐与怨恨的眼睛暴突着，龇牙咧嘴散发着血腥气。

她抓起枕头向那颗残破的脑袋扔去，空中仿佛响起了一声凄厉的猫叫。瞬间，她听到迅速升温的血液在脉管里面四处冲撞的声音。是幻觉么？一线白光刺破了她的眼睛，她看到一张脸在这毛茸茸的黑夜一闪而过。

"你终将死去。"一个女人的声音。

她双腿战栗，脑袋像微波炉里的一只鸡蛋"嘭"地爆炸了。

镜了上那晃晃悠悠的白纸片令她眩晕。接着她张惶四顾，发现满屋子的阴暗角落竟然都藏着白纸片儿，就像送葬队伍上四处散发的纸钱。

她捡起一张白纸片，那是一张泛黄的旧照片，照片上的那个女子像是从坟墓里面爬出来的幽魂向她阴冷笑着，她忍不住歇斯底里地嘶喊起来。

很快，楼上就有人骂开了："他妈的有病呀，大晚上的嚎什么丧？"

每个人都是一棵孤独的植物，

他们或生长在沙漠里，或生长在高山上。

你生长在哪里？

我看不到你，

只嗅得到风从你身上掠过时席卷而起的气息。

那是一个衣冠楚楚的男人。

他的出现令灰暗的警局蓬荜生辉。

重光注意到蔡渺渺看到那个男人的瞬间有片刻的失神，紧接着就从办公桌下面拿出化妆镜，拱到高砌的一堆文案下面飞快地补妆。

"咱是花木兰，还需要那玩艺儿？"

"长这么大还没见过这么帅的男人。"

"切，好看能当饭吃啊！哥去警队能挑出一打比他还帅的。"

"你看清楚了没？人家身上穿的是阿玛尼！那些跟你一样现在还住筒子楼的穷光蛋我才不要呢！"蔡渺渺说话间紧盯着玻璃窗，那个男人向这边来了。

"请问王警官是在这里么？"男人轻轻叩了叩门。

重光没抬头，咬着烟含糊地应了一声。倒是蔡渺渺热情地站出来，脸上堆满了甜腻的笑。

男人冲着那热气腾腾的茶水摆了摆手："谢谢，我不喝。我来是想知道顾夏初的下落。"

"你是她什么人？"

"我？怎么说呢？如果我还有这个资格的话，"说到这里，他的脸上罩上一层蜘蛛网般的忧愁，"应该算是她的恋人。"

蔡渺渺脸上有了掩饰不住的失望，一屁股坐了回去。

重光注意到蔡渺渺的失落忍不住暗中发笑。他吐出一口烟："这几天已经有不下十个人来追问顾夏初的下落。除了有一个说是她失散多年的父亲，其余的都说是她的恋人。"

"我是真的。"

"都说自己是真的。你从哪里看到的信息？"

"网上。我从北京赶过来的。"

"证件？"

男子随即呈上自己的"证件"，"德意志银行上海总部，曾昆山。"

重光扫了一眼，弹弹桌子，"身份证。"

昆山从名片夹内抽出身份证，渺渺注意到那名片夹也是奢侈品。

"你们分开多久了？"

"十年了。"

"哇，十年？你不是开玩笑吧？"蔡渺渺那副夸张的表情，直让重光怀疑这个丫头是不是日韩剧看多了，一张嘴就是大大的 O 形，活像个超级弱智娃娃，他皱皱眉头。

"分开这么久凭一张照片你就能确认是她？"重光不屑，吐出一口烟圈。十年了，足够生老病死，真他妈的操蛋。

"这么多年我一直在找她，没间断过。我这里还有很多东西做证……"昆山说着，递上一沓黯淡发黄的照片。

重光看着那些照片，照片上的女子面容不可谓不清晰，但因年月的覆盖眉梢嘴角都有些蒙了尘似的不真实。就像死了的人留下的影像，你看那些照片时总会怪异得忐忑，仿佛是在透过岁月的门窗偷窥另一个世界的魂灵。他们确实存在过，但他们也确实是陨灭了的。当他们回过头来用笑容无声地照耀你的眼睛，你会有恍惚的恐惧感。重光不知道为何会有这样的感觉，这种无形的恐惧让他很不舒服。但有一点他必须要承认，倘若被猝然送去医院的顾夏初在他脑海中只是一个日渐疏浅的影子的话，那这些照片无疑又让那些支离破碎的影子鲜活起来。

重光放下那些照片，忽然想到谢景阳的案子已有定论，顾夏初早已摆脱嫌疑人身份根本不值得他劳神，便又恢复了焦躁的神态："不管你说的是真的还是假的，她还在医院，没有医院的允许谁也不能见她，留下电话等通知吧。"

曾昆山怔了一怔，想不到对方这么快便下了逐客令。他心有不甘地起身，在登记薄上刷刷写下一排号码："拜托了。"

蔡渺渺依依不舍地看着那身阿玛尼出门远去，吁了口气："这男人也蛮痴心的嘛！"

"别发春，痴心就不会把女朋友弄没了！"重光阴阴道，"搞不好这家伙是一个杀人犯，他女朋友早就被他大卸八块扔在地下的冷冻室，和一堆臭鱼烂虾硬邦邦地冻在一起。"

"切——心理阴暗！"蔡渺渺被他说得倒出一口气，小声咕哝着，"亏你想得出来。"

"给你敲敲警钟，别让他那张皮给迷惑了。这年头越有知识的男人心理越阴暗，越有钱的越混蛋。你没见局里这次扫黄，落网的都是有头有脸的王八蛋。你真那么喜欢有钱人，哥给你一机会你去里面挑一个。"王重光那根舌头就像被东北雪地上的冻鱼，故意把"有钱"两个字拖得很长，"有钱人"喊作了"有钱淫"，带着三分恶毒的生硬。

渺渺尖叫一声，双手捂着耳朵满脸的厌烦，"你没病吧？"

王重光嘿嘿笑着，"好心当了驴肝肺，没素质。不知道你们这些丫头片子怎么混上警校的，天天看琼瑶都看傻了吧。"

"琼瑶早就不流行了！醒醒吧，"渺渺噘起嘴巴一脸的不屑，"整个儿一奥特曼，还见不得人家比你美好。"

"呵呵，你说对了，我就是不喜欢美好的东西，越美好的东西越有欺骗性。哥我办案这么多年宗旨只有一个，那就是不相信一切，尤其是不相信所有人都看到的东西。"

"不跟你瞎扯了，没人性。"蔡渺渺真的恼了，在她看来王重光真的有一股子邪气，"人家不就是穿得比你光鲜嘛，有吃飞醋的功夫你也去念一名牌大学出国留洋啊！"

"操，我吃醋？哼，有钱了不起么？出国了不起么？告诉你，我还真没把那些破名堂看在眼里。你呀，年纪轻轻眼皮子太浅啦！这挑男人就好比去超市买东西，你不能光看包装得看本质。你得记住了，男人吧就好比面包房里面的蛋糕，越有钱他坏得越快！所以，作为男人这个小白脸和哥根本没得比。"

蔡渺渺皱着眉头噼里啪啦地敲打着键盘，一副任你滔滔不绝我都置若罔闻的样子。其实她内心对王重光是有一点喜欢的，但这点喜欢被一大堆杂念包围着就没有了生命力。刚入派出所那年，她对王重光简直崇拜到了极点，且不说高大魁梧的阳刚外表，单他推理办案洞若观火雷厉风行的睿智洒脱就让她着迷，况且王重光为人磊落之外又带着一点野

性一点狼性，不像现在都市中的男人要么娘娘腔要么小家子气，男人身上该有的那点原始气味都没了。那段时间她嘴里念着的是王重光，眼里看着的也是王重光，但偏偏他是个没钱的主儿。生活在这样繁华的都市里面没钱可是寸步难行，况且渺渺是从小被宠大的娇娇女，够小资爱享受，他那点薪水还不够她去商场买套进口化妆品，更别说恋爱结婚生孩子养家糊口。再说了，现在早已不是过去那个为了爱情放弃一切的年代，像她爸妈过去分居两地二十年还能坚守婚姻，现在的年轻人谁肯受那样的分离之苦？大家做什么都要讲实际算成本，结婚要多少钱，离婚要多少钱，养一个孩子多少钱，不管什么都是先谈到钱，爱情的萌芽在现实的重压之下总是出不了头。而这个王重光也是离过婚的，失败的婚姻让这个老家伙变得愤世嫉俗神神叨叨，让她对他能否有美好的将来更是没了底。

前些天，两个人办案回来恰好经过公园。阳光明媚，草长莺飞，溪水潺潺，绿草如茵，草地上到处都是赶着好天气出来拍婚纱照的男男女女。蔡渺渺看着那些女孩子身着婚纱两眼直出神，羡慕得要死，倒是王重光一路上闪着舌头冷言冷语："瞧瞧，都是些发昏的！还特高兴。"蔡渺渺一听就不高兴了，心想你没有发过昏么？就因为你有了一段发昏没发到底的婚姻就认定人家结婚是发昏，将来肯定会不幸福?！这种人真是有些一朝被蛇咬十年怕井绳了，要知道白头偕老的情侣还是占多数的。忽然她就觉得心凉了。一个被前妻开除就冷眼看世界的男人肯定是有了心理阴影，一旦自己真的放开一切去爱这个男人，除了要承担没钱的窘困外还要承受他的心理阴影，那样对自己未免太不公平了。从那以后她对他便意兴阑珊了。

王重光哪里知道蔡渺渺的心在这些天的纠缠反复中起起落落早就起了变化，他仍旧傻呵呵地给人家上课："你别皱眉，我告诉你呀，我敢打一百二十个包票这个男人对你没兴趣。"

"你怎么知道？"

"从一个男人的角度来看，大部分男人不会对你有兴趣，更不要说一个事业有成整天被美女包围的优秀男人，他要是对你有兴趣那就没道理了，除非他眼光有问题或被狗咬了。"

"够了没有？呵呵，我还就不生气。"蔡渺渺努力压抑着一起一伏的胸脯，用力捧住下面快要气炸了的肺，"您不是要出去办案么？还不走？"

"走，这就走。"重光从衣架上拿下夹克外套，走之前不忘嘱咐一句，"哎，下班之前记得把地拖一下。"

"为什么啊？保洁阿姨早上刚拖过呢。"

"哥哮喘，怕过敏，"重光重重地打了个喷嚏，"一地的粉呛着我了。"

王重光离开警局，晃到了大街上。

阳光总是比室内光亮，他揉了揉红肿的眼睛。

越过堆挤得一团糟的警车，他看到了那个阿玛尼，就站在他前面不远处。

只是一张侧脸，就俊秀非常，怪不得蔡渺渺会对这个小子着迷，他开始觉得有些对不起蔡渺渺了。那人跟自己这样的糙货比简直就是大师手下一件艺术品，谁不多看他两眼就是没人性。

重光看到他也在揉眼睛。

这条街很干净，也没起风。

那神态忽然让重光想到了昔日的自己。他站在楼上眼睁睁看着家里那个婆娘腰肢一扭一扭地下楼，春风满面地跟着一个胖子上了一辆庞大的奔驰 SUV 风驰电掣而去，他也在窗前进行过同样的动作，那是一种无法让他人分享的郁闷的隐痛，感情断裂的哀伤。

静谧的空气流，让他捕捉到这种哀伤。

他拍拍屁股大大咧咧地过去，拍了拍那人的肩膀。昆山转过头来，看到原来那张冻得硬邦邦的刀鱼脸此刻笑眯眯地看着自己，颇为惊愕。

"走吧，去哪里喝一杯？"

三杯酒下肚，重光确信了人类有一点同情心还是值得的，它除了换回对方的感激还有感官上的愉悦。

一杯酒小算也有几百块，还有那些被胃肠贪婪吸收的高级西餐，平衡了重光和昆山之间的生活品质差距，他有些小满足。

抬起酒杯，明晃晃红酽酽的液体和站在不远处的侍女圆翘的臀部巧妙地融合在一起，当然她们的超短裙也是明艳醉人的酒红色，让他这个市井小卒有些醉生梦死的飘离感，甚至有了犯罪的欲望。

倒是昆山，从他僵硬的进食表情来看，那些法国蜗牛像是倒入了别人的胃里。尤其是他端起酒杯沾一沾唇，又意兴阑珊地放下，心事重重地越过那些美食看着豪华玻璃幕墙外的碧水蓝天，那神情活像是一个久候良人不归的寂寞女人，幽怨至极。

"我说，你们是怎么分开的？"

真是一个俗不可耐的开题，可幸的是对方怨抑已久，正苦无抒发的机会。

昆山放下酒杯，语气平淡地叙述着，像是在诉说他人的过往。时间将那些恩怨沉积成了他心头的一口盐水井，倒出来却是不温不火味道寡淡："她一次又一次地流产，最后一次流产花光了我身上最后的一点钱。我们大吵了一架。呵呵，要问是多少钱，抵不过你手上一杯酒钱，可放到十几年前可是我们大半年的生活费。我半工半读，学费来得都很艰难，更不要说养活两个人。其实现在回头看，是那时候年纪太小不会谋生，或许生活并没有那么困难，但就是疲惫至极，就像爬一段路眼看到了坡顶却怎么也使不出力气，只有甩掉身上的包袱你才能喘一口气……"

重光听到这里忽然觉得那酒不是那么好喝。世上所有男女的开始都是美丽的，但百分之八十的结局都是丑陋的，或因为真相，或因为厌倦，或因为改变。爱是身体化学反应催生的随机产物，不可能海枯石烂，天长地久的只会是亲情。

"厌倦了吧？呵呵，我前妻也是这样。她说一看到我就会嗅到一股穷酸气，那股味道让她头疼，对下半辈子充满绝望。"

"不，不是厌倦，是说不出来的一种压抑。你见过那种人么？我想你肯定也遇到过，她生下来好像就是受苦的，一看到她你就会觉得心酸，心疼，揪心的疼，一想到她从来没有幸福过，你就想把自己所有的一切都献给她，心疼她，可怜她……可怜到看到她就想逃。算了，你不会理解的，那时候我的心情真是糟糕到了极点。"

哦，重光忽然对顾夏初有了浓烈的兴趣，她究竟是怎样的一个人呢？她身上是有一些魅邪的吧，否则谢景阳怎么会为她纵身一跃。

"坦白说，我并不觉得你找回这个前女友有什么好处。她曾在那么多人面前发了疯像个瞎子一样到处乱抓，歇斯底里哭个不停。"重光将那些笨拙的刀叉哗啦一下子扔到了一边，喊了一声："麻烦来双筷子！"又接着对昆山说："你看我们老祖宗多聪明，用双筷子什么都解决了，那些破铜烂铁可真费劲！"他对张口结舌的昆山笑了笑，"你相信鬼么？呵呵，这不像一个警察该说的话，不过坦白说，她那双眼和我小时候在墓地里看到的女鬼一模一样。当然啦，大白天的怎么会见鬼呢？我只是想说她那双眼睛阴气太重。所以嘛，我对你女朋友真的不想多谈，请原谅我方才的失礼。"

说着两人碰了碰杯，昆山很是不解，有些结结巴巴地问道："王警

迷宫

官，你刚才说什么我不太明白，你说她发了疯？"

"我是一个粗人，说话不会遮掩。原来我只是想她可能受了刺激。你知道那个男生为她跳了楼，但现在看来她更可能是个疯子。哦，我记得医院那边的诊断是癔症性失明，你听过这么奇怪的病么？她不能受刺激，随时会瞎掉……"

重光滔滔不绝，昆山的手脚开始发凉，一行眼泪不争气地从眼角渗出。

他用纸巾捂住了脸，用力吸了口气但无济于事，他的声音明显开始颤抖哭得像个小孩子。

"我就知道会这样，一旦我不在她身边，她肯定不会好过。她说过，如果我离开，她不是自杀就是疯掉。这种威胁让我很厌倦，不管两个人是否相爱都应该给对方祝福不是吗？我觉得这种想法自私透顶。大部分女人为了留住男人都会这样威胁对方，真是让人讨厌。但我绝对没有想到她真的会变成这样。她以前是多么可爱的一个女孩子啊。虽然爱哭，但大多时候都是笑嘻嘻的。现在想来我真是不可原谅，怎么会丢失这样善良的一个女孩子，做出那么多伤害她的事情……"

昆山有如在对一个神甫做毕生的忏悔，重光在他的哀泣声中将那些远渡重洋而来的深海鱼肉塞入口中，用牙齿细细剖析着它们身上每一条肌肉的纹理，那种柔韧让他陶醉，口中无数细小的味蕾在一瞬间变作了庞大的鲸鱼钻到了黑暗的海底。最终他忍不住弹了弹桌子："曾先生，其实你也不必这么难过。世界上同名同姓的人多了去了，你怎么能肯定顾夏初就是你的前女友？你还没有见过她本人呢。"

"唉，你不用这么安慰我。名字没问题，照片你也看过，她们很相像不是么？就算她疯了吧，我会承受这一切。这些年来我找她找得也快要发疯了呢。"昆山说着看向玻璃幕墙，外面流云舒卷，映得他脸色阴晴不定。

接着，他絮絮叨叨地说起了他和顾夏初的往事。

昆山在苏北盐城长大。那是十几年前，细雪还未融化风却变得柔软妩媚的时候，他们家楼下搬来了一户新邻居。

他们注意到新邻居的存在是从江小鱼的哭声开始。夏初那时候还不叫顾夏初，她叫江小鱼，因她父亲是卖鱼的摊贩。而这个卖鱼的摊贩也不是她的亲生父亲，只是小鱼被收养生涯之中几个养父之一。那个鱼贩对她轻则呵斥动则打骂，常说小鱼是他在射阳湖边顺手捞上来的，或许他就是看着整日宰杀售进售出的鱼儿随便就给了那丫头这样一个轻贱的名字。

昆山那时候还在高考的关键期，是家里的至宝。江小鱼的出现给他母亲提供了很好的教材，"整天不用功，你睁眼看看楼下那个丫头跟你比活得是什么命？书都没得读，十六岁就要出来卖鱼！就这样还要整天挨棒槌！"

江小鱼是一个苦命的人，在他们还没相遇之前，昆山就已经从母亲三天两头的絮叨中知道了。他以为那必然是一个脸皮被晒作熟透虾皮一般的酱红色，头发乱蓬蓬的可怜乡下丫头。他上学放学天天早出晚归也看不到她，因他们起得比他还要早，收拾得比他还晚。直到有一天晚上，他一个人熬读到深夜想到楼下去透一口气，转到楼梯拐角就看到了她。

她蹲在楼门前，和一只流浪猫窃窃私语。他看不到她的脸，只看到她身上还套着鱼贩常穿的那种灰色套褂，大得空荡，还未走近，夜风就把鱼腥气送了过来。

她脚下那猫穿得比她正式，颈上套了一只水红的蝴蝶结，在灯下红得晃眼，是昆山他娘的杰作。她总有一副悲天悯人的心肠，看见要饭的也要聊上几句，那年头以要饭为职业的不像现在这般招摇，多半不会辜负你的同情心。他轻轻走过去，听清楚了，她在和它说话，要它别动，她借着街灯的微亮，给它画一幅严肃的肖像。那小东西不觉得这是一种怜爱，它摇着尾巴三番两次要逃跑，她一手拿铅笔，一手拿一指长的死鱼引诱它，柔声细气地和它说着悄悄话。

她的铅笔在纸上沙沙作响，像洒在夜里的小雨滴安适入耳。那只小猫带着天真的神态舔着舌头在画板上看他，令他一笑，吓得她停下画笔，转头怯怯地看他。那是一种常年在动荡不安的生活威逼下惊惧的眼神，犹如一只可怜的小兽。

"吓着你了？"

"我还以为是爸爸……"她说这话时并不愉快，脸上有一层阴云。

"你怕他？"

她茫然地摇头，又点头。

"他喝醉了就打人，平常还是很好的。"这话听起来像在安慰自己。

"上次他打你我听见了。你为什么不报警呢？"昆山问得义正词严。

江小鱼一怔，像是听到了天方夜谭般睁大了眼睛看他，那眼神中分明有一种畏惧和压抑，和飘零流落的恐惧感："报警？他是我爸爸。"

昆山从来没见过这种惊惧的神态，因他和周围的孩子们都是在正常的环境中长大。他忍不住问道："你亲爸爸呢？"问完，忽然又觉得愚蠢。

"我也不知道呢。我在孤儿院长大。"小鱼低着头看脚上那双破布鞋，上面还有一些血淋淋的鱼的鳞片闪着细碎的光，"我该回家啦，否则又要挨骂了，明早天不亮还得去鱼市。"说着，她收起帆布画架，那是她唯一的珍宝。

他有些失落地看她走。

忽然她又回头问："哥哥学习很累眼睛的吧？"

他点头，却不明白。

第二天一早他打开门，门前放着一只粗瓷碗，两条小土鱼在水中游得欢快。母亲告诉他，那是小鱼送来的，为的是他学习太累好养眼睛。

"这个丫头好有心哦，说话又讨人喜欢，就是没好命。"他在母亲的唠叨声中走向学校，耳际全是小鱼的那一声乖巧的"哥哥"，他忽然觉得学习不再是一件枯燥无味的事，因有一个人的渴慕和关切。

小鱼叫那声哥的时候，是把所有的心魂都放在里面的。长期飘零的生活让她没有一点安全感，如一棵无根的蒲公英，一旦可以扎入一点土壤苟活她就由衷感恩。她不能抱怨也不能生气，内心不堪重负还要笑颜迎人，皆因自己是买来的活得卑贱，只有见到昆山她才是真正开心的，内心就像深海的水母每一只柔软纤敏的触角都尽情舒展开。

待到夏天，两尾小土鱼长到在鱼缸里面打架抢地盘，江小鱼和昆山已经有了初吻，蒙昽的爱情绽放得像原野上的夏花稚嫩又纯美。昆山喜欢小鱼乖巧的姿态，犹如罅缝中钻出来的小小百合，开得艰难隐忍每一次舒展都是惹人怜爱，而他周围的那些女生大多是被宠溺惯了的，好比路边火红耀眼的石南娇纵肆意微带嚣张。

"哥，带我走吧。"夏夜的阴窄胡同里面，小鱼含着泪水哀求着。那个卑劣的养父终于露出了猥琐的真面目，她无法在夜里安睡，怕的是夜半醒来又在床前看到他淫邪的目光。那月光令她心惊胆战，惶惶不可终日。昆山不明白何为责任，但少年的勇气却比老于世故的男人豪迈许多。待到秋天，昆山入了复旦到了上海，江小鱼也于某一天忽然在镇上消失了。那个半路养父为此暴怒了很久，到处追问撒泼。偏偏镇上的人多半是不同情他的，认为这孩子早该跑了，除了还之以冷嘲热讽还为江小鱼念了声阿弥陀佛。

迷宫

小鱼无声地游到了上海，昆山成了她的新天地。顾夏初的名字就是那时候诞生的吧。她依偎在他怀里，像一朵空谷小野花般弱不禁风的模样，他点着她的鼻子说要照顾她一辈子，祈愿他们的爱情像夏初的原野一般有着勃勃生机，繁花似锦。当他埋首在她胸前嗅着那棉花糖般蓬松飘渺的香气，感觉人生如斑斓蓬松的浮云般柔软甜蜜，内心振颤激动。她不止一次在他耳边喃喃细语，感谢他给了自己重生的勇气。

　　"哥哥，如果将来不是你离开我，我是永远也不会和你分开的。"小鱼在他怀内潮流激荡没了筋骨的时候总喜欢重复这句誓言。当他离开上海，远至东京、大阪，混迹伦敦、格拉斯哥、爱丁堡、法兰克福、阿姆斯特丹，遇见不同的女人不同的爱情，就像一只云鹤飞过了白露霜降大雪冬至，飞得越久却越怀念家乡那场惊蛰。

寻 5

走过一排林荫路，行人稀少，抬眼看见前方灰色的旧式建筑楼群。昆山看了看腕表指针，上午十点，顾夏初应当还在这所医院里吧。

精神病院和其他医院迥然不同之处当是门庭冷落，但谢永镇蜚声在外，医院里面比外面看到的要嘈杂许多。令他不解的是，医院根本查不到顾夏初的就诊记录，甚至连新病人入院四十八小时后必有的查房记录也没有。

"是那个让谢院长儿子跳楼的女孩子吗？我见过她呢。"值班医生一边在电脑上搜索，一边和旁边同事低声议论着，"很漂亮。"

"听说还很不正常，转入封闭式病房了呢。"旁边医生翘着兰花指，用闪亮的小铁锉修着指甲咕哝道。

"真的查不到呢。"值班医生皱起了眉头，"好像她住进来的时候是华医生一手安排的呢。"

"哪个华医生？"

寻

"楼上405。"

昆山闻言只有向楼上奔去，但405的房门紧闭，看不到半个人影。他有些焦灼，心头懊恼地折返回去，走到三层却看见一群白大褂拥着一个两鬓斑白的魁梧男人过来。他眼睛一亮，快步上前打着招呼："谢院长。"

这寒暄突如其来，充满未知意图。谢永镇昂头伫立，眯缝着眼睛打量了一下来人，"你是？"

"王警官要我来的，恕我冒昧，我想看一下顾夏初。"

"你是她什么人？"

"朋友。"

"呵呵，朋友？经常问候的朋友吗？"谢永镇的脸顿时沉了下来，掺杂着悲愤的微笑，"顾夏初就是一个鬼，鬼也会有朋友？笑话。"

这是一个中年丧子的父亲凄凉的笑声。

他身后一众都缄默了，有如一堵厚厚的柏林墙般沉默。

昆山怔了一怔，暗自后悔自己的直率，耳畔回响起两个医生的私语"被转入封闭式病房也说不定哩"，这加重了他不祥的预感，"这好像不是您这种身份和地位的人该说的话。"

"哈哈，那我该怎么说？身份和地位可不是靠说话赚来的。年轻人我警告你，以一个权威的精神病专家的身份警告你，顾夏初绝对不正常，她吃掉了我儿子，还会吃掉所有靠近她的人。如果你不想死得很难看，就离她远点。"

"你这是诬蔑！"昆山抑制不住的愤怒，"不管发生过什么，您应该保持一个医生必须具备的理性和公正。"

"呵呵，我堂堂一个国家一级医院的院长轮不到你来教训我。"谢永镇冷笑着径自入了会议室，剩下人都紧随其后鱼贯而入。

"我是她男朋友！"

昆山几乎嘶吼出声，但负罪感引起的怯懦终究是阻止了他。他站在那里惶恐莫名，夏初现在究竟在哪里，她究竟怎样了呢？不会坠入被医院拘禁的险境之中吧？他浮想联翩，心像碎了一地的玻璃残渣。

　　"咚咚咚"敲门的声音。

　　"咚咚咚"敲门的声音。

　　每天晚上，这样的敲门声都会在耳边响起。

　　打开门，楼道内黑洞洞的一片，甚至连对门的人家也是死寂不见灯光。

　　那样的敲门声，一定是有人在恶作剧。

　　顺着楼梯下去，宛如通往地狱般的漆黑，冷寂。

　　冷风顺着楼道上来，将脚踝冻得冰冷。

　　为什么不穿鞋子就出来了呢？

　　这不像自己。

　　冰凉的水泥地将身体的微温迅速吸食了去，她发觉自己已不知不觉走了好久。

　　这旋转楼梯像永远走不完一样，真是令人压抑。

　　"孩子……"

　　还是那个声音，那个久远的声音，像是在楼下的最底层。

　　"还我的孩子……"

　　总是这种絮语。

　　那是什么，有白色的亮光在黑漆漆的楼梯口闪动。

　　终于到了吧？

　　但那是——真是非常恐怖的东西！

　　夏初一声尖叫，从床上一跃而起几乎要跌到床下。

寻

"唉，你这个家伙总是这样。每次来都要被你给吓死。"一个年轻的女子从厨房内探出头来，不悦地看着床上的夏初。她手上拿着一束绿幽幽的芫荽，正忙着做一道新的美味。她是露莲，夏初在这个城市屈指可数的朋友之一，莫干山画室的助理。

哦，只是一个梦而已。夏初吁了口气，慢慢放松下来，无力地靠在白底红花的丝缎枕上。这就是人生吗？终日和梦魇为伴，眼前的一切是真实的，还是梦中的那些才是真实的？

"或许你不该出院。"露莲将做好的鸡蛋煎虾仁和牛奶吐司端到床前，递给她一把银叉。

"我还是不喜欢这个。筷子好么？"夏初将那叉子推了回去。

"哦，大小姐，你真的把我当女仆了？大清早过来给你做早餐，还要鞍前马后地伺候你。"露莲嘴上嘟囔着，却扭头进了厨房拿出一双竹筷，"真是一个乡下人，这么多年了还是不会用刀叉。上次西餐晚宴，你让我在那堆外国朋友面前丢尽面子。"

夏初没有辩驳，只是小口小口吃着那虾仁。吃东西的意义在哪里？为了维持死而不僵的灵魂，还是虽死犹生的躯体？血液无疑是在血管内缓缓流动着的，不过是冰冷的。大脑还是迟缓地运转着，但被下了诅咒。快乐的东西统统抛去，忧伤的情绪随时袭来。太压抑了，或许真的该找一个心理医生倾诉一下，这时候她又想到了那个人，重新看到光亮的时候第一眼看到的就是他，恍然如梦。

"喂，你在想什么？"露莲用手中的勺子轻轻磕了一下夏初的额头。这样的肆意举动，夏初早就习以为常。她仍旧低头慢条斯理地吃着虾仁，慢吞吞道："如果是孕妇，天天吃这样的东西生下来的宝宝是不是很聪明？"

"怎么忽然想到生育的问题？"

"只有结婚的人才可以考虑生育问题么？"夏初油汪汪的唇现出殷红

血色，樱桃般红艳欲滴，"到了相应年龄就想做相应的事。看到那些走在街上的孕妇，挺着肚子的孕妇，似乎可以看到她们腹中的胎儿。"

"你能看到？看到在子宫里的胎儿?！就像我能够看到鬼一样？哈哈!"

夏初微微蹙起了眉，仿佛此刻正在街头看着那些身怀六甲的女人，"知道她们的子宫在阳光下是什么颜色吗?"

"血液一般的红色吧?"

"粉红色。冒着氤氲热气的粉红色，像蒸笼一样。柔嫩的婴儿弓着身子在液体里面游泳，骨肉都是透明。他们紧闭着双眼，握着五指，内脏向外面敞开。噢，也有非常可爱的孩子，会在里面向我微笑，一边将手指吮在口中一边向我微笑。"

露莲大笑，将沾满奶油的手指含在口中做出魅惑的表情，"噢，是这个样子的吗？有我可爱吗？哈哈!"

夏初没有理会露莲的调侃，仍旧神往的样子，"对于女人来说，能够孕育一个孩子让他在子宫内静静地生长，是非常幸福的一件事。哪怕上天不会给我一个丈夫，先赐给我一个孩子也好。"夏初感叹着，抹了抹红润晶亮的嘴唇，她的脸色并没有因这一餐美味而红润多少，还是苍白的冰冷的颜色。

"那个 Victor 真是把你害惨了呢！现在的你就是一个十足的怨妇，天天喊着没有男人肯要你。不明真相的人还真有可能被你这样的话给蒙蔽。我真替那些让你抛弃的男人悲哀，他们在你眼里好像根本没有存在过。你嘴唇轻轻一动，他们就全部从这个世界上消失了。"

"是这样。他们对我的生命毫无意义。我的人生只被喜欢的人所主宰。"夏初叹息着，披上一件白缎睡衣，轻轻跳下床去。她没有踮起软白的脚尖去穿那双柔软的毛巾拖鞋，而是直接到了镜前恍惚地看着自己。

那是一面古色古香的镜子。镜台的花纹古朴，带着花梨木特有的沉香味，那是她和露莲一起去潘家园古董市场上淘来的。据说是清代一位格格的陪嫁，不折不扣的古董。她对此类古物非常着迷。当她一袭白衣站在那样古旧的镜前，身上那种不沾人间烟火的气场和此类东西出奇契合，有些幽魂的阴森。

陡地，镜中反射出一道刺眼强光，原来是露莲拉开了窗帘。

"不要，我讨厌阳光。"夏初嚷着，有瞬间的心悸。

窗前的露莲抱怨道："这么厚的一层尘土，不要告诉我自从我上次来看你，你就再也没有开过窗户。"

"你没看到窗下有一窝新燕么？想不到钢筋水泥的都市还会有燕子。我很少开窗户，不要吓坏它们。"

"呵呵，为了保护一窝乳燕你甘愿把自己憋成一个木偶。"

"它们是唯一让我觉得开心的理由，"夏初说着，举起手边的那一小盆白雏菊，笑着对露莲说，"谢谢你，这也是让我很留恋人间的礼物。"

露莲出神地看着夏初，她的笑有凄凉和愁苦。

"夏初，告诉我你不会自杀吧？"露莲扳过夏初的脸，认真地审视着，"看着我，千万不要做傻事知道吗？你是我最好的朋友啦。没有你我会觉得孤单的。那个 Victor 让他死去好啦。喜新厌旧的家伙，他不值得你这样。"

Victor，Victor 是谁呢？她已经不记得了。

忽然她瞥见楼下那家麦当劳的门前，一个小女孩站在台阶上骄傲如公主般向这边仰望着。她穿着绚烂如彩虹的背心短裤，舔着冰激凌，鼻尖上头发上都翻滚着太阳的暖暖金色。那张脸竟然和自己有几分相似。

"晏菲——等等我！"杜小麦从后面一个箭步地飞出来，厚重的防滑鞋加上防滑毛毡的神奇效果就是，他一个趔趄头朝下地倒栽在覆着一层薄冰的凉滑石阶上，有如一个倒写的大字，惊得麦当劳内的侍应生都闻声跑出来。

杜小麦的大脑一片空白，眼睁睁看着那侍应生由远至近在面前一个劲地鞠躬说对不起，他还是没有力气挪动瞬间断电的身体。更让他气恼的是，站在近旁的晏菲就在那里张着嘴巴笑得前仰后合，没有半点担心和怜惜。

"杜同学，摔得还不够到位呀。"晏菲那鬼邪的笑容充满奚落，"你不是一直希望能够入住精神病院打败你的情敌嘛？上帝要满足你的愿望了。"

杜小麦龇牙咧嘴地爬起来，"就算我入住精神病院，那个华医生也不会喜欢你。你爸爸不愧是精神病院的院长啊！你不觉得自己很变态吗？喜欢一个比自己大十四岁的男人！"

"大十四岁怎么啦？就是四十岁我也会坚定不移地爱他！"谢晏菲在原地飞快地转了一下裙子，如同在芭蕾舞台上一样惬意洒脱，"你再对我喜欢的人指手画脚，我就要惩罚你吃辣椒冰激凌！"

她说着掏出辣椒粉立马洒在了冰激凌上。杜小麦还没站定，被这红彤彤的火焰冰激凌吓得舌头一缩闭上了嘴巴。他知道自己喜欢的是多么刁蛮的一位小姐，对于她的无理要求无论是服从还是抗拒，下场都是很惨的。晏菲捕捉到了小麦的畏惧，不由得开心大笑起来，忽然她的笑声停住了。

一个女子慢慢地从楼内出来，微笑着看自己，难道是因为身上蓬松翘起的公主短裙很好笑么？但好像她穿得比自己还要惹人注目呢！晏菲失神片刻，恍然大悟。真是一个奇妙的世界呵，你看到和自己长着相似面孔的人也会感到惊奇的对不对？如果那个人不是你妹妹你姐姐，你会更加吃惊还要默祷一声好有缘分呀。

晏菲呆呆看着那女子用目光扫视着自己，就那样飘然而去，像是想到了什么似的怅然若失。

"谢晏菲，你又要和外星人对话么？"杜小麦看到晏菲拿起了手机熟练地拨号，浓密的眉头皱起来。

"嗯，听我爸爸讲，他在给华唯鸿介绍女朋友呢，现在应当是他约会的时间吧？"或许是方才那个女子飘然而去的玫瑰香气让晏菲有了丰富的联想，她快速地拨过去。几秒钟过去，她的脸色就黯淡下来，咕哝着："你是树袋熊啊，接一下电话你会死啊！"说着说着她眼角就绽出小小的泪花。

杜小麦看着突然哭泣的谢晏菲，心情也黯淡下来。两个孩子就在麦当劳门前茫然坐着，看着日光一点点暗下来。

电话在手边闪烁不停，华唯鸿微微一笑，没有放下手中杯子的意思，那不是他等的号码。不接没关系，接了麻烦缠身。

顾夏初在酒吧内站了许久才找到那个人。

她的视力越来越差。

等华唯鸿意识到伊人所在，那件月白色丝缎旗袍已漾着银波飘过来了。看得出为了这次约会她是精心装扮过的，旗袍是少见的复古，上面有样式少见繁杂的菊花扣，纠缠交错的夏初蔷薇与蝴蝶花饰图案，散发着幽幽的宝蓝暗光。下面，是一双梅红色的软底丝缎鞋。

"这是妈妈留给我的压箱底的东西，只有晚上我才敢厚着脸皮穿上它。"夏初说这话时，眼角微微闪烁银白的光芒，眼神中跳跃着小小的兴奋，表情像个偷吃糖果的孩子般天真得意。

她这一番谦恭大可不必，酒吧内几个鬼佬已为这个东方式美人的惊艳悄悄窥向这里。这是一个突破云雾降临人世的天使，酒吧的昏暗，丝毫遮掩不了她身上的光芒。

华唯鸿有些后悔自己的随意。她本就是一个气质脱俗的女子，自己烟火气太重，偏偏还忘记用心。他注意到就连她那发髻也是与往日不同的，细细地绞成一股一股，最终绕在一起，盘在脑后如燕尾蝶翅，像极了旧上海的名媛。

华唯鸿忽然笑起来。

"你笑什么？"夏初笑得很温柔。

"很漂亮，像穿越的聂小倩。"

夏初愕然，旋即有些惆怅，"我身上的怨气太重了吧？我也希望自己开心一点呢，讨别人欢喜。"

"怨气？我怎么看不到。"华唯鸿为她递上一杯苏打水。

夏初怅然："有时候我充满怨恨，想杀死这个世界上所有叫 Victor 的人。"

"叫 Victor 的人很多。它不过是一个符号而已。"

"对我来说却是一种咒语。只要听到有人唤这个名字我就会想起他，想起他的一切，重新坠入对他的思念和爱慕之中无法自拔……这种感觉很痛苦。我怀疑爱情存在的意义，它究竟是为了予人如沐春风的快乐，还是予人心灵被束缚的痛苦。"

"没人会束缚你。你也没有心理疾病，只是一时难以摆脱失恋的困扰。"

"听说怨念很深的女人会化作厉鬼，日夜纠缠抛弃她的男人。"

"呵呵，再重复一遍，不要去想那些会让你情绪败坏的东西，否则你的大脑真的会烂成一堆乱码。看来上次催眠只治好了你的眼睛，根本没有治好你的心理问题。"华唯鸿叹了口气。

"所以才很冒昧地给您电话，希望您不要拒绝我。"夏初像是在乞求一根救命稻草。

寻

"不必客气，按道理我也应当做次回访。"华唯鸿认真地看她，"可惜我太忙，总是没有时间更多地了解你，给你更多建议。"

"现在我也在反思自己呢。除了埋头绘画，我经常去孤儿院看望那些孩子。过于强烈的母性也许是我对离去的每个男人都深深怀恋的原因。某些时候我觉得他们是从我子宫内孕育而出的婴儿，离开他们我的心情就像失去孩子的母亲一样痛苦。每时每刻都要想自己的'孩子'在做什么为其担心。某些时候我又觉得他们才是我的母亲，自己才是脱离了他们'子宫'的婴儿。不，是被他们狠心抛离子宫的婴儿。这让我怨恨又矛盾。"

"嗯，你这么说倒很有意思。不过男人想起你来大多像怀念之前丢掉的某个宠物，再深一点就是一部旧电影。你却总是贪恋里面的角色不肯走出来，这与你的性格和所从事的职业有关。其实电影早就结束了，观众们都散场去做该做的事情，你一个人赖在空寂的舞台上做徒劳的表演是很滑稽的事情。"

"我不想表演给任何人看。重情重义不是我的错，错的是那些喜新厌旧的男人。"

"男人喜新厌旧也没有错，从达尔文进化论角度来看，他们必须要寻找年轻貌美的女人来为他们抚育优秀的下一代，淘汰身边的女人也是物竞天择。信息发达的社会让他们有更多选择，但社会的文明进化程度又限制他们规束于一夫一妻制的樊笼，扼杀其四处散播种子的天性。从某方面来说他们也是受害者。"

"我来你这儿是为了听你替他们辩解的吗？驱使他们喜新厌旧的并不是进化法则，而是可恶的欲望。"

"欲望由自然进化所决定。男人本就突出的性器表明他们本来就具有攻击性，是截然不同于女人的动物。男女间不平等的力量对比天生注定。

那些花样很多的口号诸如'女权主义''男女平等'都是表面文章。不可能有一个男人被你牢牢束缚在身边只靠你那真挚的爱情。他们是善于奔跑的动物。除非被文明压制久了丧失了骨子里的野性。"

"如果我还是停止不了怨恨怎么办？内心就像陷在地狱里一般无法自拔，每天都要对这个世界大喊救救我，但没有任何回音。"

"大脑就是一个不断吸收外界信息的转换器，也不断向外界反射人类自身产生的行为。只要你不是死人或者鬼魂之类的怪物，那些关于他的东西迟早会被大脑排空，被其他信息所占据。等他的信息再也无法对你的大脑产生类似吗啡之类的麻醉作用，这个人对你就无法造成干扰了。多与他人相处，有意识的让其他信息进来占据 Victor 的信息空间，你迟早会忘记他。"

"你的意思是说为了生存人类可以谋杀自己的爱情？随着岁月流逝，'忠贞''友谊''忠诚'都将失去它们的可靠性和可依赖性变得没有意义？那这样活着的人和猪狗又有什么两样呢？"

"如果对方需要你的'忠贞''爱情'，它们肯定是神圣的。但他不需要。不是这些字眼失去意义而是它们不适合赋予对方。"

"可是，"夏初的声音幽怨，带着一种出世的游离，"就算我努力不再抱有怨恨，夜晚的自己还是会经常跑出来。"

"什么意思？"

"我梦见自己变成那样的恶鬼杀死了 Victor。"

"呵呵，我说过我也叫 Victor，杀死我会让你感到释然吗？"华唯鸿呵呵笑起来。

夏初倏地脸色苍白，像被电击般瞪大了眼睛直直地看他，额头竟然有细汗沁出来。足足过了三分钟，她眼中落下泪来。

华唯鸿紧张了，那种哀怨倒像自己负过她。

姑
获
鸟

他们两个出了酒吧到了街上已经是深夜。

深黛色的天幕上点缀着几颗零星碎钻石，空虚亮丽的街头霓虹灯闪烁，余寒未消的北风裹挟着细微的冰晶打进衣领。夏初却丝毫没有感觉寒冷。

华唯鸿微眯着眼睛看天上的星光，貌似随意地问道："顾小姐十年前在哪里？"

"乡下，老家，我是苏北人。"夏初答得爽快。

"哦，我小时候生活在一个很美丽的海岛上，将来有机会带你去看。我敢发誓你毕生不可能见到那么美丽的地方，足以媲美塞班岛或马尔代夫。"

夏初看着他说话时那微微仰起的角度，那轮廓是见惯了的熟悉又温暖。她微笑着看他："我做梦都想变作一朵轻捷的云在天空自由自在，或者一片轻飘飘的落叶随意飘荡在海上。但华医生你知道吗？我必须要找到那个人才能释脱。"

"呵呵，你真是执迷不悟。"华唯鸿看着那双略带忧伤的眼睛，好像多少年来一直存于自己的梦幻之中，他鼓足勇气在她耳边低语着："夏初，我可以直呼你的名字么？"

夏初有些错愕，突然之间，有个念头在她脑海中一闪，雪亮的一道光，她好像看见两个年轻的情侣的模样，那是多少年前的画面啊，他们的笑容，他们依偎的身影在她脑海里忽隐忽现地拼贴着，但就是看不清楚，她觉得自己脑袋晕晕的。更令她眩晕的是，她看见他低下头来在自己额头上轻轻吻了一记，那句话梦魇一般炸响了耳鼓："我找了你很多年，总算把你找回来了。"

Chapter *6*
离异的人

被高纯度酒精麻木的大脑还停留在刚才那一场酒局的觥筹交错之中，谢永镇在车子内昏昏欲睡。

从一个赤贫的乡村医生经过大时代的重重洗涤冲刷一步步钻营投机到现在，他成了密密麻麻的谎言和虚情织就的颓废王国的国王。人心总是贪婪而又矛盾，当他走过了繁华富丽，在纸醉金迷曲意逢迎的官场欲孽之中摸爬滚打跌宕起伏尝够滋味，整个心魂却要返璞归真，无比留恋昔日清水豆腐般的恬淡生活了，尤其是当年抛却的温柔乡此刻更让他魂牵梦绕难以释怀。

他梦见了被他抛弃的前妻，和他并肩走在清辉如水的夜，走过挂满梨花骨朵儿的小树林，漫步在波光粼粼的小溪边。那恬情温柔的身影像一只美丽的鹿，眼中含着波样的水光在月下闪烁，她总是对自己温情脉脉有着用不完的柔情……沉浸在往昔的永镇忽然觉得车身猛地晃了一下。

他睁开眼睛依稀看见一个白衣女子的身影。

司机大惊失色，高声咒骂着飞快打转方向盘，那个白色身影擦着车身迅速被落在后面，隐于黑暗之中。

"怎么回事？"

"见鬼了！"

司机嘟囔着，永镇回头看去，惊骇万分地看见一张脸在明灭不定的光线下透过车窗冷冷地看他。即便只有千分之一秒的瞬间，他也能看清那张脸，正是他藏于心底多少年的遗恨，是他方才梦中的幻想。他猛拍司机肩膀，大喊着："停车，快停车！"

司机被老院长这突如其来的举动吓了一跳，慌忙刹车。

永镇猛地推开车门，迫不及待地奔下车去，四处翘望。

深夜的高速路上卷着咝咝的雪雾，没半个人影，除了那些风驰电掣而过的车辆，唯有滔滔的江水在脚下泛着白光。

他的心脏突突跳个不停，太阳穴处气血涌涨，真是见鬼了。当寒风呼啸而来冷却了那过度亢奋的神经，他嘘了口气，渐渐意识到自己不过是经历了场错觉，一璃她早已死了呢。

一璃，江一璃……谢永镇一路上不断默诵着这个名字。当人生的迷雾即将退去，他才清醒地认识到当年撒手放开的那个女人是和浪漫真爱，永恒承诺联系在一起的，但偏偏他什么都没有给她，什么都没有。

此情可待成追忆，只是当时已惘然。

他到家时已是深夜两点。妻子姚桂云这时候都是睡着的。姚桂云的父亲当年在上海颇有一点权势，他审时度势觉得娶这样一个女人还算划算。等姚父一死，姚桂云的劣处就显了出来，一个唇上蘸鸡血满嘴碎鸡毛的恶妇，谢永镇忽然觉得这个女人身上一点好处都没有了，这几年来都是分房睡。

姚桂云也是尖酸泼辣的脾气，麻将桌上她将骨牌推得哗啦啦响，跟那一群笼中怨妇扬声道："只要他按时给我交钱，爱跟谁就跟谁去。看着吧，那老东西迟早会死在那个贱货的床上，哼！到时候要我给他收尸都懒得去。"那些女人们一边艳羡她的运气，一边啧啧冷笑这对夫妻的貌合神离。不过到了这把年纪有几对夫妻不生厌？半斤对八两罢了。

谢永镇扶梯上楼，还是有些眩晕。他在楼梯口停了下来深吸了口气，没去卧室而是径自入了书房。

踱到房内书架的最高一格，取下一个精致木盒。打开盒子的时候沉郁的檀香伴着灰尘一起吸进肺里。

"啪"地一下按亮桌上的台灯，盒子里的那个女人一瞬间便亮了起来，她在花丛中独自微笑，她抱着刚出生的孩子，他们甜蜜的拥吻，他们的全家福，那些复杂岁月留下来的明媚影子，一瞬间无言地向他涌来。

"一璃……"瞬间，谢永镇还是喃喃出声。

突然，手上的一璃向他微笑了，伸出手抹去他脸上混浊的老泪，高傲又轻蔑地说道："你哭了么？你终于为我流泪了？唉，你这个负心贼，根本就不配我对你的爱。你的背叛抹杀了我们最美好的过去，我永远也不要看到你，就算是死我也不要看到你，你辜负了我毁了我的一生，我恨你！"接着他就听到那个孩子高亢地哭泣起来，各种家什带着乒乒乓乓的摔打声散了一地，眼前的江一璃高昂着雪白的脖颈，将他抛在了身后，踩着那个年代鲜有的高跟鞋扬长而去……

在父亲的哀嚎声中，小女儿晏菲从门后探进头来。褪去庄肃的父亲，哭成一团的父亲有些滑稽。但她已经二十岁，渐渐有些理解父亲为什么会和母亲格格不入。盒子里的那个女人的确很漂亮，花一样的娇柔。

数日来，昆山一直在忐忑不安中等待着顾夏初的消息。

顾夏初就像是上海的最后一场细雪，随着春天的到来悄悄融化掉了，没有半点音讯。

离异的人

069

从谢永镇、李宛冰到医院大大小小的医生他都问过，出奇地他们竟然都不肯说出顾夏初的下落，难道她真的是进了封闭式病房？

他在办公楼的窗前伫立良久，一直沉浸在酸涩和苦闷之中。就在他愁眉不展的时候，电话铃声响起来。他接起电话，一个陌生的男声。

昆山心头一振，电话是华唯鸿打来的。对方的来电完全不在他预料之中。

实际上，在华唯鸿给昆山电话之前，李宛冰暗示过他，谢永镇不希望他给找上门来的这个陌生人任何回音。但向来清高和固我的华唯鸿完全不理会这种要求，他觉得让顾夏初和昆山相认没什么不好，虽然那个夜晚与顾夏初的缱绻在他心底已掀起了暗流。

而昆山则隐约感到这个华医生是不同于谢永镇之流的，他认真地询问自己和夏初之间的渊源，甚至透露出她目前的精神状态。仿佛听到心底冰层碎裂的声音，昆山有着想哭的冲动和莫名的紧张，就要看到她了！他飞快地冲向电梯，直奔广场上停泊的那些出租车。

车上的昆山心潮奔涌，他不知道顾夏初与自己相认将是怎样的情形。她看见自己会不会像过去一样飞扑进自己怀里，或者像在飞机场离别那样拽着自己的裤脚跪下去，泣不成声地叫着哥哥。

江小鱼，无数个深夜我都在做梦，梦见你游回我身边，无论你做什么我都接受。

他们约在一家咖啡馆见面。

曾昆山与华唯鸿有了人生中第一次交谈。

两人不约而同都要了苦酽的冰拿铁，对彼此有着很不错的初次印象。

在昆山眼中，华唯鸿若一棵挺拔的白桦，温文尔雅，带着一股睹之可亲的书卷气，这与他印象中一般精神病科医生的冷硬严谨截然不同，昆山暗自松了口气，他一直担心与顾夏初的会面会由于谢永镇的压力而夭折，现在看来总算是柳暗花明了。

"她已经出院了，我只能借着给病人做回访的机会带你去看看她。"华唯鸿说着啜了口拿铁，连日的会诊和大大小小的学术会议已经让他很疲惫，他本想推迟几日休整一下再与昆山联系，但心底的私念却又蠢蠢欲动地令他想早日揭清昆山与顾夏初到底有无关系。无论自己是否可以去爱顾夏初，如果昆山真的是令顾夏初有了"心魔"的那个前男友"Victor"，或许她的病会有转机。

"谢谢你。"昆山诚挚地道谢。

"她还没有脱离观察期。你一定要注意，最好听我说的去做，不要刺激到她。"

"没问题。"

"能否多问一句，曾先生平常用的英文名字是？"

"Victor。"昆山淡淡一笑，"这有什么问题吗？"

"嗯，"华唯鸿随之一笑，"没什么。顾夏初对她的前男友有着心理上的避讳，她习惯用对方的英文名来称谓他，从来不肯说出他的中文名字。这就让人有些无可查证了。"

"呵呵，要知道我们中国人取一个英文名无非是便于混迹涉外职场，从出国求学到现在我的英文名字换过几次。Victor 不过是我现在的英文名罢了。"

"之前没用过？"

"没有。"

华唯鸿微微露出失望的神色，昆山转而又回忆道："哦，对了，大学时候曾用过一段时间，但我想江小鱼更习惯叫我哥哥。我相信在她心目中，我是她在这个世上唯一的亲人。她是不可能也不习惯对我用

'Victor'这个称谓的，听起来有些古怪。"

"病人抛弃习惯，选择不常用的称谓来重新定义对方是为了淡化甚至扭曲以往固有的记忆模式，是出于自我保护的一种本能。"

华唯鸿的这句话让昆山一怔。看到对方的恍惑，华唯鸿继续解释着："我的意思是或许为了避免引起过往的回忆引起伤痛，她心里面早就忘记了还有一个所谓的'哥哥'存在，那个'哥哥'反而变成了一个面目模糊不清的'Victor'。"

"呵呵，可笑。"昆山有些啼笑皆非了，"这怎么可能呢？"

"一点都不可笑，就像提到某些令你厌倦的人，你习惯用'那个人'来代替他的名字，为的就是避免引起心理不适。"

"哦。"昆山心头像被泼了盆冷水僵在那里。记忆的浪潮悄悄涌来。没有谁比他更清楚他曾经对江小鱼做过什么。他们的爱情可不是一块味道香醇的巧克力那么简单。除去在王重光面前倾诉的那些令人唏嘘的美好过往，还有一些搁置在心理阴暗处无法曝光的卑劣行径，那些卑劣令他在后来的日子不断羞愧自责过。由此如同对方所说，他在江小鱼心目中的光辉形象渐渐陨落萎缩成一个拙陋的英文符号也在情理之中。他默然了。

交谈了半个小时之后，他们决定前去探望顾夏初。

华唯鸿知道夏初平常多不在她的住处，而是埋头在莫干山路的工作室作画。

莫干山路那片区域被称作"上海的苏荷"，类似于纽约的SOHU，伦敦的东区，北京的"七九八"。它本是被遗忘多年的工业废墟，因为偶然的契机被一群惯于雕饰生死的艺术家给激活了。经过现代化都市艺术的打磨，莫干山路成了游走于艺术与商业之间的都市幽灵，焕发出巨大的生机。以作画为生的夏初自然也选择在那里栖息了。

华唯鸿驱车行至昌化路路口已是下午四点。天阴下来，云朵幻作了一片片灰色的鸟羽徐徐游走于天际，柔美至极。车子缓缓向前驱动，紧接着向东一个九十度的大拐弯。路面狭窄，迎面看到两道色彩斑斓的浪潮汹涌而来，像一个人被从观众席上提了起来，硬生生给扔到了光彩耀目的舞台上，眼看着生且净末丑走马灯似的济济一堂。路左则是一眼望不到头的矮墙，墙面上密密麻麻的涂鸦打着优美亮丽的弧线向远处弹跳而去；右边则是一幢幢破旧的厂房遗迹，墙壁皆被油彩喷刷成悦目的蓝与金，好比覆在华丽棺椁之下的木乃伊僵尸。

昆山是很久没有回过上海了，看着这陌生的莫干山路表情有些惊诧。

华唯鸿笑道：“你是第一次来吧，我也是第一次。”

经过了几小片拥挤芜杂的老式民居，一些充满艺术张力的雕塑和店面，还有几幢高档成熟的住宅楼群，他们终于到达了一个园区门口。这座园区叫做“莫干山路五十号”，前身是上海的面粉厂、机器厂、毛纺厂、粗纺厂等一堆老工厂的旧址。这里聚集了上海最有名的一批艺术家。

夏初的工作室位于莫干山路五十号的西北方向，那里是上海一家老面粉厂的原址，周围空地闲置多年，透出与远处繁华都市格格不入的荒寂。从外面看不过就是一幢二层厂房，但等他们进去便发现这栋建筑内部构造更是奇特，外方内圆，廊道在空中盘旋有如迷宫。

此时，刚刚睡醒了的夏初头扎着蓝色格子方巾，正一步步爬上高架。她口中犹含着那枝画笔，身后是绘了半墙的墨染梅花在室内的昏黄下幽幽半开着。

“夏初——”有人在身后喊她名字。

她回头，是一个男子，在暗色中目光炯炯。

昆山整了整衣领，他那张唇微微动了动："请问您怎么称呼？"

　　夏初痴痴看着昆山，画笔上的墨汁滴落下来，任那几点红黏在唇上都懵懂不觉，看得华唯鸿心惊。

　　"顾，顾夏初……"这声音有些陌生。十年了，真能改变一切？昆山盯着那素白的脸，殷红的唇，黑漆如星的眼睛："是你的名字？"

　　"是……不！或许，我还有别的名字。"

　　夏初怔了一刻，还是接受了这刀锋般刺心的审问。她那眼睛里闪烁着星光般的迷离，好像在追忆着被时光隐匿的那些东西却怎么也寻不回来。

　　昆山看她茫然，更加确信自己的判断，就是她了，那个喜欢在雨天作画动不动就会拉着自己衣服哭得鼻涕一把泪一把的江小鱼。此人眉目依旧，每一缕痕迹都宛如雕刻在自己心底般熟悉。

　　"你还有什么名字？"

　　"这个，我也想不起来了呢。"夏初求援似的望向了昆山身边的华唯鸿。

　　"她有间歇性失忆。"华唯鸿小声提醒着，"我说过不要轻易问她的过去，否则她会不舒服。你看她现在已经头疼了。她还没有脱离观察期……"华唯鸿说得小心翼翼。昆山这才注意到夏初已经皱起了眉头，抬手揉着太阳穴，那痛苦和困惑的表情确实有些异于常人。

　　"我不认识他，真的不认识……"夏初的眼泪忽然下来，看着华唯鸿嗔怨道，"你为什么要带他来？他是谁？"

　　"只是一个朋友，他很想看你的画。"华唯鸿镇定道，"你哭什么？"

　　"胡说！你们这些人有窥私欲么？你知不知道这样很干扰我工作！我这个月什么都画不成！都是你，是你们害的！我说过了，我在这世上没有任何亲人，也不想让一些人借着寻亲的幌子来窥探我的隐私！"

夏初愤慨地说着，华唯鸿便明白了，他开始后悔自己之前把事情想简单了。他完全没有考虑到谢景阳自杀的事情一见诸报端，给顾夏初来了不少麻烦，看来有不少好事者来过，逝者死得诡异，当事人出奇地漂亮，传说是一位颇具才华的画家且尚待字闺中，甚至还有可能是一个精神病患者，总之他们来窥探的理由有很多。

昆山被夏初的激动吓了一跳，江小鱼的性情委婉温柔，绝对没有这样歇斯底里地嘶吼过。短短一瞬，他甚至要推翻原来对顾夏初的判断，她和江小鱼不是一个人。但是看那眉眼，看那言行举止，甚至是含着画笔倾心作画的姿态，除了江小鱼又有谁会如此酷肖呢？

华唯鸿倒是没有生气，依旧心平气和地安抚着："不是你想的那样。我说过了，这个朋友从来没有来过莫干山路，我就是带他来转转，恰巧经过你这里。"

"虚伪！"顾夏初气愤地抬高了声音，"再说一遍，我最不喜欢作画的时候看到莫名其妙的人。你们走吧！我不想再看到你！我早就出院了，你也不是我的医生。"说着她将一大桶黑色墨汁从墙上猛浇下去，那墙顿时成了一个残缺不全的黑漆漆的山洞，向下面的两个人龇牙咧嘴地怒视着。

昆山被吓了一跳，从那些飞溅而下的墨汁旁边弹跳开来，但还是被溅了一身。

华唯鸿惶惑了，他并不在意顾夏初的过激表现。张爱玲不是说过一句话么？因为懂得，所以慈悲。何况他是为她剖析过心病的精神病科医生。令他不安的是，他清楚地看到她背转身的刹那，眼角分明有泪花闪烁。难道她真的和曾昆山有过恋情？否则她为何要落泪呢？

两个男人在回去的路上达成共识。顾夏初就是江小鱼。

当车上了高架桥，昆山的心头起了沧桑，云山雾罩的压抑，这不是他想要的结局。他向默默开车的华唯鸿闷声道："我忍不住了。"

华唯鸿听他这么说，只好将车子临时泊在桥边。

两人下车，昆山抽出根烟颤巍巍点上，却被迎面而来的狂风狠狠呛住，眼泪都出来。他咳了几声，才清着嗓子笑道："呵，你知道么？江小鱼有一个坏毛病。她本来就很情绪化，如果画出来的东西不满意，她就会嚓嚓地把它们全部撕掉，哭得梨花带雨。有时候我都让她这种小情绪给弄崩溃了，不就是一张画嘛，呵呵……可是，现在她这个样子更让我崩溃了。"

"呵呵，你觉得她这种表现只是小情绪？作为精神病科医生，或许只有我明白他们内心是多么痛苦。如果看到他们那些病态的行为，你的脑海中就浮现出'可笑'或者'傻瓜'的字眼，那我真的很遗憾，我今天做的一切都没有意义。"

"你误会了。首先我尊重像您这样有高度职业道德感的好医生。像我这种人是惯于把痛苦和哀伤藏在心里的，现在她这副歇斯底里的样子都是我造成的。我宁可她把那些墨汁泼在我身上淹死我或者像个泼妇一样跳脚大骂。唉，你根本不知道我有多难过。我的心口被深深剜了一刀，鲜血淋漓地疼啊。"

"有一个问题。"

"请说。"

"你真的要把过去的江小鱼找回来吗？"华唯鸿审视着昆山，"常人大多不接受一个精神病患者，即便是自己的亲人。"

"你错啦，我找的并非过去的江小鱼，而是过去的自己。"昆山脸上现出雨打山帘的悲凉，"她就是我生命的一部分。说实话我对男女关系很悲观，感觉那是一件非常自虐的事儿。我走过那么多国家那么多城市，没哪个女人能让我停留过，后来我明白了，原来我心里一直住着一个江小鱼。她在我的心里住了很多年，住得很孤独很沉默，沉默得连我都不知道。江小鱼呀，怎么说呢？她是我的起点，也是我的终点。我不开心很久了。"

"我也不开心很久了。可时光不能倒流。"

"华医生也有伤心的过去？"

华唯鸿脸上现出黯淡的笑，"大家都习惯自我保护，我从不回忆过去。"

"你看我什么时候和她相认好呢？"

"或许用不了几天，或许永远不行。"桥下，熙熙攘攘的车流穿梭不休，"你看，如果相认只会让她打开过去的记忆陷入痛苦之中，你又何必与她相认呢？"

昆山不知道该说什么了。

"我们必须要走啦，"华唯鸿说着快速走向车子，"我下午还有一个很重要的学术会议。走吧，我要赶时间！"

昆山身不由己地跟了上去，耳畔是汹涌车流的巨大轰鸣声。他赫然察觉，原来自己置身于一个异常残酷的时空啊。世上最痛苦的事情不是生离死别，而是离你很近却不能说我爱你。

夏初没有让那墨汁在墙上变成阴森森的黑洞。她在每一团黑色的墨迹上蘸上了饱满的朱砂色，那看上去就像一株老梅，千年不僵，躯干硬化成铁却有着繁花似锦的不屈灵魂。

"我怎么会疯呢？你们才都是疯子。"她目光凝结在那点点朱砂梅上，唇边挂着一抹鬼神莫测的微笑。但心头还是很冷。她放下画笔，手捧咖啡来到玻璃窗前，天空又飘起柔柔的雪团。她在窗玻璃上呵了口气，随手画了一个英文名字：Victor，小心翼翼地圈了一个红心，眼神辛酸。透过红心她看到室外一对年轻的情侣正在雪中追逐着，那种温馨的场面仿佛就是自己爱的昨天……

她很满意这座楼，这栋画室，幽深少有人米。夜里她的思绪可以在这座画室内尽情飞舞。她返身回去掀开罩布，一个白衣女子正在画架上默默地凝视她。白的衣，白的雪，唯有那怀中的襁褓红得像血。襁褓里的婴儿睡着了吧？她多想摸一摸他。

女子的忧伤谁能懂呢？听说过姑获鸟的传说么？那些难产而死的女子在凄清的雨夜，抱着天亡的婴儿涕泣而行，难产的血污染透了下身。抛弃了转世的念头，即便是怀着怨恨与孩子同生共灭，难道她们就不是圣母吗？

她的泪水流下来。

Chapter 7

白天鹅之死

这一天，又是大大小小的会议连轴转地过去，华唯鸿几乎马不停蹄地在整个上海绕了一周。

待到回家时，时钟已指向十二点，他疲惫地扔下外套正打算钻入浴室洗个痛快，手机却忽然在桌子上跳起来。

华唯鸿拿起手机，那端传来了怯怯的声音，是那个他快要给忘到脑后的顾夏初。

她在电话那头向他道歉，小心翼翼："对不起，那天是我不好。现在我很后悔，您能原谅我么？"

"该说对不起的是我，我没有预约，也没有提前告诉你我会带一个朋友去。"

"不，是我的错。"说到这里，夏初的声音在电话里面温暖起来，她缓缓道："我应当早一点告诉你，我更希望看到你一个人来。这些天，我一直在想你。"

这赤裸的告白让华唯鸿一怔，她接着在电话里面小声道："让我难以启齿的是，从医院出来以后我一直想看到你，或许这就是让我情绪陡然变坏的原因。"

"我明白了。你放心，我明天会去看你。"华唯鸿说得矛盾。他相信夏初是对自己有了爱意，就像自己对她一样。但他却不明白为什么他和她会有那样的相遇，那样的机缘相识。这就像是一场梦，冥冥之中有人把他们的手牵到了一起。他不在乎夏初或许就像李宛冰所说的是一个精神病人，而且是一个"复杂的混合体"。他只知道自己看到她那双眼睛就不由自主地沉浸其中，感到安稳，感到生命存在的意义。但是曾昆山呢？曾昆山怎么办？他的出现令这场爱情进行的有些艰难。

"不，华医生，我想说的不单是这个。其实有些话放到明天讲也不迟的，我这么晚打扰你是因为我实在受不了了。我做了一个很可怕的梦。"

"什么梦？"

"关于 Victor 的梦。"

夏初的呼吸急促，显然是刚从梦魇中醒来。

他叹了口气，揉揉发沉的眼皮，听她继续说下去。

她的声线在听筒里面微微发抖："你知道么？我最爱的就是白兰花。"

华唯鸿的脑海中忽然起了一个重重的叹号。

这个日暮，夏初抱着一束白兰花回到了家中。

走到门口，邻居阿姨正好出门，用地道的上海话搭讪着："呦，好香的白兰花呀。"

夏初微微一笑。她最爱白兰淡淡的甜香。

进了家门，她将花草草插在花瓶里面，就去洗手间洗漱。

镜子前面，水气弥漫，她无意中发现氤氲的镜子里面有一个模糊的女人的影子，那不是自己，悚然一惊，回头，室内却空荡荡的沉寂。

等到晚上她正在熟睡，空中传来碎裂的声响。

她被惊醒，却不敢开灯，摸索着起床，趁着月光看到白兰花撒了一地。正在惊恐之际，一个蒙面男人破门而入从身后抱住了她，把她按在地上，夏初拼命挣扎……她害怕，惊恐，大声呼喊，冷汗湿透了全身才发现不过是一场梦。白兰花完好依旧，在窗前散发着甜香。

听电话那端的夏初抽泣着，华唯鸿皱起了眉头，忽然觉得这些荒诞离奇的恐怖场面更像是她那些抽象主义的画作。

"为什么会有那样的梦？"

"因你对目前的生活状态有所不安。这种梦很常见。甚至有人的梦境和自己的将来出奇地吻合，那都是巧合，不必担心。"

"可我经常做这样的梦。上次和你说我有强烈的母性，希望拥有一个孩子，可我却梦见自己变作了鬼一口一口吃掉了自己的婴儿。"

"哦？"

"我梦见自己置身于黑漆漆的荒野，坐在一堆篝火旁。梦中的自己身着白裳，化作古代的女子模样。她神色忧伤，看着天空中飘着羽毛一般的雪花。你做梦时是否会这样？一个你在梦中游离，一个你俯窥梦中的自己。我看见她的食指落在猩红的唇上，口中喃喃念着古老又神秘的咒语，鲜血从她的指尖沥沥而下，是那婴儿的血，我怎会是她？她又怎会是我呢？"

"婴儿是爱情的结晶，当你对以往的爱情绝望的时候，就有抽身而去的潜意识。你吃掉的不是什么婴儿，是令你绝望的爱情。你对不甚理想的爱情有了破坏欲，所以想吃掉它。很多梦不必用现实中一加一等于二的逻辑来推理。它们所代表的意义也并不像看起来那么可怕。"

华唯鸿在电话这端耐心地解释着，夏初幽幽道："希望是像你说的那样。从景阳死后，这些天我每天晚上都会被噩梦惊醒，再也睡不着。明天你陪我喝杯茶好么？"

一种很粉很娇柔的香气扑面而来。就像有雾有雪呵着寒气的冬天，围在你脖颈上的羊绒围巾，暖暖，软软的。

华唯鸿明白她那种心态，因怕伤害就把所有的心魂都包裹在那花心里面迟迟不肯盛开。

"你在做什么？"

她站在那里痴痴望着远方，太阳凋谢的悲壮余光将那张惨白的脸染作了金黄，令人看不到她的内心。她的眼睛从没有明亮过，总是湿漉漉蒙着一层雾气，里面仿佛是无边的黑色森林，令人犹疑一旦置身其中，是会看到潜伏的凶猛野兽，还是千万只黑色的蝴蝶在幽暗中飞起，闪烁着冷冷荧光。

她看到他的那短短一瞬，眼睛是闪亮的。嘴角微微扯动，仿佛扯动了内心的伤口一般，"经常会有这样的时候，当你一个人沉寂下来的时候，你就会不自觉地品尝一种疼痛……思念一个人的疼痛。"

"可我还有更恐怖的梦。"

"我梦见和他的过去……"夏初说这话的时候，眼泪就像一颗大大的红色樱桃从光洁的脸上悄然滚落。

此刻，她正坐在华唯鸿面前，这已是第三次向他诉说她的梦。

咖啡的香气驱散了梦中的阴云，她深深吸了口气。眼睛亮晶晶，没有半点烟尘，甚至自嘲地沉着嘴角泛出冷笑，"我已经很久没有梦见他了呀。我以为已经把他给忘了呢。"

"在梦中，你能看清他的脸？"华唯鸿这么问着，心想顾夏初的这个梦是否可以让昆山从那堵墙后面现身了呢。

"不，恰恰相反。"顾夏初点燃了一根烟，姿态老练。

他恍然一惊，他以为她是不抽烟的。

夏初将猩红的唇压在那烟上，眼睛里面聚敛的是柔水般的刀光，妩媚的吸烟姿态闪烁着颓废和厌倦的气息。她对他们的过去还是耿耿于怀，华唯鸿心想。

"过去的那些夏天，我们常在海滩上嬉戏玩耍。那里有散发着树脂芳香的亚热带高大林木，纯净的白色沙滩，漾在碧波里的幽幽绿草。但我要说的是晚上。夜幕降临，我发现他突然不见了，我想他可能躲在某棵树后面跟我捉迷藏。我沿着沙滩到处寻找，喊他的名字却得不到任何回音。

"就在我站在沙滩上茫然四顾忐忑不安的时候，空中有一种微微的喘息声在颤抖，循着声音走去，我看到了一栋木屋。门是虚掩的，我推开门进去，室内一团漆黑，有一股令人窒息的潮湿的味道。是那种常年浸泡在潮湿空气和海水中的腐败气味吧？梦中的我很是惶惑，这里什么时候出现这样一栋黑色堡垒一般的木屋呢？它好像一夜之间在热带雨林中诞生，在黑暗中才张开臂膀迎接我。

"我带着重重疑问，像蝴蝶一般轻盈地穿过黑而长的室内走廊，光裸的脚板分明能感觉到地上的团团水渍。突然，一缕柔软倾斜的光线吻在我的脚面上，前方是旋转的木梯，它沉睡在黑暗之中呈现疲惫和苍老之色。一扇半开的门匍匐在它脚下，里面似乎是间浴室，哗啦啦的水声缓缓传出。

"我走到近前，一缕若有若无的男女痴缠之声惊醒了我的耳朵。不知道为什么我感觉那就是 Victor 在里面。怪不得他抛下我，难道是和别人在一起么？愤怒让我无法冷静。我猛推开门，声浪戛然而止，花洒下面竟站着一个长发女子，她全身赤裸。我惊呆了，她只是一个人！这太出乎我的意料。就在我不知所措想要悄悄退去的时候，那女子察觉了一般转过身来，哦，怎么形容她呢？美若古希腊女神，婀娜修长的身体，浑圆坚挺的两个乳房……不，她是邪恶的，更像莎乐美！更邪恶的是我发现她竟然有一张和我一模一样的脸，笑容诡异。那种微笑就像是撒旦要攫取你身体之前先送给你的蜜糖！我怕极了，反身关上房门就向屋内跑去。

　　"我冲入房内缩成一团，那个女子也紧追不舍，房门被推得咕咚作响，我怕极了，蜷缩着抖成一团！忽然我看到对面有一张床，白色的床单阴森，床下有液体漫延出来，带着触角一般延伸，是黑色的血！

　　"我几乎要尖叫，不断后退着想要缩回脚，但那些血却迅速漫延到我的脚下，我想要逃却怎么也动不了。当我举起手来，发现自己的手和脚竟然沾满了黑色的鲜血！

　　"床下一定藏着可怕的东西。我竭力压抑着内心的恐惧，战战兢兢向那边走去，小心翼翼揭开那床单，一张狰狞的脸借着灯光赫然呈现，我忍不住尖叫起来！她竟然就是外面淋浴的那个女子。她是什么时候进来的呢？怎么又会死在床下？那外面撞门的那个人又是谁呢？

　　"我感觉血液快要倒流，尖叫着后退，却撞到一个僵硬的物体。当我抬起头来，赫然发现他就是我的男友 Victor！我哭喊着扳转他背向我的身体，你知道么？他的脸已烂得像爬满蛆虫的烂苹果一样……"

　　夏初语无伦次地说着她那荒诞的梦。在常人眼中它像野兽派的画作一般不可理喻，支离破碎带着疯狂的毁灭。为什么她的梦总是充斥黑色的死亡？华唯鸿聆听着那些梦，短短几分钟内就窥探完她的精神发展历程。她是一个不折不扣的精神自卫者，却偏偏被某种精神漩涡所吞没难以摆脱。他心内涌起一股长久的怜悯。这种怜悯只有在他这样高度敬业的精神病科医生身上才能产生吧。换作常人必然会被梦中潜藏的杀机所击退，谁愿意接近这样心境诡秘的女子呢？

这天下午华唯鸿没有去医院，而是坐在了上海大剧院。今晚是晏菲的汇报演出芭蕾舞剧《天鹅湖》。意外的是，他没有看到姚桂云也没有看到谢永镇。而晏菲说他们都会来的。

晚上八点剧场一黑，帷幕缓缓拉开，柴可夫斯基那凄婉的旋律在空中悠然响起。人工光幕打造的朦胧月色静谧怡人，蓝色的天鹅湖在黯淡的光线下闪烁着粼粼波光。那些高雅的小天鹅身着洁白的短裙在舞台上轻盈如飞地跳跃着，令人目眩地旋转着，在木地板上演绎着细腻优美的脚尖风情。

柴可夫斯基的音乐是这部舞剧的灵魂。大提琴时而华丽，时而朦胧，时而低沉，小提琴的颤音也脉脉含情，还有竖琴的婉转，小号的圆滑都轻轻牵引着他的心，令他产生了绵绵不断的遐想。

晏菲在台上情绪陶然，那单足趾尖的旋转和迎风展翅的优美风情似乎只为一个人而开。她知道台下有一双眼睛凝神看着自己。当然台下可是有上千名观众，上千双眼睛呢，但只要那一双眼睛看着自己就够了。她要他看到，昔日那个幼稚天真的小女孩已经长大了。

舞台这么大，我可以一直跳，跳到天穷地竭，只要你在身边，我就有勇气一直跳下去。在她的精神世界，日渐衰老的谢永镇和日显猥琐的姚桂云已经失去了他们的引导者地位，矮小得经不起任何审视和崇拜，她亟需找到一个精神支撑。否则她就是剧中那个被施了魔咒孤单又柔弱的天鹅公主奥杰塔。

华唯鸿一直是她仰赖的男子。从他第一次出现在家里用手抚摸自己那软软的头发戏谑地叫她黄毛小丫头，从他手把手教她画出第一张蹩脚的画作，从他自国外寄来她最喜欢的小泰迪熊，告诉她在父亲和母亲的感情沟壑中坚定地站立和去爱，晏菲就对他产生了敬赖之心。相对于这个外表和谐实则充斥着虚情假意的家庭，这种天然真切的情愫弥足珍贵。尤其是华唯鸿归国之后，谢永镇对这个得意门生的赞赏更让她心生倾慕。她觉得只有他才最有资格同自己一起分享成长的喜悦。

但华唯鸿，一直在忧伤和静穆中端坐着。最后，那幕《天鹅之死》彻底击中了他。

天鹅湖中的白天鹅奥杰塔最终战胜了妖人的阴谋和诅咒，与王子快乐地相拥双舞，欣喜地流下眼泪。那颗颗眼泪在华丽的灯光下折射出钻石般耀眼的光芒，台下一浪接一浪的掌声震人耳鼓。但王子惊愕地发现眼前的白天鹅奥杰塔似乎过度激动，哭得五官变了形。那不是骄傲的眼泪，她失落地看到台下那个座位已悄悄地空了。

华唯鸿一个人步履匆匆，行进在街头，他不知道该如何驱散心头的阴霾。孤身只影的白天鹅在阴冷的湖面上艰难挣扎，缓缓地屈身倒地，最后在精疲力尽的颤抖中竭尽全力地抬起一只翅膀，遥遥指向天际，那哀绝的一幕所带来的长久的、彻腑的、令人崩溃的伤感和恐慌深深地击碎了他的心，他产生了一种强烈的眩晕感，仿佛灵魂随时要挣脱身体，像失控发狂的幽灵般在街头疯跑哀嚎。

奥杰塔，孤独且忧伤的奥杰塔，她一个人在黑色的诅咒下默默死去。

"我不会再涉足爱情。"他在她墓前留下这样的誓言。

爱是世界一切悲剧和喜剧的源头。她死得无言且悲屈。如果不爱，什么都不会发生，没有生离死别，没有千古遗恨。她为他而死，他有什么理由去寻找新的爱情，有什么理由活在这光鲜的世界享受阳光雨露？

待到谢幕，光华散去，晏菲一个人留在了后台的化妆室。

她看着镜中的自己，美丽的空寂，渺小得如一只白色芭蕾舞鞋孤单单杵在那里，不由得心头一酸伏在桌上低声抽泣起来。

"哭什么呢？"有爱怜的轻叹。

她恍然一惊，谁在说话？

空荡荡的后台，只有一长排空置了的化妆镜镜光莹然，像是一只只空洞洞的眼睛睁得大大的，虚无地望着暴露的灯光。

她感觉不到害怕。镜子是人类最公正的朋友，你向它微笑它就微笑，你向它哭泣它就向你哭泣。

她迎着光芒看镜中的自己，喃喃自语着："他真的不爱我呢。"

果然那个她也哀伤道："他不爱我。"

可是她的眼睛为什么会有血红的液体流下来？她的眼睛和镜子一样是空洞的！

她悚然，伸手摸向她的头发。她的头发还顶着银光闪闪的公主头冠，高高挽在脑后呀，怎么可能是这样子的漆黑遮住了惨白的一张脸，目光阴森森的凄厉？

当她触到那飘忽忽的一头黑发时顿时如梦初醒惊声尖叫起来。

那声线必然是带着要逃遁出这个密闭空间的无比恐慌在气流中打着滚，四处碰壁跌跌撞撞出去的。

晏菲不知道自己是怎样抓着化妆包冲出那个化妆室。

她一路小跑的时候清楚地看到巡视保安那惊愕的眼神。可是她不敢停下来，仿佛稍一停歇那个魅影就会追上自己附体一样。

当她冲到台阶前，那只激动过头的脚已经不听使唤地带着它的主人直向地面扑去，盲目得像鱼在亲吻玻璃缸。不过鱼在水中可没有这种凌空而下的头重脚轻感。

一股热热的液体从鼻腔内涌出，她动不了了，大脑一片空白。忽然她就想到了杜小麦在麦当劳门前的那幕情形，哦，老天，莫非这是做梦么？

一个黑影由远渐近。救命，救救我！

眼睁睁看着那个身影到了跟前，蹲下去看着自己。

"是晏菲么？怎么这么不小心？"

我是公主，求求你不要看我。头发散乱流鼻血的样子一定很难看，但鼻涕眼泪齐出让这一切更糟糕。

华唯鸿要扶她起来，她夸张地大叫，其实也没那么痛，就是不想让他看见自己挂了彩的一张脸。

他将她整个抱起匆匆奔向车子。

他带着她在街上左转右转，终于找到一处诊所来救急。

护士送上消毒药水和纱棉，替她止血。

华唯鸿小心翼翼地替她脱鞋，她相信自己的脸干净清爽了，突然伸出两只手来一把将华唯鸿的脸揽了过来，狠狠在他面颊上啄了一下。这突袭搞得华唯鸿一愣，她却抹抹嘴唇无辜道："这是我初吻呢，你要为我负责。"

华唯鸿摇摇头无奈地笑笑，这丫头已经不是第一次偷袭，还嚷着是初吻。他以兄长的口吻半责怪着："这么大了还疯疯癫癫，摔得再狠点小心嫁不出去。"

护士在一边抿着嘴笑。

晏菲一听，又想到方才那惊怖的一幕，忍不住哇哇大哭起来："我见到鬼了！"

华唯鸿看她张着嘴巴哭得山崩地裂，好气又好笑，"好啦好啦，还是很漂亮嘛。深更半夜的哭哭啼啼真会把鬼招来了。"

"我真的看见鬼了，"晏菲抽抽噎噎嘟囔着，"她和我一模一样，头发有这么长，还穿着一身黑衣服，就站在我身边还朝我冷笑。"

她语无伦次地描述着，华唯鸿和护士都站在那里暗暗发笑。

华唯鸿笑呵呵道："还穿着黑衣服呢！哈哈，估计是白天鹅奥杰塔产生了幻觉以为自己变成了黑天鹅奥杰丽雅。呵呵，你一定是太累了，是我不好，我应当等到散场好好慰问你……"

晏菲本来就筋疲力尽疲惫至极，经他们这一打笑还真有些恍惚了，难道真的只是幻觉么？

这天晚上，姚桂云靠在床上睁着眼睛，看年轮在指针滴滴答答下无力地向前翻滚着。

将臃肿的身子藏在暗处，如一只惯于夜中飞行的蛾子不敢见阳光。她从脑袋中抽出一枝笔，闭着眼睛就着黑暗的画板描绘自己那衰败了的容貌。乌青的眼袋深凹下去，发红的鼻头略显肉肿，下垂的嘴角使得她看上去更像一条受了委屈的大鲶鱼，泛黄的牙齿，布满无数细小皱纹和黄褐雀斑的脸则令人想到那些蜷缩在乱石板下面的可怜兮兮的老乌龟脑袋。旁注上写：死亡的前夜。

当然，如果照一照镜子或许会惊喜，还没那么糟糕呀，略施脂粉也算风韵犹存呢。可她找了个好男人，这个男人是世界上最荒凉的动物园园长，她是动物园里唯一的一只老猴子，园长不看她一眼她就失去了整个世界。无聊的时候只有坐井观天，想象自己是各种丑陋的动物，而且是孤独的。

有人轻轻上楼的声音，那个挨千刀的回来了。

有人轻轻打开书房的门，她知道他又要去寄托他那无处存放的哀思。如果先死的是她而不是江一璃，结局又会怎样呢？他会不会把她的那些阴森森的头发，散发着阴气的衣服，发黄的照片乃至碎小的指甲都小心翼翼地存在那个盒子里呢？

那些指甲，剪成小月牙状的染作胭脂色的碎指甲有那么美吗？一想到那些脏东西她就觉得恶心，它们应当随着那个死鬼一起化作青烟去。

正在她胡思乱想的时候，楼上传来了飘渺的歌声，那歌声断断续续传入耳朵，蚊子般嗡嗡作响。那歌，十几年前恍曾听过，是那首《白兰花》。

轻轻的脚步声，嗒嗒，那轻盈的脚步声富有节奏感，像一个人在旋舞……姚桂云睡不着了，她知道那是谁。那个鬼又回来了，她阴魂不散，经常在夜半时分在自己头顶上唱歌跳舞，炫耀她生前的风华。

你都死了还争什么？

姚桂云确定那些个深夜，楼上的歌声，脚尖在地板上发出的轻轻的摩擦声不是谢永镇的。初起的恐惧和惊颤让她难以入眠，谢永镇说她是典型的更年期妄想，甚至带了一堆药回来。

"你想毒死我？吃了这些药不疯也变疯了！"她将那些瓶瓶罐罐向谢永镇扔去，"你当我不知道你那些伎俩啊，想让我早死好迎新的进来！"她撒泼的时候脸上呈现出一种浮肿的贫血的苍白，咀嚼肌抽搐地扭动着，这在谢永镇看来更是一种病态。

十几年前姚桂云讨厌前妻这个词，那是遮在她头顶的一片乌云。现在她天天揉着心口叹气，谢永镇的那些野女人都在外面虎视眈眈，她担心自己哪天也会变成别人头顶的一朵乌云。她咬了咬牙从床上爬起来，推开门悄悄向楼上摸去。

那歌声还在空中飘漾着，像一朵朵浮在夜空的金莲花，散发着诡秘的声色：

一朵小白兰，开在静静的山崖，

春风来了呀，悄悄吐芳华。

求你采我入怀啊，拥我回家……

一股冷气从姚桂云空荡荡的裤脚钻上来，冻得她直打哆嗦。她颤巍巍地伸出手去，门是虚掩着的，里面漆黑一片。

一个白色的影子在里面飘来荡去，伴着袅袅的歌声，跳着幽灵一般的舞步。

忽然她看到了那张脸，那张脸在黑暗中闪闪发光，山鬼一般的明艳。姚桂云再也坚持不住，尖叫一声倒在那里。

谢永镇从睡梦中被惊醒时，看了看枕边的表针，晚上一点四十八分。他以为不过又是姚桂云神经质发作，但楼上一声诡谲的猫叫警醒了他。

他披起睡衣向楼上去，借着大厅的微亮看见一团黑黢黢的影子横在书房门口，正是姚桂云。猛推门，两只眼睛在黑暗中闪闪发亮。伴随着一声喵呜的怪叫，一条黑影从里面嗖地蹿了出去。

他倒吸一口凉气开了灯。只见那个檀香木匣子在桌子上大开着，厅堂内的风鼓涌进来，将那些照片吹得四散而起，犹如一只只黄色蛱蝶在空中一上一下地飞舞着，灵性十足。

在这个夜晚睡不着的不仅有姚桂云。

当李宛冰再度被家里的诡异所镇骇，趔趔趄趄冲出房门时，已是午夜三点。

除了前夫，她在这个城市找不到更亲近的人。但前夫怎么可以是亲近的人，所以说她在这个城市没有任何可以称为亲人的人。

她穿着薄薄的丝质裙子，提着一双高跟鞋和一件黑色外套赤脚奔出来，在春寒料峭的街头抖抖瑟瑟地站了半天，才等到了一辆出租车。

结荻鸟

"去哪里？"司机隔着车窗瞪着小眼睛看她，从他的眼神来看，这个在大冷夜露着一双冻得发白的小腿的女人像一个十足的精神病患者。

"宾馆。"李宛冰的嘴唇冻得发白，双肩不自主地哆嗦着。

"哪个宾馆？"

"随便一家宾馆都行！"她几乎要嚷起来，"快走！"

深夜出车的司机本就是小心谨慎，听她后面这一嚷更疑惑了，不解地看向她的身后。她后面的楼群下有一道白影子，一个女人的影子，她的脸在深夜尤显苍白恐怖。

司机一句话没说就风驰电掣地逃离了。

李宛冰咒骂着看那个司机离去，愤怒暂时战胜了恐惧。她哆嗦着要掏出手机要给谢永镇电话，忽然看到蓝色的屏幕上闪烁着一条短信："你终将死去，恶毒的女人——"

她愤怒地看向短信的末尾，那是一条来历未知的短信，或许是来自地狱的诅咒。

空中有清晰的女子咯咯的笑声。

"你笑吧，小心我剁死你，让我看看你到底是人是鬼！"李宛冰恨恨地骂着，她从来就不是一个轻易服输的女人。如果说是潜在的负疚心理让她面对眼前的威胁产生畏惧的话，她觉得自己已经忍受得够多。她决定转身回自己的房子里去。那是自己的房子，不管里面是否有鬼侵袭，她可不舍得花上几百块去住一夜宾馆。

"请问，您也在等车吗？"一个怯生生的声音。

那声音让她觉得安全，没有任何异样，虽然在午夜三点漆黑一片的街头有陌生人向你搭讪或许预示着未卜的危险。宛冰回头，是一个女子。

她头发散乱，湿答答地贴附在光洁苍白的额头上，漆黑的眼睛在夜色中闪亮，小鹿般澄澈的幽光向她示好地微笑着。除此之外，根本看不清她的五官。

李宛冰那尖酸的神色并没有在这一瞬缓懈下来，她脑海中还滚荡着一抹被戏弄的恨意，只是瞪起眼睛看了这神秘的女子一眼，才注意到她的腹部是微微隆起的，原来是个孕妇，她释然了。接着，她发现那一双腿竟然也是赤裸着的，裸露在白色的孕妇裙下面，有微微的肿涨，即便是在黑夜，宛冰也能感觉得到肚腹膨胀给她造成的负担。她甚至感觉得到那好跟自己一样也在春寒料峭的夜风中发抖。

哦，可怜的女人，这世界上多得是被抛弃的可怜的女人。或许几分钟之前，在这个女人身上也发生了老掉牙的一幕，窝囊无能的丈夫醉醺醺地回家，将粗暴失控的拳头砸向怀孕的妻子，或许是工作上的不如意，或许是生活上的不堪重负，对于倒霉的家庭来说有太多促进它们解体交恶的病毒式连锁理由。这些家暴大多在罪恶的月光下肆意地展开而少有干涉者。

只是一个可怜的孕妇而已，想到这儿时宛冰迫使自己将眼睛从女子的下身移开，死盯着别人的身体毕竟是一种不礼貌的行为。但孕妇腿上的黑色印迹吸引住了她，在黑暗中它是沥青一般的漆黑，仿佛是一条细长的蛇趋附在那个女人的腿上，它诡异的轮廓给她带来了阴冷的尸体的味道。

倘若是那种东西，它在日光下必然是触目惊心的鲜红色，伴之而来的当是凄厉痛楚的嘶喊，歇斯底里的悲伤，你看到的怎么会是这样安静的一副面孔？除非她……李宛冰的心咯噔一下，她看着那个女子的一双眼睛悠然凝滞地望向前方。

灰蒙蒙的天顶透射出一轮巨大的圆形光廓，那是被黑云吞没的月娘死前散发出的光辉。这个世界不断有来源不明的各种能量在抗衡牵制，由巨大的宏观形式千头万绪地发散转换万端，继而潜入你生活中的细微处，左右你的心情，乃至你的生命进程。你看着那些巨大的天体在外空貌似无声地运转，实际上你没有一刻能脱离它们的阴影，说阴影有些不太恰当，大部分时候你在它们的影响下懵然不觉，除了某些特殊的时段，譬如今晚你看月光，它明显孕含着一股阴气。那个女子凝望的姿态仿佛她不是来自混浊的洪荒冥域，李宛冰产生了一种严重的幻觉，那些灰蒙蒙的楼群是耸立在午夜坟场的突兀的墓碑，在这坟场里面只有一个活人，外加一个死去的游魂。

耳边又传来一声凄厉的猫叫。一只猫，不，准确地说是一只猫的残骸在那个女子的怀里，那只丢掉了脑袋的死猫。

一股血腥气扑面而来。李宛冰眼睁睁看着一道绿色荧光罩住了自己的脸，尖叫一声就倒了下去，直挺挺地躺在了风声呼啸的水泥路上。

一只手紧紧地扼住了自己的咽喉。

夏初就像是坠入泥潭的野马，越是挣扎越挣脱不了那魔爪。

半夜她带着一身冷汗从噩梦中惊醒，像产卵季的那些母鱼被硬生生从礁岩上驱赶下来。

披上那件松垮的丝缎长裙，裙边绣满陌生的小紫花，她记得自己不怎么爱这种紫色，就算是可怜这小姿色的花朵也不会怜爱到绣到裙上去。她爱的多是大而明艳的花朵，譬如大花盘的芍药和牡丹，但一定要是白色，她不钟爱紫色。她抚摸着那一小朵一小朵的紫花，是苏绣吧？绣得真好，绣娘一定是有些小情小我多愁善感的女子。

她穿着那睡衣就像漫步在绣娘用手烘托而出的虚幻春天，一抹紫花地丁的若有若无的气味在空中弥漫着。

"你一定喜欢这衣服，穿上它你就和我在一起了。"那绣娘在空荡荡的画室内，对她喃喃低语。她有一张同她一模一样的脸，一双灵巧的双手，同她一起坐在那散发着厚重木香的画板前画着同一幅画。

"姑获鸟，你相信世上真有这种妖灵么？"她画的是姑获鸟，那个怀抱婴儿夜中啼行的幽怨女灵，"想不到啊我们都一样，什么都一样。"

"现在你看见我不害怕了么？"

"不怕，"夏初抚摸着那女子的脸，"我们要永远在一起，再也不分开……"

带着一抹虚幻的笑，女子轻握她的手，那双水润光亮的眼睛迅速变得干枯，黑血从眼内沥沥而出，有如一朵紫罗兰缓缓绽开迅速覆住了整个面颊。夏初看着那黑血下的死亡面孔不觉惊惧，只有手腕剧烈地疼痛。

雾气氤氲的早晨，独自一人。

天空是忧伤的镜蓝色，它的大半张脸都被雾气锁着，只露出一只意味深长的眼睛。

现在几点？除了呼啸的风声，还有钟表的嗒嗒响如同那颗紧张跳动的心脏。

你脱下大衣开始疑惑自己到底在什么地方。低头看自己的双脚踩在飘忽不定的街道上，这街道像多米诺骨牌堆砌的空中楼阁，那骨牌是千奇百怪的云朵形状。

有泉水泡沫似的液体从脚边咕咚咕咚冒出来，一只手忽然抓住了他的脚，气息微弱道："救救我！"

他吃了一惊，一张惨白的死鱼一般的脸自水中冒出来……

华唯鸿是不习惯回忆以前的，这个梦让他再次想起多年前的那个雨天。她静静躺在一口薄板棺材内，双眸紧闭，惨白死寂的一张脸，失却血色的小嘴微微张着像是要说什么却将那些话留在了风中。

他已经很久没有梦见她了，那张脸多像夏初。他对顾夏初仅仅是出于医生的职业使命感么？显然不是，还有其他的，其他的东西。他深深吐出一口气，不过是凌晨四点，却清醒得毫无睡意。

点燃一根烟，他翻看着夏初给他的那些短信。有些是忙碌时没有来得及细看，其中有两条是前一天发送的，内容一样都是"我又梦见她了"，而最后一条则是两个小时前，那时他正陪晏菲在诊所，那短信上写着：我想走了。

她所说的走是什么意思？人们大多不愿意说到"死"，说某人死去就是"某人走了"，想到这里华唯鸿紧张起来，毫不犹豫地拨电话过去，是，不要有任何侥幸心理，什么都有可能，因他是一个高度敏感的精神病科医生。拨了许久电话那端也无人接听。难道是她已经睡了？

他坐在床前紧张地思索着，如果不是刚才做了那个奇怪的梦令他觉得凶险，他并不觉得有深夜去探望她的必要。

车子飞速上路，黏稠的白色气体倏地包围上来。

路旁的树木齐刷刷地向后退去，像一个个沉默的行人匆匆打一个照面就消失不见，只有前方偶尔会现出黑白相间的路标。

这像是一个未知的世界，有别于白天和夜晚。

电话还是不通，华唯鸿心急如焚加快了车速，雾越来越浓，夏初的工作室透过浓雾隐约可见了。月色给它的外观涂上了一抹半月形的婴儿蓝，远看就像是一个小小的婴儿卧在了烟雾弥漫的钢筋水泥之间。

远处传来施工工地的轰鸣声，这里的夜并不像以前看来那么安静。一排排废旧建筑面临拆除，像是被掏空内脏的尸体木然僵立在一片露天的坟场。他看到了她楼上的灯光，它们像一小朵一小朵白色的花开在这肃穆的坟场。

她不会有事，华唯鸿心内稍微松懈，但还是要奇怪对方为何不肯接听自己电话。艺术家总是和常人不一样，众人沉睡的夜晚往往是他们灵魂狂欢的好时光。或许她在忙于作画。楼下的橡木大门是开着的，他泊好车子便走了进去。

由旧厂房改装而成的画室在晚上格外妖娆诡异。从下面向上望，钢筋骨架犹如暴露于体表的血管随处可见。一幅幅油画嵌了色彩斑斓的花草或姿态各异的男女盛开在这凌乱之间，给地狱般的颓靡增添了世外桃源的融融春光。楼梯是生了锈的，涂上一层红漆，红红黑黑的更显颓废。他想象着夏初身着那样复古的一身旗袍走在这斑驳的楼梯上必然是别致的韵味。那次来没有这样浮想联翩，皆是因为少了这晚上的灯光，光色便少了这催情的浓烈。

沿着楼梯上去，空阔的画室坦荡荡地恭候他。楼上的一盏盏壁灯也是亮着的，如一朵朵洁白的玉兰花莹润地盛开墙上，别致传神。

"夏初——"他喊了一声。

画室很安静，可以清晰地听到回音在空中嗡嗡作响。

没有回应，但有轻微的呻吟。

那呻吟断断续续，若有若无，充满苦痛和压抑，在这空寂中格外瘆人。

他心中密密浮起一层战栗，强力抑制着恐慌继续探望："我知道你在。你在哪儿？"

话音刚落，那些光扑的　声都灭了。整个画楼湮没在一片黑暗之中，黑暗中有了哭声。

他一愣，努力瞪大眼睛，一个影子自那些画板之间慢慢地出来。

"是夏初么？"

那影子不说话，在暗中抽泣着，哭声带着变了调的凄凉。

华唯鸿向那影子迎去，想要安抚她的心情使得他紧紧抱住了她。

结获鸟

陡然，黑暗中又传来凄厉的哭喊，"救我！"。

他又一惊，恍惚间，那人喊得更加歇斯底里，"救救我——"

是夏初的声音？他迷惑了，那眼前的这个影子是？那脸覆在一头黑发下面，根本无法看清面目，倒是有液体的嘀嗒声。液体从她身上流出，他看清楚了，她身上没有一处不在流血，眼睛，鼻子，嘴巴，到处都是斑驳的血迹。他倒吸一口冷气，视线下去，她的身体有一部分是隆起的，那鼓隆的腹部真是诡异。

就在这一瞬，随着"啪"的一声响，室内大亮。

恍若梦魇一般，华唯鸿惊愕地发现那影子不见了，一个画架无声伫立面前。画中的女子仿佛来自他的梦境，双乳裸露在外，捧着她那高隆的腹部。令他惊惧的是那个女子的眼睛，并不是圣母般的恬静模样，而是充满了凄怨，看着自己。更令他惊恐的是有血水从女子的眼睛涌出，令他不由得想到方才那诡异的一瞬。

他不自禁地伸手去触摸那些血，那血鲜润，一团一团地开着有如玫瑰，将他引到了楼下。循着血迹他看到一个人正俯卧在地。

"夏初——"他奔下去将那个晕厥了的躯体抱在怀里。

"救救我……"夏初在昏迷中喃喃，他这才看到她的一双手上布满伤痕，满手都是血污，甚至墙壁上都有令人心惊的血手印。

"你真的疯了吗?！顾夏初！"华唯鸿咆哮一声，抱起她就向外面的茫茫夜色冲去。

荒凉的公墓 Chapter *8*

　　给姚桂云注射了一针镇定剂之后，谢永镇就陷入了惶恐之中彻夜难眠。

　　他在沙发上枯坐一夜。

　　他想不通，自己整天枯坐书房也看不到江一璃的半点鬼影，为什么偏偏这个女人倒是嚷着见了鬼呢？真是神经病！

　　直到天色大亮他才有了倦意，发出响亮的鼾声。

　　姚桂云渐渐醒转，听到鼾声才发现丈夫也在。这两年她一直过得像个守寡人，这个房间他从来不肯屈就，两人僵持得就像战场上你死我活的对手。

　　这算什么夫妻？必定是前生受过诅咒今生才捆绑在一起，活着见了牛腻，死了才有几分想念。

　　她躺在床上听着那不太规律的鼾声一动也不动，或许只有这才可以让他继续在身边，借此欺骗一下饥渴的内心。

　　光线从窗外透进来，洒在谢永镇那花白的头发和微凸的肚皮上。他身上那件丝绒睡衣半敞着，萎缩褶皱的胸口裸露在日光之下像足了菜缸里的腌黄瓜，一颗颗豆大的老年斑在那黄瓜皮般的皮囊上冲她无声冷笑

荒凉的公墓

099

着。姚桂云吃惊地发现丈夫竟然已经如此老迈，她忽然恍悟，他对自己的冷漠真的只是生厌了吗？难道就没有生理上的原因？被猜忌和嫉妒左右的她竟从来都没有细想过对方或许在无情的岁月面前早已悄悄变作生了锈的机器。想到这里她忍不住坐了起来。

"你醒了？"

想不到这个时候谢永镇也同时睁开眼睛向她问道。

"哼，我没死让你失望了吧？"姚桂云从鼻腔里面喷出一股冷气。

一种说不出来的厌倦又席卷了谢永镇，他颤巍巍地坐起身来叹了口气，无奈地向外去。

姚桂云心底刚萌动的那一点温情霎时间被这冷漠的举动给击溃了，她抓起手边的枕头就向那人扔去，"滚！有种就别进来！"

谢永镇看看脚边的枕头，带着衰弱暗哑的气息道："药在桌上，记得按时吃。"

"要吃你吃！还不是你害的？要不是你让我吃药我也不会见鬼！"姚桂云潜意识里面觉得那药是催生她幻觉的来源，因为他要让她死嘛，他怎么会给她治病的药呢？应当是让她神经错乱的药才对。

谢永镇无力地摇了摇头。如果说生活就像一潭死水，那姚桂云就是这死水中漂浮着的死尸遍身散发着恶臭，令他更加窒息。

"快滚呀！"姚桂云在床上边叫嚣着边拍打着被子。

"泼妇。"谢永镇匆匆退出了。未等他走远，身后就是稀里哗啦的声音，那女人又把药泄气似的砸在地上。

客厅的电话铃急促地响起来，他呼出一口气强力镇定着接通了电话，"喂？"

"顾夏初住院了。"是李宛冰的声音。

"什么？"谢永镇吃了一惊。

"初步诊断是精神分裂性自残。"

"严重吗？"谢永镇的心头揪紧了。

李宛冰没有直接回答，而是冷冷道："哼，还记得我说过的那些话吗？她绝对不是看上去那么简单，搞不好还有家族性的精神病遗传病史。"

她的话无异于在谢永镇耳边投下一颗阴森的炸雷，谢永镇哆嗦着身子吼道："你说话能不能不带个人恩怨？"

"我？哈哈——"李宛冰在电话那头笑起来，"我和她有什么恩怨？我儿子又没为她跳楼！"

"李宛冰——"谢永镇暴喝一声，"我警告你，我对你的忍耐是有限的。"

警告换来的是更加肆意的嘲笑，他铿然挂断电话，耳边又响起了姚桂云的冷嘲热讽："怎么，终于被人家讹到门上来了？现在知道破鞋不是随便搞的？你谢永镇的脑袋被狗啃过啊？都说兔子不吃窝边草，你还就喜欢在自己医院乱搞……"

不等她说完就是一声爆响，谢永镇狠狠地掷下一只杯子。

喜滋滋回家的晏菲正巧赶上这一幕，原本小醉的那颗心顿时像被塞满了铅砂再也飞不起来了。生活中处处都是悲剧，悲剧看得多了你就能变戏剧家。晏菲在舞台上很容易入戏，因她看的悲喜比常人多得多，演到高潮处她便会忘记生活中的悲喜。她鼓着嘴巴打算装作没看见，悄悄溜回自己房间，但随即被突发的一幕给镇住了。

姚桂云不顾女儿在眼前一屁股坐在了地上胡乱揪着自己头发打起了滚。她一边激愤地数落着谢永镇的那些艳史绯闻，一边哭得山崩地裂呕心沥血。

谢永镇无心再纠缠下去，头也不回地冲出了家门。

姚桂云看着那个背影对晏菲哭诉着："你看，他走得这么急准是又去找那个姓李的骚货了！刚才他和那个李宛冰偷偷摸摸打电话让我给抓住了，我说他两句他就暴跳如雷冲我发脾气！菲儿啊，你妈妈的命好苦啊！"

永远不变的主题，千篇一律的口吻和控诉，真是让人想摆脱的世界。晏菲无可奈何地半跪在地板上看着姚桂云发泄，一句话也说不出来。她看着那些熟悉的家具啊房间啊什么的忽然有些恍惚了，它们漂亮奢华就像是美丽的热带植物，看上去颜色鲜艳热气逼人，实际上都是带毒的美丽杀手令人避之唯恐不及。这就是自己的家么？华唯鸿，我真的好想你，虽然才分开两个小时，但是我真的好想再拥有你的怀抱。

渐渐地有了要窒息的感觉，她看着哭得一塌糊涂的姚桂云无力道："妈妈你不要哭了好么？你再哭我的心就要碎了……"

这话像小鱼尾儿的微细呼声在姚桂云的号啕声浪中弱不可闻。

活着真好。

即便被割裂的疼痛一波一波地袭来，她还是扯着嘴角微笑着。

活在黑暗中的你，必然在一刻不停地关注我，否则那刀刺向我的时候你为何要流眼泪呢？你原谅我了么？你为我心疼了么？如果能看到你这样子地怜爱我，就算用刀刺破心脏又如何呢？你和我天生就是一体，在生命的某个断层分开，但精神与思维密不可分，我们将来必然会在某个时段又合二为一。眼前，隔阂你我的是一个光年，还是一层戳指可破的空间？

她举起双手要触摸那隐匿在日光之下的幽灵的身影，却什么都摸不到。等黑暗降临吧。

"不要动，会扯破伤口。"说话的那个人戴着白色口罩，只露出一双温和的眼睛关切地注视着她。那双眼睛布满血丝，很是憔悴。

"你昨晚看到了什么？"

"看到你躺在地上。"

"还有呢？"夏初飘忽地问着，"你有没有听到哭声？女人的哭声，好可怕……每天晚上我都能听到她在哭……"

"不要胡思乱想，那是你的幻觉。"

华唯鸿的眼眶泛红，他挤不出任何笑容。早上有护士报告说她有神经性呕吐，还可能有厌食症。想起她浸在血污中的情形，他便全身泛冷。那种恐惧不亚于看见昔日躺在棺材里的那个她。难道他用尽全身力气和耐心去拯救的是一朵罂粟之花？

他将煮鸡蛋用勺子碾碎混入肉粥之内，送到她的嘴边。

夏初一口一口喝着那肉粥却没有任何呕吐的表现，泪水悄悄溢出。

"怎么又哭了？"

"对不起。"

为什么说的不是"谢谢""麻烦你了"，而总是"对不起"？

"你有什么对不起我？只要你不再制造恐慌。"华唯鸿说着将那些药片碾成了碎末倒入杯中与蜂蜜混合在一起，"这样喝起来会好很多。"

"你以前的女朋友一定很幸福。"

"不。"华唯鸿的心头微微一疼，原本平直的眉毛皱得紧了，"恰恰相反，她是世界上最不幸的人。"

"你不是在开玩笑？"

"一直不想告诉你，"华唯鸿自嘲地笑了笑，"她是为我自杀的。"

"为你？"

一阵晕眩袭来，华唯鸿收敛了嘴角的那抹残笑，低下头去收好柜子

上的茶叶蛋壳和碗勺，连句嘱托都没有就起身离开了。

下午，华唯鸿没有再出现。

倒是有一个人出乎意料地坐在了夏初的床前。

谢永镇还是那副惯常庄肃的神色，望着沉睡中的夏初。

夏初根本不知道谢永镇的到来，她沉睡在童年的街道上。

阳光是饱满的向日葵色，流动的蛋黄般柔滑地贴在肌肤上。

鼓开鼻翼深呼吸，空气中跳动着一颗颗乌溜溜的话梅、粉色的草莓糖和奶香四溢的蛋糕味道。

她噘着嘴巴趴在商场的玻璃幕墙外，望梅止渴似地亲吻着柜台上高不可及的赛璐璐娃娃，玻璃上留下她湿嗒嗒的口水。她懵懂地看着反光中的自己，一头小绵羊似的卷卷发，水红色的玻璃丝带，蓝底碎花的小蓬蓬裙，眼睛一眨一眨，有黑色小星星在闪动。

一只大手将她拦腰抱起，她脚蹬手抓像只小壁虎，紧粘着玻璃壁不肯离开。

"囡囡，你不是小孩儿啦，要听话。"

她扑在那个宽厚的肩膀上痴痴回望越来越远的赛璐璐娃娃，口水洇湿了那个人的衣领。他衣领上有淡淡的烟草和消毒水的味道。

他抱着她穿过大街小巷，街头巷尾飘扬着红色的标语和旗帜，一群穿着草绿色军装的年轻男女高举着手上的红色匕首从他们面前山呼海啸地涌过。她看不清他们的脸，他们的脸都被明晃晃的匕首遮得面目不清，只有一张脸是清晰的。她逆向汹涌的人流面向自己，雪白的衣裙在红色海洋飘来荡去像一条随波逐流的柳条鱼。

"妈妈——"她挥着手大喊。

抱着她的那个人仿佛没听见她的哭声，头也不回地向前走着。

“妈妈——”她哭起来。

这时候惊怖的一幕发生了。

那些在阳光下亮闪闪的红匕首忽然张着嘴巴高声唱起歌来，它们的牙齿上下一致地咬动咯咯作响，“万岁——万岁——”，那是它们的暗号。白衣裙在无数寒光闪烁的利齿面前发抖了，发出凄厉的哭喊，但那哭声迅速便被那些牙齿的咯吱声给吞没了。白衣裙不见了，化作一缕缕白布条。一阵带着浓烈腥气的大风卷来，白布条全都变作了白鸽，扑着翅膀齐刷刷飞走了。白色属于天堂。有个伟人好像这么说过。她眼中只剩下一片红，血淋淋的红。

他将她放在了青石路上。

“囡囡，你不是小孩儿啦，不能总是拉着爸爸的手。”

她茫然地看着那只大手将自己的小手甩开，习惯性地又去拉那只手，又被甩开，她顽固地再去寻找那只手，接着被甩开……那是童年的她和那个老男人的战争。不，那时候他还不老，他是她的爸爸，风华正茂。

空气中到处都是糖果跳舞的味道。

医院走廊上，李宛冰立在廊柱下和着白水吞下一堆五颜六色的维生素。

生命说到底不过都是各种化学元素鬼斧神工的胡乱反应。她见到日光就思念深爱的谢永镇，谁说一个近四十的残羹女不可以像少女一样怀春？

视线不远处，年轻的周一苇正在按例巡视。她戴着白口罩依次进入各个病房，体贴入微地问话。那声音温柔亲切，想必病人的耳朵跟听到了温婉的小夜曲一般受用。

等她从病房内出来，李宛冰笑着打招呼：“小周不要太辛苦呀。”

周一苇有些意外地接纳这诡异的关心，小心迎奉地笑："李主任怎么来了？"

"呵呵，来看看你，听说你最近一直在加班？"

"是，这边的病房本来就人手不够，小张请了婚假，宋大姐的孩子又病了。"周一苇边说边在手上做着字迹潦草的笔录，"你瞧，只剩下我啦。"

两人并肩走在了一起。李宛冰嗅到了一缕香气，是年轻女人的自然体香，犹如千万只蜜蜂的尾针带着毒。她压抑了嫉妒与酸楚，满面堆笑地开口了。

"大姐有件事不明白，你在这里干得这么好，为什么要离开呢？"李宛冰说着从兜内掏出周一苇那份离职申请晃了晃，以一份长者的口吻嗔责道："难道你是嫌我这个主任做得不够好，在什么地方亏待了你？"

周一苇一愣，马上明白了对方来意，转而赔笑道："您怎么能这么说呢？申请调离只是我个人的原因。"

"哦？什么原因呀？"李宛冰叹了口气，拉着周一苇的手坐在了廊下的椅子上，"这上面写得根本不充分嘛！你看你堂堂高材生，我们医院一直很重视你，帮你解决了户口问题住宿问题，就连你个人感情问题我也在为你操心，你这么坚持要走不就是说大姐做得不好没有留住人才嘛。"

周一苇的脸泛红了，坐在那里扭着双手吭哧了半天也说不出个所以然来。

李宛冰拉过那双柔嫩的手，在她的肩头轻轻拍着："既然你都想走了，有什么话不能和大姐讲呢？你知道我可是一直把你当作妹妹来疼。你这报告写得稀里糊涂，就算我不为难你，领导那里也通不过啊。"

可能是积日太久的怨恨和屈辱令周一苇压抑了很久，她理智的防线开始在这温情攻势下松动了。一行泪水从她脸上潸然而下。

她半是羞耻半是怨恨道："您在医院这么久还不了解么？我实在是受不了了，您就帮帮我吧！"

实际上李宛冰很清楚周一苇要说的是什么。她不过是想要验证那些流言蜚语到底有几分真假。

夏初不知道自己是什么时候苏醒的。

耳边传来嗡嗡的蜂鸣音。

她的两只手上缠满了纱带，但这不妨碍她出去呼吸新鲜空气。

清凉的水泥阳台忧郁而笔直地平伸出去，她就像一只优雅纤细的天鹅在这灰白色的水湾上舒展开自己的脖颈，放目四望。

脚底下的水亭边，烟粉似的杏花都无声地绽放了，白色的玉兰也一个个含愁叹息，春天的脚步急匆匆临近了。

返绿的花木之间，她看到一个熟悉的身影，那个女人的影子，和十八年前相比没有太多变化。她那时候笑得是多么张扬明媚，此刻怎么却哭了呢？时间就是魔术，能让你上天入地面目全非。

周一苇看着忽然放声大哭的李宛冰，有着刹那间的惊愕。

只听李宛冰抽抽噎噎着说："如果不是因为他，我怎么会到了这个地步呢？小周，他们都不明白我的苦，现在只有你明白了……"

风声将李宛冰的哭声一个字不遗地送到了耳边。她一口一个"他"，像在夏初的心湖投下一颗一颗小石子。那个"他"是谁呢？无数个问号从那些个灰洞洞的窗口延伸出来向她挤着眼睛。一只手从天而降将那些尖叫着的问号悉数掐断了脖子，藏在了裤兜里。那手来自云巅，是一只男人的手。它苍老有力布满青筋，上面有一只神秘的浑浊的老眼睛，它在说话：你们是我的，都是我的，卑微的女奴们。

她抬眼，太阳隐去了。整栋医院巨大的矩形身体沉没在无边的昏暗之中。它一直在沉睡，从来没有苏醒过。

　　只有一束亮闪闪的目光像钉子般钉在自己身上，在黑暗中闪闪发亮。她怔了一怔，那个女孩子比自己还要年轻的模样，她并不认识。为什么要这样看着自己呢？

　　入夜的康德医院一片静寂。

　　夏初在半夜醒来，针管扎入静脉的感觉催醒了她。

　　"你醒了？"

　　"你是谁？"

　　"我是周一苇。"女子微笑着收起了针管。

　　"我不是吃过药了么？"

　　夏初吃力地问着。病房的灯昏黄，眼睛有些肿胀，那银亮的针管上好像有一点血色。她抽走了自己的血？但头脑已经混沌不清，没有半点力气，内脏像被绞到了一处要呕吐。

　　"药量不够，需要加一个针剂。"周一苇微笑着。那张脸在灯下美丽动人。夏初却看到了沾在她牙齿上的血。那是我的血，她对自己说。

　　周一苇悄无声息地离开了，在地上投下一长串诡异的影子。

　　夏初的眼界也模糊了，眼前好像有一张无形的网悄悄张开，周一苇那张脸正隔着那密集的网对她狞笑着，有如一只贪婪的猫对着笼内的鸟雀。

Chapter **9**

鬼影

"早上八点，谢晏菲同学还在熟睡中。从她昨晚穿回来的鞋上的泥土来看，这个家伙可能一口气从淮海路走到了徐家汇……听，这是她的鼾声。"

杜小麦手持一台 DV 瞄准着熟睡中的晏菲边拍边解说，他的声浪不大，否则难保醒过来的刁蛮公主不会一巴掌把他的 DV 给摔到一边。

谢晏菲在梦中很快乐。

她梦见自己变作了一头蓝色小熊，红色的脖颈下面是宝蓝色油光发亮的皮毛，憨憨地走在巧克力色的街头。天空有弯弯的彩虹，糖果做的，阳光一照就有软软的糖水滴落下来，像甜丝丝的彩色小雨。街道边有弯弯曲曲的水沟，她弯下腰去定睛看着那水面，哦，是绿色的薄荷甜酒，散发着醒脑的青草香。水面上跳跃着草莓呀，樱桃，橙子之类色香诱人的水果，一只鸭子嘎嘎叫着游到她的面前，用一双天真无邪的眼睛看着她，她看着那双眼睛觉得好熟悉，哇，这不是杜小麦嘛……她就这样咯咯笑着醒来了，果然，杜小麦正瞪着一双乌溜溜的眼睛看着自己。

世上没有比早上看到这样真挚关切的眼神更惬意的事情，在暂时得不到爱情的情况下。晏菲睡眼惺忪就势抱着杜小麦轻吻了一小口。

杜小麦快要被这巧克力一般温柔香甜的吻给融化了，他以为这是一个

鬼影

109

很好的暗示，也就势抱住了晏菲想要再吻一下，却被毫不留情地掀到了一边。那狼狈和一条小狗被自己舔干净的食盆绊倒并把自己扣在里面差不多。

杜小麦那俊挺的鼻子差点和手中的 DV 磕在一起，它们确实磕在一起了，再猛烈一点的话就算是喜马拉雅山也要被磕平了。

晏菲咯咯笑着穿上外套，她才不在乎他是否会伤着，如果真的那样相信会更好玩。她对他的伤痛习惯视而不见甚至在上面撒盐，仿佛他只是她的玩具。

"你要对我好点啊。否则将来你会很惨的。"杜小麦吃力地从地上爬起来，他多么想和心爱的人分享那张床，那床明明是自己的嘛。

"我？呵呵，开什么玩笑？没有你我的世界会更美好。知道我第一次看见你的感觉吗？就像早晨起床在枕头下面发现的蟑螂！讨厌死了。"晏菲拿小麦取笑惯了，常常是尽情地刻薄。她拢起过肩的长发，那长发在清晨的光下黑亮闪烁，像乌鸦黑漆漆的翅膀。

"我倒希望能做一只蟑螂和你同床共枕。"杜小麦不怀好意地笑。

晏菲对小麦的厚颜深表失望，她耸耸肩："这世界根本不需要男人，尤其是像你这么没脸没皮的男人。"

"那是否需要华唯鸿那样的老男人呢？哦，对了，我想知道他到底是不是一个男人呢？"

"尊重别人就是尊重你自己！"晏菲顿时脸涨得通红。杜小麦知道谢晏菲有一个毛病，只要戳到她的软肋，她就会着急口吃甚至语无伦次像吃错了药。

"尊重他？好吧，我尊重他的年龄。整个一猪头，我说什么他都信。就这种智商的人也能当医生啊？还'海龟'呢！我去刚果丛林抓几天猴子回来也可以冒称'海龟'了！"杜小麦说着激动起来。他刚拿到联合国颁发的科技创新奖，国内屈指可数的三个获奖者之一，注意，是少年获奖者。这个年代精神病科医生算什么，不过是收拾精神垃圾的，要知道科技创新乃国家发展之利器，人类进步之根本。没有科技，人类只能苦守地球之上过着茹毛饮血的日子等待灭亡或者等着外星人来接管。他杜小麦，就是国之栋梁，有足够的勇气和实力睥睨任何人，他的前途是另一个即将爆发的冰岛火山足可影响全地球的气候效应不可估量……突然他眼前一黑，金花四射。

晏菲手上的梳子在他脑门上狠狠扣了下去："你才是猪，竟然装成病人去骗人家！"

"别发飙了，"杜小麦揉着红肿的额头冷哼着，"别以为我不知道你昨晚究竟做了什么。"

"我做什么啦？"晏菲变得异常容易被激怒，气势汹汹地逼问道。

"算了，不说了。"杜小麦妥协下来，他不想在媚好的清晨迎接一场暴风雨，"说点有意思的吧，我发现了一个秘密。"

"什么秘密？"

"你现在让我很不开心，我不想说。"

"说吧。"晏菲迅速撤去武力挤出可爱的微笑，眼睛亮晶晶地看着杜小麦，"难道你发现了飞行的蜗牛、会吐人民币的金鱼？"

"不，比这个还恐怖，我发现了会说话的死人。如果我没猜错的话，让你妈妈晕过去的那些照片是你爸爸的前妻对不对？"

"你怎么知道？"

"照片上有你爸爸，他抱着那个女人，用脚趾头想也知道他们之间的关系。"

"这就是你说的秘密？"

"不。我知道康德医院里面有一个女病人简直就像是从这些照片里面走出来的，我唯一有些迷惑的是她是否也会像她一样跳芭蕾。"

鬼影

"那又有什么呀？世界上相像的人多了去啦，数都数不清。"晏菲不耐烦地叹口气，"你真无聊。"

"哼，是够无聊的。你喜欢的那个大叔竟然和她谈起了恋爱。"

晏菲有些吃惊地张大嘴巴，她疑惑地看着杜小麦，"你说什么？"

112

杜小麦吐出口中含着的一枚图钉，将江一璃的一张照片"啪"的一声钉在墙上。那是一张放大了的黑白照，生前的江一璃在墙上巧笑嫣然。"真美，我也要爱上她了，听说她生前是上海滩有名的芭蕾公主。"杜小麦喃喃着，"你觉得精神病科医生会爱上一个病人吗？呵，精神病人眼中的世界完全是被扭曲的世界，就像宇宙天体脱离万有引力运行轨道扭曲一样，正常人怎么能和他们谈恋爱？我看他根本是别有用心，利用医生身份玩弄病人。"

他说到这儿的时候，晏菲已经向房门奔去。

"你去哪儿？"

"去看那个鬼。"她语气怪异。乌鸦翅膀一般的黑发迅速消失在门背后。

这天早上顾夏初经历了人生当中颇为惊悚的一幕。

她像往常一样起床去洗手间，她的手腕接近痊愈，已经可以自理。

当她拿起梳子像鸟儿梳理羽毛一般轻轻地从头上滑过的时候，一大匹黑缎似的头发轻悠悠地脱离了头皮，飘飘然地掠过她蓝白色的病号服。

耳际有嗡嗡轰鸣声，镜中的自己是模糊不清的黑影子，像狰狞的恶鬼。

她发出一声惊叫。

华唯鸿提着从食堂打来的早餐刚走到走廊，当他听清了那一长串惊叫是来自夏初的房间，便放开脚步奔去。他看见她站在镜前死死握着那把梳子呆若木鸡。脚下是落了一地的长发。晨风从门隙进来，掀起了那些头发，它们像黑色的羽毛随风而起在地上打着旋儿。

"别害怕，那只是药物反应，慢慢会好的。"他从后面抱住她安慰道。

"我现在是不是个秃头女？是不是很难看？"夏初惶恐地抱头一迭声问着，不禁哭起来。这个世上没有一个女子不爱惜自己的头发。

"你好好看看，哪里有那么可怕？你的头发还是那么多，"华唯鸿说着抬起她挂满泪珠的下巴，让她对着镜子，"看，还是很漂亮。"

一颗大大的泪珠在夏初的眼角滚动。像意识到什么，她翕动着双唇对华唯鸿道："你能看到吗？我的头发？它们还有那么多吗？我的意思是我看不清我自己！华唯鸿你帮我看看，对了，把你的手给我，我已经看不清东西了。"

恐惧无声地涌进他的心头，华唯鸿将顾夏初的脸扳正面向着自己，喃喃着："怎么回事，又是癔症性失明？"

"不，不是。"夏初拼命地摇头，"我发誓，你要相信我，有你在身边那些魔鬼就会被你赶得远远的，它们不敢靠近我。"

"那到底是怎么回事？"

"昨晚，整个晚上我的脑袋就像被一个人用锤子狠狠地凿着，他狠狠敲击我的太阳穴，疼得我在床上翻来滚去就是睁不开眼睛。后半夜我觉得全身发烫就像置身于炙热的火山整个身体都烧起来了……"顾夏初语无伦次地叙述着，"早上起来我觉得温度降了很多，一想到你会来看我我就有了很多力气，我努力挣扎着起来想给你看看我正常一点的样子，可没想到还是这样。她们把我的身体给摧垮了，她们是有意的，她们恨我……"

"她们是谁？"华唯鸿像一脚踩空落入一个沼泽潭，顾夏初的每一句话像是真的又不像是真的，让他充满疑惑无所适从。

"昨晚，周医生来过这里。"夏初说到这里就暗中咬紧了牙关，但脸上还是一副战战兢兢无比惶恐的样子。

113

"她来这里做什么？"

"她说针剂不够，需要加量。"

"什么？"

"在你出差的这几天，她常来给我打针，在我睡着的时候。"

"什么？你说她经常给你打针？谁允许她这么做？我是你的主治医生，没有我的允许她怎么能这么做？"华唯鸿几乎咆哮起来。他的暴怒是有理由的，他已经对所有医护做了明示，顾夏初的一针一剂都要由他亲力亲为，谁也不能插手。

夏初被那暴起的吼声吓了一跳，含着眼泪悲辛道："我也不喜欢她这样做，可没办法，谁会听我的？你看我这些头发，还有我的眼睛，它们好像都不属于我了。我头疼得也很厉害，难道这些和那些药物没有关系吗？华唯鸿，我不要继续待下去了，我宁愿疯掉也不要变成一个秃头女！"

这些话不啻一声尖利的呼啸在华唯鸿的心口划开一道惊悚的口子。作为夏初的主治医生也出于私心，他给夏初用的都是最新一代的抗精神病药物，基本上都安全有效少有不良反应，即便有也几率极低。夏初的哭诉和身体表现出来的异常，给他的第一感觉就是顾夏初不可能说谎，可能真的有人给她加了其他药物。

夏初看不到华唯鸿的表情，她靠在他的胸前嘤嘤哭泣着，"你让我出院吧？我发誓以后再也不会伤害自己啦，你相信我，只要你在我身边我一定会慢慢好起来的。我没有病啊，就是受太多苦了，心里面有一个很大的伤口经常让我作痛，我那么做只是因为疼痛，我头脑很清醒，我根本没有病……"

华唯鸿一边听她哭着一边轻轻拍着她的肩膀安抚着，心里面却在紧张思索周一苇给夏初打针的目的，她为什么要偷偷给夏初下针剂？这后面肯定有不可告人的目的。难道她是受谢院长的指使？好像只有这一个可能。

从夏初入住的一号病房楼出来向东走，绕过一道花墙，就是藏在一堆绿荫里面的员工食堂。

　　周一苇坐在食堂里面慢吞吞地吃着早餐。她口味向来清淡，小小一碗米粥佐着一小碟咸菜就很惬意。近来她的胃口很好，吃什么都很香。她甚至还要了两根油条。往常她嗅到油炸的味道就觉得恶心忙不迭地跑开，现在她却吃得蛮开心。

　　阳光暖融融地洒进来，晒得她垂到腰的一缕缕发丝微微发热，晒得她白皙的肌肤焕发出玫瑰般的粉嫩颜色，额头上有小小细细的汗珠渗出来。

　　她吃东西也很优雅，一碗白粥也要吃很久。吃着的时候她觉得脚面上微微发痒，低头一看原来是条毛茸茸的小黑狗。它瞪着晶亮的眼睛一边仰视她一边津津有味地舔着她的脚趾，像个虔诚的信徒。天气转暖，她换上了露趾的高跟凉鞋。可能是鞋子上闪闪的水晶钻饰吸引了它，它偷偷地从厨房跑出来，在周一苇身边团团转着，热情地献着殷勤。那鞋子的价格一千多，以她的薪酬是买不起的，但有谢永镇在，她想要的一切他都可以满足，除了天长地久的承诺和空中楼阁般的婚姻。

　　食堂里的王师傅发现了正在周一苇脚下转来转去甚为亲昵的小狗，连忙慌里慌张地跑过来。这本是一条流浪狗，院里的医生大多有些洁癖，遇见这来历不明的狗留下不少白眼和呵斥。大多时候他将它锁在后厨，那里有吃不完的残羹剩饭，也不会害他受埋怨威胁到他的饭碗。

　　现在它在周一苇的手上不知天高地厚地撒着欢，令老杨十分汗颜。他知道关于周医生的一些花边新闻，倘若让老院长知道他在食堂里面偷偷养了只流浪狗，那食堂的卫生在他老人家眼中肯定大打折扣。

　　他想找个法子把那条狗从周医生手上要下来，那个贱东西会脏了她的手。但令他猝不及防的是周医生仿佛没看见他似的抱起那条狗款款然地走开了。那狗的嘴巴上还叼着她特意掰下来的半根油条，浸得嘴巴的绒毛上全是油光。

他站在那里看着那狗一点都不留恋他似的在周一苇的怀中蹭来蹭去，忍不住有些恼恨地骂道：这个贱东西，有奶就是娘，忘了是谁把你从垃圾堆里捡出来的。转而他又宽慰自己道，或许周医生只是觉得它好玩，抱过去玩玩罢了。

周一苇抱着那条流浪狗很开心地消失在华唯鸿的视线内，她那灿烂幸福的笑容让他无法开口。周一苇真的可能做那样的事情吗？

独自一人守在病房的夏初像一只笼中鸟般呆呆望着窗外碧蓝的天空。

以往在她脑海中最可怕的疾病无非是那些癌症呀烧伤呀之类杀伤力巨大的疾病，但现在看来这个世上最可怕的就是精神疾病。一个人的精神不受自己的指控就好比灵魂被摧残，连与病魔抗争的心智都没有了。

自己还要这样痛苦多久呢？华唯鸿说自己被注射的是氯丙嗪，这种药会让病人的血压迅速上升，对人体的伤害性极大，也就是说自己每天晚上都与死神接近。不知道将来那些人还会将什么样的药品注入自己体内。真是疯狂的世界。

她闭上眼睛脑海中回忆着昔日的一幕一幕，从最初的蒙昽的妈妈的亲吻，人生的第一次月经来潮，和男人的第一次上床，到第一次亲历死亡。死亡不过是关上一扇门。如果生存是悲苦的，为什么就不能选择离开呢？所以那些人离开时是高兴着的还是悲伤着的呢？谢景阳从楼上飞逝而下的时候她没机会看清他的脸，由此她并不明白他的死和她到底有无直接的关系。庸常的世人只相信自己的眼睛，不相信世上还有自己看不到的东西，比如游荡的鬼魂。她认为景阳实际上是被一个魂灵牵引着飞向地面的，那天晚上她在黑暗的旋梯清楚地看到上面的那扇窗，景阳跃出的那扇窗有一道模糊的白光，就像梦中时常看到的一样。她想起那尖利的声音，她从来没有离开自己不是吗？她会原谅自己，但她从不肯原谅那些犯下过错的人。她会让他们每个人都付出代价，一定是的，所以她不让自己离开康德医院，即便是明知陷入黑暗的陷阱也不离开。

小时候，盛夏的午后，暴雨来临之前，空气中弥漫着潮湿的腥气。蜻蜓草的紫色穗状花朵在风中随她一路奔跑，黄色的金沸草在她脚下跳着明快的小步舞曲。

她一路飞奔过那些青草软泥，钻入野外的灌木丛中追寻那些昆虫的踪迹。散发着浓烈辛香的小叶樟上，一只大腹便便的黑红色母蜘蛛挂在枝杈间紧张地织网，将一只碧绿色的螳螂裹在了一团白色蛛丝间。那螳螂像头醉汉跌跌撞撞地在那黏糊糊的杀人篱笆上四处冲撞，举起手上的刀叉斧钺却怎么也杀不出重围。蜘蛛磨牙霍霍，将那些丝络越裹越密越缠越紧。

"加油啊！"她对着那蜘蛛低喊。蜘蛛在她的鼓励声中占了上风，在螳螂半死不活的身体周围来回穿梭着，不像是在夺人性命更像是在收拾残局。但那死了似的螳螂忽然将锋利的刀刃从空中落了下去，她仿佛能听到蜘蛛的肚腹"噗嗤"的破裂声。哦，那是她童年时期看到的最惊心动魄的一次无声的谋杀。

"不要杀我——"有个尖利的声音在空中回响。她一惊，看见自己躺在被白色花朵覆盖着的棺材里面，我死了？那玻璃清晰地倒映出她的身影，她躺在那里，失去血色的脸像一朵惨白的匏瓜花，鲜血从唇边汩汩而出。

一只惨白的手拼命拍打着那透明的玻璃棺材喊着，"让我进去。"然而，一张一模一样的脸附在了玻璃上。

"我知道你是谁，你知道我是谁吗？"那张一模一样的脸对自己说。

"你是谁？"她恍惚道，按理说殡仪馆的死尸是不会说话的。

"我就是我。"那张小脸挤出了灿烂的笑，多么可爱的小家伙呀，她和她长得一样，只是多了两颗可爱的小虎牙。

晏菲站在夏初的床前目光如炬："你是谁呢？你知道自己是谁吗？"

她怔住了，不知道该怎样回答。

晏菲看着慌乱的夏初嫣然一笑，"你连自己是谁都不知道又怎么能和他谈恋爱呢？真可笑。他们说得没错呀，你真是只鬼！"她边说边盯着那张脸，神色紧张。杜小麦说得没错，这是一张和江一璃一模一样的脸。

"太不可思议了，怪不得爸爸也会偏心呀。"

夏初从床上坐起来看着晏菲，"你认得我？"

"哼，我怎么能不认得你？你这张脸就是烧成灰我也认识，你害死了我哥哥，现在又来勾引我的华哥哥了！"她说着，在病房内四顾转了转，"条件不错呀，我爸爸给你配了这么昂贵的特护病房，房费优惠了不少吧？！"

夏初看着这女孩子在她床前旁若无人地转来转去，紧接着在那束散发着幽雅清香的香水百合前微闭双眼吸了下鼻子，"花是华哥哥送给你的吧？他总是喜欢这种百合。嗯，肯定是他啦。你可真幸福呀，他们两个都那么关心你，你藏到这所医院真是明智的选择。"说到这里，她狡黠地转动着乌溜溜的眼睛，像是在筹划什么，转而绽开一排雪白的贝齿，"你不要害怕，我就是来看看你。"

晏菲说着，心里面却不由得想到一个人，那个人必然也是十分厌恶这张脸的，想到这里她幼小的内心冷笑起来。这是围绕在父亲谢永镇身上的一场战争啊，妈妈真可怜，她败给那个死去的江一璃一点都不奇怪，但是败给那个老妖婆李宛冰可就太奇怪了！想到这里，她不由得伸手摸向自己的裤兜。我一定要让那个李宛冰尖叫！想到这里，她开心地笑起来，向着恍惚的顾夏初挥手道："姐姐，我可怜的好姐姐。你好好养病吧，我走了。"

周一苇将小黑狗抱到花园的水池边，用一把毛刷轻轻洗涮着那脏乎乎毛茸茸的小躯体。

这里绿树成荫，少有的僻静和凉爽。

她将毛刷在水中来回摆荡着。水池并不干净，黏稠的绿藻和白色的浮沫覆在上面，泛着浑浊的阴冷。她看着自己的倒影浮现水上，一脸的孤苦带着纠结忧愁，就像自己投放在谢永镇身上的那颗心，无所依托却又无从撤离，就这样水影般地贴合着。

一只手从水下明晃晃地出来，她吃了一惊，水中呈出一个黑漆漆的洞天，深不见底。

那手苍白枯瘦，生了牙齿般紧紧咬住她纤细的手腕，一股看不见的力量猛地将她向下拉去，似乎要将她吸入那幽深的黑色洞壑。她被突如其来的诡异力量吓呆了，失声尖叫起来。

"一苇?"华唯鸿静静地站在她面前，"我要和你谈谈。"

"什么?"那只手悄无声息地消失了，一苇惊魂未定地摩挲着那只险被吞噬的手，腕上不过是缠了些湿答答的水草。

"你为什么要在顾夏初的药物里面添加氯丙嗪?我从来没有在处方里

幽灵之婴

119

面开过这种高危药物！你哪里来的这么大胆子，敢私自配药？！"

华唯鸿扬起从药剂科调来的配药单，单刀直入地质问，吓了周一苇一跳。她不由得站起来，愣愣看着他不知所措。

她的慌乱更加验证了华唯鸿的判断，他声色俱厉："你随我到谢院长那里去一趟。"

"不，不要！你放过我吧！我不是有意的，我发誓肯定是我不小心弄错了！"

"不小心？你还是去跟院长解释吧。"

"不——"周一苇拉住华唯鸿的白大褂，几乎是哀求起来："师兄，你真的忍心么？"

华唯鸿怔住了。他和周一苇同院同系，昔日那个浪漫天真的女孩子怎么就成了今天这副心怀鬼胎的样子？他实在是想不通，她这么做究竟是为什么呢？

华唯鸿的沉默让周一苇更加不安，她惊惧地抽泣起来。这压抑的抽泣引来了一个人。

数日没有出现的李宛冰走了过来。

她面色苍白脸颊凹陷，原本就高耸的颧骨更加突出，而深陷的两个眼眶令她的眼睛更加浑浊空洞。这副枯朽的样子像是大病初愈，令人暗暗吃惊。

仿佛是华唯鸿的怒气冲天和周一苇的战战兢兢引起了她的注意，她走到两人近前带着主任医师的威严发话了："你们吵什么？"

"有人在顾夏初的药方里面添加了氯丙嗪。"华唯鸿嘴角紧锁冷冷道。

"顾夏初？"李宛冰提到这个名字时忍不住冷哼了声，"原来是为了她呀？"带着一脸的不以为然，她在牙缝里面冷冷挤出几个字："我早就说过她的病情复杂，需要严格控制。氯丙嗪是我叫小周加的。这几天赶上你不在，没有来得及通知你。”

华唯鸿的脸色顿时白了。康德医院实行的是三级医师负责制，李宛冰资历颇深又比他高一级，完全有这种操控的权力。他忽然理解夏初的惶恐从何而来，这医院真的是暗流涌动，他不由得愤慨！

下午两点，正在市中心参加政府组织的会议的谢永镇意外地接到了电话。属下用急惶惶又略带一点幸灾乐祸的口吻报道着李宛冰和华唯鸿两位正副主任医师在办公室发生了激烈的战争。针对顾夏初的病情，李宛冰强烈要求谢永镇主持一次科内会诊。

刚挂断电话，李宛冰的电话也接踵而至。

她在电话里气势汹汹控诉着："你要回来为我主持公道。你那个得意门生越来越嚣张了，我在医院里面已经无法立足了！"

"指使周一苇添加氯丙嗪本来就是你的不对。那是严重影响血压的抗精神病药物，使用时要特别小心，难道你想要顾夏初的命么？"谢永镇也忍不住发火了。

李宛冰在电话里面有些抓狂了："你也不理解我！我为什么要害她？害死她对我有什么好处？我是让小周加了氯丙嗪，但也是有量有度，怎么就害死她了？我如果不是想让她快点出院替你省心，也不会自讨麻烦！"

谢永镇的耳际嗡嗡作响，太阳穴又隐隐作痛。

"你不觉得荒唐么，一个主治医生怎么可以和自己的病人谈恋爱？这会直接影响病人的治疗效果！"李宛冰马上又转守为攻，"小华这么做把我们医院的名声都给搞臭了。如果早点让我来负责顾夏初的治疗，就不会有今天！还有，我这么做还不是抱着长者之心，你想想景阳是怎么死的吧!"说完她竟然哭起来,仿佛带着无限的委屈。

谢永镇在电话这端胸口像被狠狠一撞,李宛冰显然是话外有音意味深长,他叹了口气:"好吧,按你说的办。"

挂上电话,他在会议室外踱来踱去,景阳的死像块巨石压在他的胸口令他喘不过气来。一想到这里,他对顾夏初的那点怜悯之心就淡了下去。他长吁了口气,马上又拨通了华唯鸿的电话:"下个星期的欧洲精神病学年会需要你出席。你早点准备一下。"

华唯鸿心中明白这是谢永镇的权宜之计。自他归国之后,谢就着意让他参与医院各种管理事务,带他参加大大小小的会议。这种用意很明显,以华唯鸿的资历和才学他将来极有可能接替院长的位子,这也在无形之中触怒了李宛冰。李宛冰的愠怒和嫉妒是压抑着的,华唯鸿也明显感觉得到,他并不屑于和这个女人一较高低,但现在她对夏初采用如此粗暴的治疗手段就不由得令他愤怒了。他答应了谢永镇的调派,但也马上做出一个决定,给夏初办理出院手续。

"不,我觉得现在还不合适。"还未等他跟谢永镇说完自己的想法,谢就打断了他。他在电话里面安抚道:"顾夏初的病情需要长期观察,短时间内无法定论,倘若现在让她出院,后果不可想象。等你从欧洲回来吧,那时候我们再为她开个会好好讨论一下。"

恩师如父。华唯鸿在这世上除了没有见过面的父亲,只有谢永镇是他永远无法违逆和抗争的一个人。在这位师长面前他习惯了遵从,即便是这种关口,他也不由得哑口无声。

经过几天的回避,谢永镇终于在这天晚上又回到了那个冷冰冰的家。他越来越倦于回家,宁愿到李宛冰那里蜷缩几天,也不愿意看到姚桂云那张野兽般疯狂的脸。可一想到家里面还有个天真烂漫的小女儿,他还是放不下牵挂。这晚，等他跨入家门打开客厅的灯时，女儿的状态却令他大感意外。

晏菲的脸色苍白眼神涣散，头发散乱地披在肩上，嘴巴上还粘着一些呕吐物，身子软绵绵地靠在了沙发前的地上。空气中弥漫着一股酸臭的味道。

"爸爸，您别担心，我就是有点难过。"晏菲意识还算清醒，她说着起身跌跌撞撞地摸向厨房，手上还晃着半瓶橙色甜酒，"这酒度数很低，不会醉的。"

"怎么回事？"谢永镇一把将几乎跌倒的女儿拉了起来。

晏菲轻声抽泣起来，幽咽道："他怎么能这样呢？爸爸，男人都会喜新厌旧的是么？"

"到底怎么啦？"

"我今天去医院啦，我去找华唯鸿，可是我看见——"说到这里，晏菲忍不住放声大哭，"我看见他竟然抱住了一个女病人！他和一个病人抱在了一起！那个害死哥哥的女病人，他怎么能这样呢？他明明答应爱我的！"

永镇的心一恸，他清楚晏菲说的那个女病人是谁，自然是顾夏初。一股难以言喻的辛酸和沉重瞬间袭击了他，罪孽，真的是罪孽，他忍不住全身发抖跌坐在沙发里面，恨不能号啕大哭一场。但他又能怎么做呢？

良久，他木然道："菲儿，华唯鸿喜欢谁是他的自由。爱情是不能够勉强的啊。"

晏菲看着父亲有苦难言的样子，忍不住冷笑起来："爸爸，她就是一个鬼。她不单会害死我哥哥，还会害死华唯鸿！我发誓，她肯定会。"

"你胡说什么？！"

幽灵之婴

"我是女人啊！我爱华唯鸿，所以我也能够感觉到她对华唯鸿的感情是真的还是假的。我发誓她肯定是一个鬼！一个罩在病号服里面的鬼。"说到这里晏菲的眼神陡然变得阴冷，"我恨她，恨不得杀了她。"

谢永镇看着女儿的异常表现，心头也不由得哆嗦起来。忽然，他眼前浮现出顾夏初那双黑凄凄的眼睛，那说不出是仇恨还是怨艾的眼神，令他的心更加抽紧了。

醉酒欢歌时，时光快如飞箭转瞬即逝。当你做了刀尖下的鱼肉则度日如年。

顾夏初已经记不清这是华唯鸿离开的第几日，也不知道他要在欧洲逗留多久。她毫无血色的脸如一张白纸，喉咙里难以抑制地发出一声呻吟，嘴唇由于痛感微皱，裹紧咬紧的牙关。口腔里面的燎泡由于这意外地一用力破出了血水。

"喊什么？找死啊。"李宛冰似乎被那充满痛楚的呻吟吓了一跳，手头的针尖微微颤了下。

"你要安静。这是副醛，静脉注射过速会导致心脏抑制呼吸暂停。"周一苇小声提醒着。

夏初茫然，周的解释对她来说毫无意义。她不懂那些，也无从知道那些药什么功效，自己的身体到底是否需要。

巨大的虚脱感袭遍全身。肾脏不可思议地疼痛起来，连同腰椎一线向上延伸到头部都是潮涌般的疼痛。这种疼痛绝对是非正常的。那些名目繁多的药品吞蚀着她的身体令她走向虚弱。怎么办呢，要逃离这里吗？我为什么要留在这里呢？她闭上了眼睛大口喘着气，犹如濒死前的鱼儿胸口起伏着。

李宛冰冷冷看着顾夏初，仿佛看见昔日的那个人躺在了自己面前，一股难言的仇恨迅速涌到了喉间。她忽然有将那张脸撕裂的冲动。你去死啊，你怎么不去死！

她曾经日夜诅咒那个女人去死，她果然死了。但现在她又魔鬼重生般活生生躺在了自己面前，甚至比死去的那个人更幽怨更美。

"好好看着她。"她认真地叮嘱站在一边的周一苇，恨不得每一个字都是毒，毒死床上这个丫头。自接替华唯鸿的主治医师身份开始例行查房的第一天，她就在这个房间有了令她发狂的意外收获。

那些照片藏在这个女子的枕下，犹如一个个小鬼露出阴森的小半张脸悄无声息地向她狞笑着。而她本人呢，正在药物的作用下安然沉睡。有一张照片甚至握在了她的掌心，仿佛还沾染了唏嘘过往的眼泪。李宛冰猛地惊打了个寒颤，她们都是鬼，想要索她命的鬼。

这照片和出现在自己家里的那些完全一样，一切都真相大白了。她无比悲愤，甚至想抓起那些照片冲到谢永镇那里给他看个清楚：这回你怎么说？

此时的夏初闭着双眼也清楚地知道有一束目光如寒光四射的匕首一般划过自己的面颊。她感到一阵痛楚，一种想抽身而去却又无可逃遁的痛楚。

"如果我死去，这个世界又将会怎样？"这种颓废消极的假设使得她整个精神和物质的世界一片阴暗。她甚至开始设想在华唯鸿回来之后看到自己僵败的尸体将是怎样的一种情形。但一切才刚刚开始。

空中有来苏水流动的气息。

腹部忽然袭来撕裂般的痛楚，顾夏初自昏沉中陡然醒转，如同即将临产的孕妇一般发出痛楚的呻吟，在床上翻滚着。

四围漆黑一片。

渐渐地，一阵来源不明的强烈的恐惧感攫住了她。她仿佛感觉到一个婴儿，有一个婴儿正潜伏在她的腹内。它一直没有死去，以不屈的灵魂盘桓其中。它饿了，自子宫内游离出来，一口一口咬啮着跳动的心脏，它长出了牙齿。冥冥中有股力量在召唤它，它迫不及待地要爬出来。

顾夏初凄厉地嘶喊起来，她看见一摊黑色的鲜血正自双腿间汩汩而出。

"喊什么？"值班医生急匆匆地赶了过来。

"孩子，救救我的孩子！"夏初哭作了一团。她指着自己的身下，仿佛那里正有一个孩子在缓缓蠕动，"求求你们救救它，它快要死了！"

值班医生呆在那里，他有些不太明白。倒是有一个人忍不住冷笑了，那是随之而来的李宛冰。

当她靠近顾夏初想要更仔细地观察，不，莫如说是欣赏，欣赏这个女患者的病情时，一股冷气扑面而来。那阴冷差点令她站不住脚跟。有那么一瞬，她听到了一阵微弱而模糊的婴儿啼哭声，有如猫叫。房内的灯诡异地跳动了一下，仿佛是电压不稳的缘故。她不知那声音来自何方，却被一阵莫可名状的强烈的恐惧感所攫住。

顾夏初的脸苍白如纸，大汗淋漓，全身上下不可抑制地哆嗦着，神色痛苦有如即将临盆的产妇，最终在剧烈的痛楚中手脚一阵抽搐，彻底晕厥过去。

"疯子！"李宛冰说着嘴角泛起一种难以言喻的狞笑，"果然是个疯子。"

李宛冰那晚睡得安稳。

这么多天来她的灵魂第一次摆脱了黑色的恐慌游向了粉色的梦境，

她变作了一条金鱼。

天地笼罩在一片彩虹云雨之中，一个白衣女子托起一个象牙雕琢般白嫩透明的婴儿向她咿呀说着什么。

那个婴儿真是让她欢喜，可那女子是谁呢？

一连数日都是这般奇异的梦境。

有时候深夜走在空寂的廊上她都能清晰地听到那个婴儿的声音。它好像来自天空的某个云层抑或地下的某处黑洞，隐约带着女子的哼唱，一个母亲哄弄着怀中啼哭的婴儿的声音。她也是母亲，她熟悉这歌谣里面散发的母性情怀。但她没有被这种浓浓的母性情怀所触动，她害怕，她恐慌，那怪异的歌声长了腿一般追着她跑。

这天上午，周一苇忽然跑来敲李宛冰的门。

她神色慌张道："顾夏初又有问题了，她不肯吃药。"

"想点办法，"李宛冰正低头给一高干子弟开药方。那药方是她将来向上攀援的云梯懈怠不得，由此她对周的突然出现很不耐烦。

"还有，昨晚我看见她从病房里面溜出去，偷偷去摘楼下的玉簪花，狼吞虎咽地吞食那些白色的花朵，要不是我发现得早，掐住她的喉咙强迫她吐出来，不知道她又会给我们添什么样的麻烦……"

李宛冰听到这里冷笑起来："我早说过了，顾夏初是一个复杂的综合体。你能想象到的各种心理疾病在她身上都能看到，有些病症还在她身上潜滋暗长呢。她不肯吃东西是厌食症，可贪吃那些有毒的花朵你知道这意味着什么吗？她有典型的心理强迫症或者有暗藏的心理症结。从她那天坚持要华医生给她做催眠我就发现了。哼，小周你还年轻，你看到的顾夏初身上这点病态和我这些年看到的那些奇奇怪怪的病例相比简直不值得一提。没关系，你好好看着她就行了。"

"可是——"周一苇还想说点什么，但看到李宛冰紧蹙的眉头还是咽了回去，她转身匆匆地跑回了病房。

128

顾夏初不清楚是怎样从自己的病房跑到了这间破败的浴室。

她的病房在高高的二十四层，她也不记得自己进过电梯，她好像是绕过一层层黑色的楼梯转角下来的。

空无一人的旋转楼梯，声控灯根本没有闪光，因她赤着双足恍如飘浮云巅之上。

"走吧，跟我走……"薄雾一样飘渺的声音，"你要学会站在黑色之中眺望未来，看我，用包裹胎儿的黑夜来包围你，驱散那些觊觎你的野兽。"

天顶是冷冷的星光，看不到半点月影。

不对不对，我是站在洗手池，四围是哗啦哗啦的水声，白花花的水从被拧开的水龙头倾泻而出像人类的欲望汩汩流淌着，我怎么会透过天花板看到天光呢？

一点一点，红色的鲜血鹅毛般飘落，滴到指尖，鲜若罂粟，遇见肉色的皮肤迅速褪成了黑色。这种诡异只有我才看得到，我知道，你又要来了。

顾夏初惊慌失措地站在那里。一股冻透骨髓的寒意自脚底攀援而上，每一块骨头，每一个关节都被寒冷紧紧锁住，仿佛全身的皮肤只是一件包裹恐惧的冰冷的外套而已，抖一抖它就会脱落在地。那个东西，就藏在某个阴暗的角落。

果然，她出来了！她从丑陋的布满青绿色锈斑的水管道里湿淋淋地爬出来了！黑黢黢的身体闪着惨白阴森的光。那怪异的扭曲的躯体就像一只天生畸形的幼鹅。她伸展不开自己的脖子，它早就被常年的压迫挤变了形，像被拗断了一样是弯曲的。她就那样将自己的脸藏在黑色水藻一般飘飘忽忽的长发下面，摇晃着步子向我蹒跚而来。

那是怎样的一张脸？我还没看到它，就感觉有一股力量进入了我的体内。她的柔软，她的弯曲，她的邪恶和不可抗拒，她进入了我的身体，要把我活生生地从骨头里面挤压出来……

周一苇不知道该怎样描述她见到顾夏初的情形。那不是顾夏初，是一个面目全非的陌生女人。她站在灌满水的水池里，全身沾满了黑乎乎的泥水，滴答滴答的血水从她的指尖沥沥而下。天知道那些血水和泥水是怎么来的！除非她会跑到后花园将那条狗的尸体刨出来，那狗被她当做实验品偷偷处理掉了。这种念头在她脑海中一闪而过，她为什么会想到那条死去的狗呢？哦，空气中散发着一种腐烂的气息！一股陈腐多年的泥水的湿漉漉的味道。她紧盯着顾夏初的脸，那双眼睛失去了往日的光泽，有如臭水中泡得发白的一段森森白骨翻着冷眼瞅着她。

周一苇浑身上下猛然一阵颤栗。她看到那弯曲的脖子，那怪异的弯曲，不，那绝对不是顾夏初！瞬间，周一苇眼中的整个世界都随着那道弯曲剧烈地变形了，她不可抑制地尖叫起来。

顾夏初坐在冷水中瑟瑟发抖，她哆嗦的唇现出一丝阴冷的笑，说出一句含混不清的话，像是在念某种咒语。

周一苇怕极了，她抓住刚站在门口的李宛冰的衣服，尖叫一声迅速藏在了她的身后。

"又疯了！"李宛冰面色严峻，看着那具被乌鸦翅膀般的黑发包裹着的病体，竭力不让自己感到畏惧。

"我要见谢永镇。"冷冷细细的声音，像风掠过沙漠带着呼哨，尖利刺耳。

李宛冰忽然觉得冷飕飕的，忍不住看了下四周灰色斑驳的水泥墙，她不明白顾夏初是怎么跑到这里来的。

"我要见谢永镇！"顾夏初的脸缓缓从乱发中探出，那怪异的凄厉的表情迅速击溃了李宛冰。她没有说话，只是对身边的实习医生吩咐着："针剂，快上针剂！"

两个实习医生连忙跑上去，一个把住顾夏初，一个迅速举起针管。

李宛冰看着顾夏初渐渐倒下，在流了一地的污水上瘫软过去。她不知道自己是怎么走出这个房间的，一股阴冷钉在了身上，她举步维艰。

在场所有人都知道顾夏初像被鬼魂附体一般疯癫，但他们却不知道那鬼从何而来，只有李宛冰深深地感触到了。那是江一璃，阴魂不散的江一璃。那语气和愤怒与十几年前一样，她抱着一个粉嘟嘟的婴儿在康德医院门口嘶喊着："我要见谢永镇！"

"你这棵资本主义毒草不滚回去接受改造，在这里瞎嚷什么？！"年轻的李宛冰带着不可抑制的骄傲和激动，挺着胸脯挥舞着手上的红宝书高声嘶吼，"谢老师已经和你划清界限了！他要和你离婚，你不是他老婆啦，早就不是了！"

"婊子！偷人汉子的小婊子！"江一璃咬牙切齿地挥起手臂，在得意忘形的那张嫩脸上狠狠抽了一巴掌。

两个女人迅速撕扯在一起，以至于李宛冰只看得到对方脚上的红色芭蕾舞鞋在地上跌跌撞撞地划着圈。她现在也不明白向来气质脱俗的江一璃为什么会穿着一双俗艳得那么耀眼的芭蕾鞋子来到这儿，那个女人可能真的到了崩溃边缘。她已经不在乎世人的白眼了。光天化日之下，她们揪住了对方的长发像两条发错了情的母狗撕咬在一起，以至于偌大的康德医院的每个窗口都有三五个黑色的身影探出头来，为这种不多见的热闹场面助兴地吆喝着。那个粉嘟嘟的婴儿从来没有见过这么多黑色的问号挂在高高的一壁楼墙上，她为这种突发的壮观感到害怕，顿时放开了喉咙哭喊起来。那哭声差点让李宛冰没有了决战的勇气，但她马上又想到自己肚子里面也有一个孩子要迫不及待地出来啊，她不能后退。虽然她们撕扯了只有一个下午，但激烈程度绝对不亚于兰加斯特家族与约克家族持续数十年的玫瑰之战。当然，她们肯定都流血了。

　　以后的日子里面，每当李宛冰看到谢永镇在她面前慵懒地脱去外衣，露出上身挂在退化的胸肌上的两片肋骨，突着软塌塌接近凹陷的肚子站在哗哗的水龙头下面如一只瘦瘪的鹤，她耳畔就会响起那婴儿的哭声，想起那场陈旧不朽的战争。渐渐地，那哭泣在她内心打出了一口深井，常在夜里发出可怖的咕咚声，幽深不可窥量。虽然她是赢了的，伟大的社会的公众力量坚定不移地站在了她这一边，但实际上她输得凄惨。那个江一璃是偷着跑回来的，她被红卫兵小将们毫不留情地轰走，紧接着被追踪而至的解放军战士押回去改造，继续着不人不鬼的日子。而谢永镇呢？他并没有因李宛冰的流产而同情她，赐予一张宝贵的婚书。相反，他为她的出面争宠大为光火，迅速冷落了她，娶了一个革命新贵的女儿——姚桂云。她呢，因为那次的年轻冲动付出了昂贵的代价。她抱着小肚子在众目睽睽之下踉踉跄跄地倒下，杜鹃花海般浓烈的血流蜈蚣般爬出她的腹部，在她脚下涂出了一面鲜艳的却不光彩的旗帜。她成了人们口中的婊子贱货第三者，草草地嫁给了造船厂的一个所谓根红苗正的工人米掩盖自己丑陋的青春。

　　二十年过去了，谢永镇依旧逍遥着。这种男人就像赤裸裸的沙滩来者不拒去者不留，岁月涌荡之中，总是不断有瞎了眼睛的女人随着潮水扑上来搁浅在他身上前赴后继死去活来。李宛冰怨着怨着就没了力气，任自己在岁月的曝晒下变成这沙滩上的一条死鱼，用一双枯白的眼睛控诉命运与爱情对自己的捉弄。

幽灵之婴

131

这都不是最悲哀的，最悲哀的是她常能听到那歌声，唱着白兰花的歌声。自从顾夏初出现之后，这种感觉越来越明显了。她不单能听到歌声，还能感觉到那唱歌的鬼就在身边游荡。

都说这世上是没有鬼的，俗人那双肉眼看到的多是名利和悲苦，哪里看得到什么鬼？除非你亏心事做的太多。

有些人见不到鬼，是习惯了遗忘。杀完了人喝完了血，将刀一扔酒池肉林中一泡，照旧醉生梦死，换张面孔做人。李宛冰总是见到鬼，是因她记得太多。好不容易这么多年过去想要忘记一些，偏偏遇见了顾夏初，那些尘封的过去有如无数黑扑扑的蝴蝶从她那鬼样的瞳光中四散而出，惊得她魂飞魄散惶惶不可终日。

在床上惊心动魄辗转反侧之夜，她就会生怨，生恨，想着怎么消灭那只鬼，怎么把这鬼从自己的生活当中彻底清理出去。

顾夏初感觉自己落入了一口深井。冰凉的井水正在一点点淹没她。

她开始刻骨地思念飞去欧洲的那个人。

没有经历过多极地的寒冷，怎能体会三春的温暖？当鸟雀的翅膀在窗玻璃上擦身而过，留下沙沙的声响，她的心就会随之苏醒，张着饥渴的嘴巴渴望那一点温存苟活。或许只有分离才会让她认识到这个人在她心目中有多重要。他于她不仅仅是一个可以信赖的医生或者贡献一下怀抱的男人，他是主宰她精神世界的国王。只有他的存在才能让她有面对这个世界的勇气，而她的精神早已化作了灰烬不复存在。

身边已经没有一个可以信赖的人了。她忽然意识到自己荒废了大片温情旖旎的时光，辜负了这个心地善良又多情的男人。如果可以，她愿意化作一只白鸽每天早上都站在他的窗口等他醒来，或者是一朵带着露水的玫瑰放在他的手心，甚至是一口巧克力蛋糕，抑或泛着清香的茶水淫润在他的唇边……就算是魂飞魄散只要能看到他的微笑她也会满足至极。可她什么都不是，她是这个世界孤零零的一个鬼。

午夜两点，时间爬过腐朽的心脏，心脏长出凌乱尖利的荆棘扎到你的咽喉，每喘一口气就会有写满疼痛的血污出来。盲目的双腿在杂草丛生的泥沼间跌跌撞撞，触手间都是腐烂的动植物尸骸，你不知道该怎样爬出这片黑暗。萤火虫举着幽幽光亮在朽败的空气中无声地飞舞。你拼尽最后一口气摸到了唯一一件散发着温度和生气的东西，顺着那温暖摸过去，一捧在黑暗中灼灼燃烧的火焰刺伤你的眼睛，那是嗜血猛兽充血的眼睛。片刻的怔然之后，红色的滚烫的血液自颈喉喷薄而出，你瞬间倒了下去。身体迅速化作利齿间的牙祭。在骨肉被切割的时候，那不死的脑髓还在思考是死于无声的漫漫黑夜还是痛快淋漓的撕裂好呢？世上还有第二种可以选择的存活方式吗？

顾夏初带着疼痛从噩梦中惊醒，她愕然地看到头顶有一束明晃晃的白光。她看不清白光下那团模糊的身影，眼睛有着烧灼般的刺痛，就像有人在一秒钟之前用烧火棍捅过它。黏湿的液体自嘴角沥沥而下，她抬手看到那是一团红。

"李主任，"周一苇小声道，"教训一下就行了。"

李宛冰像没听到，狠狠揪着夏初的头发把她拽下床去，"我最恨的就是病人不肯听我的话！"

紧接着就是重重的一击落在了心口，夏初脸色煞白差点憋过气去，缩在那里恨恨地看着那双黑色高跟鞋说不出话。

李宛冰尖酸道："你摆出这副样子给谁看啊？这里没有男人！"

周一苇有些于心不忍，委婉劝说着："不就是一部手机嘛！没收了就好了。"

"没那么简单！她不肯老老实实接受治疗就算了，还私下里打电话给姓华的！今天那个姓华的向我兴师问罪啦！我就不信我整不了她！仗着有个男人就搞特殊，整个楼里的病人都让她给带坏了！"

李宛冰喋喋不休，周一苇双手插兜站在那里观战。李宛冰的变态刻薄她是见惯了的，她把这理解为一个更年期女人的歇斯底里，但她还是有些不理解。李宛冰为什么要这么虐待顾夏初呢？她应该很清楚顾夏初是很柔顺的呀，即便有明显的精神分裂症状也不会有任何危险，氯氮平（治疗精神分裂的药物）已经完完全全控制住了她。难道是因为顾夏初害得谢院长的儿子跳楼吗，可是这跟她有什么关系呢？她喜欢院长，也不至于替情敌死去的儿子出头。难道是因为顾夏初漂亮得过火么？或许是后者吧，李宛冰的嫉恨心理远超常人，从她那双三角眼就可以看得出来，那里面的酸劲儿一拧就出水。

忽然李宛冰停下了手上动作蹲了下去，顾夏初没有哭声了，安静地躺在那里一动不动。血水从她的鼻腔和嘴角流出来一直淌到脖颈，染红了病号服。那些沾了血水的头发乱糟糟糊在了脸上，这看上去更像是一个凶杀案现场。

"你打死她了？"周一苇害怕了。

李宛冰怔了片刻，又恢复了残冷的笑意，"我还真想让她死呢，可还不能那么干。"

"咱们快走吧。"周一苇拉着李宛冰就向外走去。

李宛冰阴阳怪气地看着周一苇，"怕什么，有鬼能吃了你啊？现在不就我们两个人么？"

时间落入了枭鹰的口中再也发不出呜咽，光明早潜入了东海化作游鱼，它们游向了海底更深处，和那些冰冷的珊瑚礁与水藻纠缠在一处。

这个世界，一片黑暗。

我在什么地方呢？炽热的风浪迎面而来，赤红的岩浆喷涌而出，烧焦了我的身体，化作一片又一片薄薄的黑蝴蝶在吞吐的火舌上空飞舞着；不，不对，是寒冷，刀刃一般锋利的寒冰割裂了我赤裸的脚趾，鲜血自肌肤的碎片渗出，被风雪舔舐着，火辣辣地疼。

说不清是火山还是极地，是天堂还是冥域，她就在一片茫茫然中浑浑噩噩地走着，忽然"咔喇咔喇"一声响，一陇巨大的沟堑横亘眼前，她惊叫一声整个人便跌了进去。

"孩子，你疼么？"有一个人在耳边呼唤。那声音好温暖，儿时常听到的，妈妈的声音么？

她悠悠醒转，"嘀嗒嘀嗒"那是水龙头发出的水声。

她吃力地睁开眼睛，看见自己赤足横在了冰冷的水泥地上，衣服被掀到了肚脐上，污水从身下淌过，脚趾已经麻木了，这是哪里呢？

浓雾之中的浦东机场，巨兽般眨着惺忪睡眼。

涌出大厅赶向巴士的人流，每个人的脸上都挂着浓浓睡意，脸色在迷蒙的雨气和灯光中忽明忽暗，晦暗不明的表情令人心悸，仿佛置身于一片阴郁的旷野。这该死的天气，华唯鸿咒骂的同时感到一阵虚脱，一阵无法摆脱的悲怆潜滋暗长。

每个人的嘴角都挂着阴冷的笑意，像怀中揣着一把尖刀。他无视内心产生的这种令人惶悚的臆想。他是一个精神病科医师，一个过于投入的精神病科专家，在消化了种种诡异繁杂的精神病例时，他的心神会暂时分离，像一块块碎玻璃。

第一个电话是谢永镇打来的，告诉他上海市内正是大雨滂沱交通阻塞，他最好就近找个旅馆住下，安心等待第二天的到来。

"不，我要马上回去，一刻都不能等。"华唯鸿在电话里用坚定的语气回绝了导师的好意，他的声音带着掩饰不住的焦灼和恐慌，"她还好吧？"

"谁？"

"夏初。"

"我不知道。这个你该去问李宛冰，我一直在休息。"谢永镇的声音里透着疲惫和倦怠，突然又严厉起来："你这么在乎她？"

"老师，我这……只是出于责任。"

华唯鸿对自己的恩师始终敬畏，那种堪比父子之间的赤诚与孝义，延续中国上千年的传统道德精髓渗透在他的血骨里面。所以面对恩师的责问，他竟有些言不由衷的退缩和怯懦了。他对夏初只是责任吗？很奇怪，第一次看到她，她的眼睛仿佛会说话。那时候的她仿佛就在说，不要离开我，爱我，爱我，这是你的责任……华唯鸿忽然对那一幕相遇的气息有了更深彻的领悟。

"我要提醒你一句，你该关心的是晏菲，这丫头很喜欢你。你忘记了景阳是怎么死的吗？我再告诫你一次，离顾夏初远点儿！"

景阳？！谢永镇提到了景阳。景阳猝然而死的情形在他眼前闪电般地一掠而过。这让华唯鸿有了一种宛如梦幻的感觉。他是怎么爱上顾夏初的呢？怎么就爱上了顾夏初了呢？那些都是虚无的藩篱吧？现在的他什么都无心去想，只想马上冲破这雨雾飞到她的身边。

华唯鸿最终还是被迫在附近的酒店歇下了。

可能是重返欧洲，日耳曼人的严谨和不苟言笑影响了他。他无视于门童的殷勤和周围滞留旅客的喋喋絮语，像一棵被刀锯横断而下的树一头倒进房内。

雨大得出奇，仿佛是欢迎他此次归来的一个见面礼。

这天晚上，电话信号也时断时续，他打了几次电话都是无人接听。他并不知道顾夏初藏在病房内的手机早就被李宛冰以影响治疗为名收缴了。

听着那端"嘟嘟"的回音，他在窗前踱来踱去忐忑不安。顾夏初会不会出什么事情了呢？对于自己的询问，谢永镇的冷漠回避让他的心头更增添了一丝不祥的预感。

真是一个难捱的不眠之夜，他几乎是大睁着眼睛坐等天明。临近凌晨四点，他才迷迷糊糊睡了过去，此时窗外的雨已经停了。

华唯鸿在梦中看到了窗外的冷风渐渐停止了躁动，干硬的街经过雨水的洗涤露出苍白的额头，瞪着眼睛冷冷地看着灰蒙蒙的天空。几只瘦小贫瘠的麻雀在水泥地的平台上跳来跳去，瑟瑟打着呵欠。一个少女自雨过天白的远处静静而来，静谧得像从陈逸飞的油画中走出的古典女神。她带着微笑，脚步轻佻地向他跑过来。他的心瞬间被这久违的身影给融化了，奶油一般软软的，他伸开了双臂，想做一个花心般地环抱……忽然，她的衣裙发出风一般凄厉的呼啸，手像枯树枝一样举起，子弹一般凌厉地穿透了玻璃直接攫住了他的心脏。

华唯鸿在大汗淋漓中惊醒，他望着头顶的灰褐色天花板大张着嘴巴喘着粗气，脑海中清晰地凸显出那个少女的模样，她有着夏初般黑蝴蝶的眼睛。

死神的召唤 *11*

　　李宛冰将镇静剂一管管收好，脸上挂着冷硬的霜，沉静地看着在面前不断挣扎的那双脚。那黑皮鞋晃得她有些眼晕。

　　"再用点力！"

　　听到主任的呵斥，新来的实习生小陆有些手足无措地做了个下重手的姿势。他那双青筋爆满的大手虎钳一般牢牢攫着一根粗壮的胳膊和一条四处乱蹬的大腿。

　　那条大腿上的黑皮鞋不甘心地奋力挣扎着，犹如一张大嘴重重喘着气竭力控诉着什么。

　　"要不要再给他一针？"

　　小陆竭力不辱使命，但还是忍不住要求援。

　　"等会儿。药效还没完全发作。"

　　"你们在做什么？"华唯鸿刚一进门就看到了这一幕。四个年轻的实习医生气喘吁吁地将一个中年男人压在了病床上，李宛冰举着一支针剂正站在一旁凝神看着他们，表情活像麦田里的稻草人般怪异。

　　"他的躁狂症发作了。"李宛冰道。

　　华唯鸿知道精神病人发病的可怕，就算是四个年轻力壮的小伙子也未必拧得住。这种场面他见得太多了，但还是提醒道："别用蛮力！小心弄伤他。"

李宛冰见他皱眉，脸上浮现一层古怪的笑意，淡淡道："对这种病人不能有同情心。他不单脑子坏了，良心也坏了。"

她说着快步上前，将那针剂狠狠斜推进病人蓝色的静脉管。那病人还是不屈不挠地喊叫着。

华唯鸿避过脸去，直接问道："叫我来有事么？"

李宛冰挑起了眉头，看着那病人渐渐安静下去才笑起来："怎么？华医生还没有听到什么吗？"

她那笑摆明了要看一场好戏。

华唯鸿心内几分狐疑，这女人又要什么把戏？他刚进医院还未坐稳，她就派人将自己叫来，来了却卖关子。

看他沉默了，李宛冰直起腰来长叹道："怎么说呢？唉，顾夏初真可怜啊，可怜得让人生气。我一心想要治好她的病，却没想到她这么倒霉。"

华唯鸿的心猛然绷紧，"你说什么？"

"唉，这些病人呀，有的太坏了。像这个老宋，我们对他太大意了，应该直接把他关进封闭式病房！"

那个被李宛冰指着的中年病人因为药效发作暂时安静下来，死鱼般瞪着眼睛气鼓鼓地看着天花板。他能听到他们说话，这无异于躺在床上听别人控诉他的罪行，可惜他没有申辩的权力。

"唉，我们也要检讨呀，在咱们医院发生这样的事情对病人的家属也不好交代。谁能想到这个老宋竟然对顾夏初起了色心！还好，我们发现得早，否则后果不堪设想……"

华唯鸿的一张脸瞬间变作了蜡像馆的雕塑，呆板，僵硬，从那张嘴里吐出几个像样的词儿都困难。他竭力昂起头想让自己的呼吸更顺畅些，但冥冥之中似乎有一双手将自己的咽喉牢牢地钳住，他只有左右摆了摆头松了下衣领让自己透出口气来。忽然，他一下子跳起来向床上的那个人扑去紧紧抓住了对方的喉咙，举起拳头大吼着："畜生！"

李宛冰第一次看见华唯鸿会有如此激烈的反应，她也不由得吃了一惊。倒是那几个年轻医生见状赶紧将华唯鸿拉了回去，"华医生，冷静！冷静！"

康德医院，顾夏初被同楼层的男病人猥亵的消息已传得沸沸扬扬。

华唯鸿面色苍白地走在通往会议室的甬道上。现在，他还是没有看到顾夏初。难道真像周一苇暗中说的那样，顾夏初是一个特殊的病人，处于谢永镇特殊的"保护"之中，没有任何人可以看得到她？

风中有微微的抽泣，鸟雀们在扇动翅膀。

这不是一栋医院，这更像一个坟场。顾夏初现在无异于一具尸体，被冷藏在某个冰库里的硬邦邦的尸体。华唯鸿不知道自己为何会有这样奇怪的念头，或许他的心太过异样。

褪去嫩绿的银杏叶片犹如一只只金黄的小手从天空纷纷洒洒而下，温柔地抚慰着他，但这丝毫不能驱散他心内的寒意。

他一直以为那个老宋不过是一个心理强迫症患者。一想到这里，他的心脏就像被一把铁拳狠狠地击杀着，从头到脚都止不住地颤抖，像被激发了原始野性的猛兽般怒吼，继而把那元凶撕作碎片！正在他带着怒气在医院内无处发泄的时候，周一苇叫住了他。

她兔子般仓皇的眼神回避着华唯鸿眼中那把火，嘴唇哆嗦着："你真相信那是老宋干的？"

天空呈现出浑浊的牛乳般的暗淡。

一棵黄色的树在秋风中瑟瑟地行走，它有一双浑浊的眼睛，扫过光秃秃的露出灰色泥沙的墙头，看到的只是一片破败屋脊。

"我爱你的母亲。她是我这一生最爱的人。"老黄树流下一行蜗牛黏液般的眼泪。

"我的母亲？"顾夏初咬着唇吃吃笑起来。她仰望天空，云朵四周染了一圈一圈的光晕，如一片片光灿灿的金箔，"您从来都不了解我的母亲。"

那棵树像裹了一被子冷风一般抖了抖，"我知道你们都恨我。"

"知道就好。"顾夏初的眼眶泛红，她的脚步已经追随着那些金色的光晕在天上飞舞了。

"过去的永远回不来。"

"谁说回不来？我看到了那棵海棠树。你知道的，每年春天，它的花瓣都会到处乱飞，给房子盖上一层绯红的细雪。真美啊，那种情形我一辈子都忘不了。"顾夏初像是彻底活过来了，她能够清晰地认识到那不是一棵活动的树，它是谢永镇。

谢永镇知道，在极少的时候，只有在顾夏初回忆起过往的美好的时候，他才会是她的爸爸，他活在她过去的回忆之中。一旦从回忆中醒来，他在她眼前就是一个死了的人。

"不知道为什么，我特别喜欢红色。粉红色，妈妈的围巾，朱砂色，妈妈有一双舞鞋就是朱砂色的……还有，红的像血一样的颜色，对，血，我记得那天，也是这样的一个下午吧？天上有奇怪的一圈圈的云朵，我兴冲冲地回家，在这个小院子里面看见了妈妈，她坐在门前哭得很伤心，我在她的脸上看到了血，然后是地上、墙上……我从没有看到那么多的血，那么浓烈，那人是个艺术家，他用妈妈的血在作画……"

谢永镇的脑袋垂了下去，像挨了铅锤的重重一击，沉甸甸地抬不起来。他双脚微微颤抖，在即将跨入这个封闭已久的小院落的时候。那不

姑
获
鸟

142

单是一种岁月的年轮带来的虚弱，也是一种哀伤。他记得江一璃为了不让他这双脚跨出这个门槛不惜将双腿跪了下去，那样骄傲又清高的一个女人，在"文革"一轮又一轮公开的批斗会上死也不肯低头的一个倔女子，为了他一下子就跪了下去……可惜那一刻的悲怆要等到这一刻，谢永镇才能真正地体会。

他颤巍巍地掏出一把钥匙。那是一把被扔进冷宫多年的黄铜钥匙，相信它梦中都想着和自己的丈夫亲吻呢，所以它像至死不腐的尸体崭新如初，油润光亮的眼睛眨个不停。

"啪嗒"一声，那钥匙终于和她的丈夫浑然合为了一体。永镇微微有些吃惊，这是两扇封闭了很久的门，黑色的漆都斑驳疏离于光滑的桐木之上，如一张张干涸的鱼嘴微微翘起，在风中发出奇怪的嘶嘶声。一股潮湿夹杂着腐尘味道的气流扑来，永镇的手不由得抖了一下。

"不要进去！"夏初在他身后低低喊了一声。

谢永镇回头，看着这个疯疯癫癫的女儿。

"她在里面……"顾夏初缓缓地举起一根手指，指着那个黑洞洞的屋子。

"谁？"

"她——"顾夏初看着那扇门后面，干涩的唇微微撅起，诡谲地笑起来，"你没看见吗？她在——"说着，她忽然双手并拢向上，白天鹅般昂起脖子，踮起脚尖在地上轻轻地划了一个圈。

这娴熟的舞姿令永镇一阵眩晕。他看着夏初，除了肥大的病号服，她和当年的她一模一样。只是踮起脚尖的顾夏初仿佛根本不在意父亲的忧伤，旋舞一圈之后笑眯眯地望着那屋内，在和一个人亲密对视一般，眼睛也鲜活起来，溢满了光亮。

这突来的光亮让永镇更加忐忑，他迷惑地眯起眼睛一步步走进那屋子，正要看个究竟，忽然脚上一沉，黑暗中门内伸出来一只小手。那手紧紧把住了他的腿！

"爸爸，爸爸——"空中有微细的呼唤，如遥远时空穿梭而来的咒语在他耳边打转。

他一惊，那苍白的小手冰凉凉的，一股冷气自裤管而上迅速冻僵了他！接着，他看见一双眼睛，一双红色的眼睛，镶嵌在一张惨白近似于幽蓝的面孔之内！那面孔隐藏在黑色的光线之下，阴冷至极。

她是谁？她是谁？谢永镇几乎要惊叫出来，竭力后退想要摆脱那双看似幼小实际上强大近似诡谲的小手！但他怎么也动不了！

这是怎么回事？惊恐万分的谢永镇还没有明白过来就一头栽倒在地。他的半个身子直接悲怆地横在屋内，视野完全陷入一片黑暗之中！

哦，我的天！为什么我一点都动不了了！是她们要来惩罚我了吗？是吗？为什么？这么多年了，她们还不放过我！为什么！难道仅仅是我的错吗，难道不是那个时代的错吗？这个可怕的孩子，这个这怕的孩子，难道她是——谢永镇正心潮汹涌，在恐慌之中竭力为大脑寻找一个出口，就看见黑暗之中多了一束光亮！

那是一抹红！朱砂般的红！一双红舞鞋，自黑暗中一跳一跳地走来。

谢永镇瞪大了眼睛。这荒废多年的老宅，为什么会有人在里面？眼看着那诡异的红自屋内深处的黑暗闪现而出，越走越近。他全身发冷，真的是她！她果然在这里！想到这儿，他的喉咙被紧紧扼住了一般，想喊喊不出声，简直快要窒息过去！

在地上挣扎着喘息着的谢永镇，眼睛里面顿时布满了浑浊的泪水，眼角的余光分明看到了顾夏初静静地站在身后冷冷地注视着自己，一动不动，似笑非笑。

哦，她们都在——她们一直在等我！谢永镇心内悲叹一声。他原以

死神的召唤

为带着顾夏初来这个自己回避了二十多年的地方可以打开彼此之间的心结，但怎么也想不到会有如此诡谲的事情发生！

其实，他一直有感觉的对不对？她们从没有忘记自己，她们一直在暗处静静地窥视自己，她们洞察一切！想到这儿，他无比悲怆，该来的还是要来，该还的还是要还的。他静静等着那抹红靠近。但是，当他看清那确实是一双带着陈年气息的红舞鞋时，他还是不由得毛骨悚然，冷汗浸湿了后背——那双鞋的主人是悬在空中的！她的脚上没有一丝尘土！

巷口处，司机老孙在车上抽完了最后一根烟，有些不耐烦了。他给老院长开了多年的车，已经习惯了这种漫长又无聊的等待。但从上午坐到日落，他的屁股怕是都要与座椅长在一处了！想到这儿，他下了车，瑟缩着身子在寒风中向墙角撒了泼尿，便向弄堂深处伸长了脖子望去。

不见一个人影。

一种不祥的预感慢慢袭来。难道是出事了？想到这两年，谢院长的衰老如同坐上了过山车，那松垮的皮囊常有不听指挥颓然委地的无声之举，老孙不由得揣紧了那颗缩紧的心脏向巷子深处走去。

风中有尖利的呼哨。

一群黑扑扑的乌鸦喳喳笑着狂涌而出。它们毛色油亮，在天际大团大团的火烧云下面闪着清晰而又奇异的白色幽光，有如一匹巨大的裹尸布飘舞空中狞笑不已。

这令老孙有刹那间的怔然出神，眼中只有天顶的幽幽白光，看不清脚下的路，更看不清谢院长经常流连的那所老房子，虽然它冷冷伫立眼前，离自己只有数步之遥而已。啊，它就像一具通体透明的冰美人发着白色荧光，令人无法直视！这是幻觉么？

老孙咽了口唾沫强自撑着胆子用力推了推眼前的房门，发现它是紧闭着的，一把锈迹斑斑的铁锁挂在上面。

咦？好像根本没有人来过。

他绕着院门的砖墙巡视一圈，找不到任何可窥探的缝隙，倒是与一只老乌鸦打上了对眼。那老东西蹲在墙上居高临下地俯视他，雕塑般死硬。

老孙按着那怦怦直跳的胸脯，扯着嗓子喊了一声："院长！"

没有回应。

倒是院内传来一阵奇怪的声响——"啪嗒"，那锁忽然开了。老孙这才看清身边多了一个人，一个身姿婀娜的女人。她穿着一件白底碎花褂子，头上梳着一个光溜溜的高髻，熨烫整齐的裤子在她那优美纤长的腿上轻轻飘荡，发出乐响。

老孙又有些晕，一股若有若无的茉莉香。

女人回过头来莞尔一笑，"侬是撒宁，到我窝里来做撒？"

老孙一惊，忙把头缩回去，他太了解这老屋了……这女人哪里冒出来的？诡异至极！想到这儿，他再向里看，女人已经倏忽一闪不见了。只剩空荡荡的院子，如一张失血的脸般苍白。

他相信老院长一定在里面，便瑟缩着身子大着胆子喊着："院长，院长——"

那声音哆哆嗦嗦不够有力，却如同琴弦上的颤音叫醒了院里那棵畸形的老树。那是一株枯死多年的海棠，它猛地睁开了沉睡多年的猩红色的眼睛，空中顿时撒满了艳丽妖异的海棠花瓣，如同团团鲜血。

老孙全身的鲜血都剧烈涌动起来，他身上的血管扑腾扑腾地此起彼伏，如同秋季饱满的麦浪。这是幻觉么？太他妈的诡异了！他想转身就跑但挪不动腿，那黑洞洞的房门里面有模糊的呻吟！那呻吟断断续续，还伴着苍凉沉郁的哭声。是老院长在哭么？

老孙耸起两条颤巍巍的肩膀强使自己到了屋子门口，弓着身子向门

死神的召唤

145

缝里瞧。一丝光线随之投入室内，有气无力地打出那些蒙尘多年的老家什的嘴脸，它们在暗处窃窃私语，面目狰狞地瞪视着这个不速之客。

"院长——院长——"老孙的两条腿都要弯作九十度。他看见一个灰蒙蒙的影子在泛着冷气的潮湿地面蠕动。

谢永镇在那里微弱地应了一声，接着竭力伸出了一根手指指着屋子中央。那里有一面嵌在墙上的泛着青铜光泽的西洋式的梳妆镜。他恐惧地看着那眨着幽幽光亮的镜子，吃力道："她，她不让我走——"

老孙停在那里倒抽了口气。他感觉有一团黑雾自身后飘了过去，瞬间，那镜子一亮，影影绰绰地现出一个女人来。

空中响起了凄厉的哭声！那哭声像是被尖锐的气流裹挟，陡然变了脸，拉长了声调。

是谁在哭？只见有一团人样的影子不知何时坐到了梳妆镜前，你看不到她的脸，更看不清她镜子里面反射出来的五官，但你可以确定的是她一面用一把桃木梳子慢慢梳理着那一头乌鸦翅膀一般黑漆漆的长发，一面呜呜咽咽地哭着。

谢永镇无助地看着老孙，几乎也要哭出来，那饱受压抑的脸堆满了褶皱一抽一抽，浑浊的老泪在玻璃球般的白眼珠下面滚动，仿佛在控诉："现在你信了么？信了么？"

老孙多年的胆气上来，他一咬牙，闭着眼睛就背起了自己的老领导，头也不回地向外冲去。

鬼才信他娘的这个世上有鬼！老子偏不怕，老子不信！他信自己的无神论，不信自己的眼睛，就当是做了一场噩梦！老孙呼出一口气，力拔山兮地将谢永镇背出了那散发着森森阴气的死屋子，大步向巷外奔去。

这跌跌撞撞的奔跑撞上了一个阿婆，阿婆手中那空空的篮子被撞飞出去。阿婆顿时嚷起来："噢呦！侬家死了人喽！背个鬼啊！烦死特了。"

老孙不理她，继续埋头向前吭哧吭哧跑着，越跑越累，越跑越沉。他跑到那轿车前，将身上那沉甸甸的肉身像卸掉一船沙丁鱼般向里猛地一塞，迅速跳进了驾驶座猛踩油门。

忽然，有张白脸在车窗前一闪，老孙吓了一跳，是那阿婆。

阿婆的那张脸布满深褐色寿斑，似人非人似鬼非鬼。她一脸狐疑地盯着车内，嘴巴哆嗦着仿佛在对老孙说着什么。老孙心头发虚，渐渐沉下去。他下意识地循着老太的目光向车后座望去，就在这一瞬间不由得大惊失色！是一头黑漆漆的长发！一双血水密布的眼睛森森地看着他……老孙大叫一声，那车身腾空而起，在油门的轰鸣声中向人行道冲去。

谢晏菲不知道该怎么描述那惊心动魄的一幕。

她只是在人行道的林荫下舔着被酸涩眼泪浸泡的唇，恨恨窥视着巷弄深处，无视周围的人群和车流。没有一个人能体味这稚嫩心灵被慢慢撕裂的忧伤。那个她仰望如太阳神一般光明灿烂的父亲，最爱的竟不是她和她的母亲，他的内心一直有一个秘密王国，她无缘涉足那神秘国境一步。她伫立那里如同一个被抛弃的婴儿，孤零零地沐浴在琥珀色的余晖之中。

就在这时，老孙的那部车子飞快地自巷口蹿出，以迅雷不及掩耳之势冲了过来！她还没来得及反应，车就到了眼前。她尖叫一声下意识地逃，但那车还是上来了！瞬间，她看见一张脸，那脸鬼魅般贴在车窗上！是一个女人，惨白的脸在窗玻璃上若隐若现如蝶翅上的脉络。那张脸阴阴地看着她，嘴唇一张一翕，仿佛在说些什么。

晏菲被这突来的诡异给吓蒙了！眼睁睁看着一大片黑影泰山压顶般迎头罩下，她双腿有如被捆住了一般动弹不得。就在这时，一个人健步如飞地冲了上来，一把将她拽到了身后。虽然只有短短几秒钟的工夫，但她还是看清楚了，那是她视为蟑螂的无比讨厌的杜小麦。紧接着，他气球一般

死神的召唤

飘飘悠悠飞到了半空，一头撞到草坪旁的空树上，发出"嘭"的一声巨响。

瞬间，喧嚣的街头鸦雀无声。所有人都不动了。

老孙拼尽最后一丝气力从冒着黑烟的车内冒出了头，他的鼻子和耳朵都在突突冒着鲜血，不到一秒钟的工夫，他还未来得及张开嘴巴向这个世界倾吐点什么，头便软软地垂了下去。

随即，短暂的沉寂被女人和孩子的尖叫和哭泣声撕破。

晏菲木呆呆地看着那车头，那地方冒起了滚滚黑烟瞬即吞没了老孙那惊恐万分的脸。后座上那个奄奄一息的身子被拖出，整个现场一片慌乱。她再看向旁边的草坪，杜小麦像被抛弃的玩具孤零零地斜躺在树根处，一缕鲜血缓缓地自额头而下，分开了他的整张脸。

这一定是我在做梦！梦醒了就好了！晏菲脸色苍白，周围渐入漆黑，街头的霓虹灯已经亮了，是，不管刚才发生过什么，霓虹灯照旧闪烁，车水马龙又活了起来。她不知道老父亲的身体，杜小麦的身体是何时被搬走的。她已经不能说话，恨不能从咽喉处掏出一根针，将遍身被撕裂的神经缝合在一处，我还是个人，是个活生生的人。

"你看见了么？那些血……像羽毛。"一个微弱的声音。

"我——"晏菲迅速转过身去恨恨地盯着发声的那个人。她形如鬼魅，躯体在黑暗的河流中发出微弱的光色，黑蝴蝶般的眼睛掩藏着蛇信般的嗜血光亮。她坚定地相信那是一抹诡异的笑意，而不是哭泣。

晏菲含着泪看着那具似人非人的躯体，忽然打了个激灵，眼泪夺眶而出，是惊恐还是伤心？方才生死关头那一幕又清晰地闪现脑海之中，她颤抖着战胜了冰冻自己的恐惧，愤愤道："我看见你了！你在车上！你这个鬼！是你让它撞过来的！"

"听说在古代，有一种鸟儿，是含冤而死的女人化成的怨灵，她们喜欢在夜幕降临的时候出来掠夺别人的孩子，因为她自己的孩子夭亡了。千万不要让小孩子在夜里哭泣，否则，她会随时带走她。"

"我不是小孩子！"

"你很小的时候我就喜欢上你了，那时的你真可爱……"

"我又不是你的孩子！顾夏初，你疯了！"

"嘘——小点声，我现在不是一个人。你会吓着她，她一旦生气就会对你很残忍……"顾夏初神秘地眨了眨眼，仿佛附近真的有一个倾听二人对话的怨灵存在。但实际上苍茫的夜色之中除了尖利的风声和车的呼啸，什么都没有。

这是一个不眠的夜晚。

谢永镇出车祸了，对李宛冰来说不啻一声惊雷。如同她预感的那样，冥冥之中总有不散的怨气，他和她，迟早都要被这怨气吞没。

接到消息的不是她，是华唯鸿。

当时李宛冰正在圆桌前主持会议，华唯鸿的手机一直不合时宜地在桌上鼓噪着。他拿起手机，一个女人歇斯底里的哭声零碎不清地钻入她的耳朵。是顾夏初？这念头在她脑中一闪而过。不可能，顾夏初的手机早被自己收缴了。猜测间，华唯鸿已站了起来迅速离开了会议室。

李宛冰若无其事地继续维持会议，直到会议结束才有一个助手上来悄悄耳语道："院长出事了……"

她一惊，忽然明白华唯鸿为什么不发一言就擅自离开。难道那个老东西要归西？！谢永镇这个年纪不出事则已，一出事必是非同小可。她的心悬起来，那双腿有着夺门而出的冲动，但马上又没了力气，这时去必然会遇见姚桂云……那个泼妇与自己势同水火，自己去了只怕非但见不到谢永镇，还要白白受辱骂呢。

复杂莫名的思绪涌上心头，说不上是难过后怕，还是幸灾乐祸。难

死神的召唤

149

过的是谢永镇在医院生死不知，而痴爱了他这么多年的自己竟卑微得连守在他床前的机会都没有。一行泪水顿时下来，这时候她也明白了，原来心口最柔软处还是被这个老不死的霸占着。她坐在那里流了几颗眼泪，忽然又上来一丝丝幸灾乐祸，那点冷眼旁观的心理浮云般的在心头荡漾着……姚桂云，你占了夫人的位子又怎样呢？头发还没全白，儿子就莫名其妙地死啦，现在又遇上这样的倒霉事儿……想到这儿，她心头竟然有些兴奋，忍不住要面壁偷笑几声。

还是焦躁不安的夜。

她把自己关在了办公室，紧张地思考万一那个老东西真的死了呢？他要是死了，这所医院还有自己该怎么办呢？这医院就是自己的余生啊，她将自己的青春自己的情感自己的所有心力都投在了里面……她甚至幻想自己坐在了谢永镇的位置上如何扬眉吐气风光得意，现在终于到了可以主宰自己命运的时机了。但一想到还有个正在谢永镇床前乱成一团的华唯鸿，她又如噎在喉了。想到华唯鸿，她忽然又想到一个人，顾夏初！顾夏初此刻在哪里呢？想到这儿，她不由得紧张起来。

正在这时，外面响起了敲门声。

她起身去开门，原来是周一苇。

周一苇的眼睛红肿，显然是哭过的。她的身子难以抑制地哆嗦着，抽抽噎噎道："主任……听说院长出事了？"

"他出事和你有什么关系？"李宛冰心内醋海翻腾，老大姐嘴脸也无心扮了。

周一苇脸上一热，难以言说的尴尬让她呆在那里竟然无言了。她幽幽叹道："最近怪事这么多，我都有些害怕了……"

"你怕什么？"

"他们说院长的那部车子出事出得稀奇，老孙死得太奇怪。"

"呵，"李宛冰禁不住要冷笑了，"老孙死了？"

"是啊，你没听说么？好好地就从巷子里冲出来！见了鬼一样！"

"见鬼？哈，老孙说的么？他都死了，你们怎么知道他见鬼了？"李宛冰烦躁起来，拧开手边的蓝色药瓶一仰而尽。一股难以抑制的激动和愉悦自体内悠然而上，那些药液在体内都幻作了蓝色的蜥蜴一边狞笑着一边沿着她的血管爬向身体各处。她有一种奇怪的眩晕，这是镇静剂发挥作用之前的副作用吧，她揉揉太阳穴，微微皱眉。

"晏菲也在场，从那以后她到处跟人说见鬼了！鬼就在老孙的车上，头发又黑又长，脸惨白惨白的……"周一苇梦呓般描述着，李宛冰揉了揉太阳穴，那些蓝色的蜥蜴已悄悄潜入她的脑神经，虚汗自额头渗出来，她睁开眼睛呼了口气，却仿佛看见门口有人闪过。

周一苇没有察觉到李宛冰心内的异样，依旧像只受惊的鸟儿般诉说着内心的惶恐："我不敢回宿舍，一闭上眼睛就觉得有东西在附近晃……"

"呵呵，怎么说得跟你见了鬼一样？"李宛冰撇了撇嘴角，用手轻轻按住微微发热的额头。

经这一问，周一苇的神色更加惊恐了，低低道："这些天我都不敢再去304房了。自从她在水房发了疯，我就越来越怕看见她——她那双眼太阴森了！今天听晏菲说到那个鬼，我忽然就想到了她！又黑又长的头发，惨白的脸……"

李宛冰扬起两道怒眉，极为不悦："别忘了你是医生。顾夏初虽然疯疯癫癫的，但她也只是一个病人。你要这么说，我倒有些明白医院里面那些闹鬼的谣言是哪里来的了。闲着没事儿就嚼舌头，把医院的名声搞臭了对你们有什么好处？"

"医院闹鬼的事儿，在我来之前就有了。我听他们说——"

"胡说！这医院从来没有闹过鬼！真是无聊透顶！"李宛冰粗暴地打断了周一苇，沉下脸去，"我看你现在神经兮兮的和顾夏初没什么两样！"

周一苇脸上有些挂不住了，悻悻然向外走去。走到门边，忽然想起什么似的转身道："记得以前你说过什么吗？顾夏初就是个鬼，离她远点！"

李宛冰一怔，像被人扇了一耳光，火气顿时上来。她张着嘴巴想更猛烈地反击，却见那门一关，周一苇已经扬长而去。

"顾夏初就是个鬼——"这话就像一个醉鬼在她的心口来回晃着，慢慢地那醉鬼爬到了她的脑髓深处，一双黑手遮住了她的眼睛。

她放下杯子向外走去。

这时已是深夜，除了来回巡视的医务人员偶尔在走廊上经过所留下的"塔塔"声，天花板上的灯会惊醒般地一眨，整个医院一片漆黑。

李宛冰走出了科室并没有回家，而是折身走向了精神病区。

老旧失修的走廊散发出浓烈的潮气，随着多雨的夏季到来，那些发黄的墙皮被一缕缕黯然而下的水渍划破了脸，平添了难以言喻的沧桑。即便是脚下的地板也生了绿霉，吞吐着阵阵凉气。

她看了看表，已是深夜十二点。

前台空无一人，小护士不知道又跑到哪里偷睡了。

她压着怒气继续向前走，时而透过门上的小窗窥视着房内的病人，除了几个病人在喃喃自语，大部分都已沉入梦乡。

她穿过了走廊，爬上了另一层楼梯继续走着。刚转角上来，整个视界倏地一沉，这一层走廊陷于一片黑暗之中。

她伸出手去，摸索着找到了那开关狠狠按下去，指尖竟有些生疼。或许是用力过猛的缘故，手指也被那糙粝的墙皮给磨得泛红，微微的针刺般的感觉令她不禁将手指吮入口中。

走廊又倏然一亮，自黑色的迷蒙中露出了灰暗破败的本来面目。

顺着长廊望去，一排排鸽子笼般的铁门死一样寂静。她忽然想到，那个304房在静静地等她，那个鬼还在里面沉眠吧？

一想到顾夏初，就有一股烦躁自体内喷涌而出，那冲动有如急于教训脚下奴隶的女王却找不到她的鞭子。

头顶的灯光随着她的脚步忽轻忽重地叹着气，前方百米远的阴暗处就是顾夏初的房间了。李宛冰忽然感到一阵莫名的兴奋，仿佛整个身子被置于过山车一般眩晕般地旋转着，当然这是快感，是兴奋。她太享受现在这一刻了！该怎样给那个囚笼中的哀哀死鸟重重一击呢？那个老男人已经奄奄一息，你不要在这里兴风作浪了。

正在兴奋处，紧盯着的那扇门忽然诡异地向外敞了一下，仿佛有人在里面轻推。她心头一惊，这里都是封闭式病房，顾夏初是不可能从里面开门的。疑惑间，头顶的灯突然归于寂灭！一切陷于黑暗之中，什么都看不清了。

她一惊，靠在了墙壁借着脚下地砖清冷的反光继续向前摸索着，果然，黑暗中的304房的门好像是虚掩着的，有冷风自房内穿室而出，幽然旋到了走廊上，发出细微的空气流动的声音。一团疲惫至极的光线透射过来，恍如一个人的影子在黑暗中隐隐闪光。

她瞪大眼睛，大喝：“谁——”

这一声大喝又把头顶的灯给唤醒了，它慷慨地大放异彩，李宛冰眼睛一片刺痛。

一股浓烈的潮湿的味道席卷过来，甚至在舌尖和鼻翼上都留下了清晰的鱼腥味。她睁开眼睛，看见一片幽暗的闪烁着白光的黑色起伏，那是层层的散发着海腥味道的波浪，仿佛自己瞬间置身于幽冥一般阴森冷寂的海上。黑色的海水猛扑过来，涌入她的眼睛、鼻子和耳朵，她被呛

死神的召唤

153

得喘不上气来！两只手脚不由得打开，在那片黑色海浪中无措地挣扎着扑打着，竭力不让自己沉下去。这一扑一颠之间，她看见了更令人惊恐的东西，黑色的海水下面有无数惨白的手脚在游动，还有惨白的膨隆的身子，那是无数个隆腹的黑发女子透过了黑暗目光灼灼地看向她，仿佛是饥渴上千年的急于食人果腹的怨灵，都幽幽然向她游了过来，拽住了她的手和脚向更深更黑暗处游去。

李宛冰在一片黑暗中惊恐地呼叫着哭泣着，蜷缩在走廊的墙下不敢动弹。不知过了多久，她才从幻觉中一点点恢复清醒。

夜，依旧静寂如常。只是眼前多了一个影子，居高临下地俯视着她，目光森若阴月，眉梢眼角笑意之诡谲若暗色中怒放的红罂粟，散发出摄人的光芒。待她看清这个人，全身的血都凝固了一般，竟是顾夏初！

顾夏初冷硬若一座巨大的南极浮冰，盘固在这夜色之中，周身散发出极光般诡谲莫测的笑意："你休想杀死我！在这之前我先杀死你——"

一把明晃晃的尖刀自她手中举起，在李宛冰的头顶高悬着："你这个丑陋的第三者，害别人家破人亡的娼妇——"

李宛冰怕极了，尖叫一声抱头向前窜去。

她跑得慌乱，心脏都要跳出来，耳畔的风声呼呼作响，仿佛是在原野上逃命的一头麋鹿。

"你终将死去，像我一样屈辱地死去——"这声音在四围响起，竖起薄雾般的飘飘忽忽的围墙。她惶恐，停下脚步张目四顾，发现自己已经站在了楼顶的水泥平台，头顶是巨大的白色水样圆月。

夜风袭来，还是带着一股驱之不散的海腥味。她摸摸鼻尖，原来真的有鲜血沥沥而出。那黏腻的触感在她指尖上无比真实，不可怀疑。她强自镇定，才想起伸手抹去鼻下的血液。我怎么会来这里？我要回家。想到这里她的心脏又怦怦跳着弹出了正常的键音，便转回身去寻找下楼的入口。

才走出几步，她的心跳又加剧起来，挥之不去的恐惧又一次包围了她，附近有阴森的莫可名状的东西蠢蠢欲动着，今天一定要发生什么吗？那个死鬼要来了吗？难道我要和老东西都死在她的诅咒之下么？

呵，周一苇说得没错，这所医院一直在闹鬼，从她莫名其妙死在了琉璃岛，这所医院到处都有她的影子！惊惧之间，李宛冰的喉头处一阵撕裂般的疼痛，窒息感的压迫使得她不得不抬头仰面张大了嘴巴。就在这一瞬，头顶的月突然黯了下去，一缕海藻样的黑色物体缓缓爬上了她的眼睛，一张惨白的脸迎面罩下。

李宛冰瞪大眼睛，呆呆注视着眼前这个似人非人似鬼非鬼的怪物。那双眼睛是空洞死寂的，没有半点生气，死去的鱼眼睛才这样全是泛白的！但她明白了，它并不是顾夏初，更不是那个死鬼江一璃，只是一个如同两者影子般的东西，有着邪恶力量的东西。她的脖颈奇特地向一侧生硬地弯曲着，仿佛是受到某种重力的压制或者吸引，这使得她的五官也诡异地扭曲起来，口中的舌头蛇信般耷拉在外，软软地垂下一截，你说它是鬼，还不如说它是幻作人形的蛇妖，那怪异的扭曲的姿态实在是匪夷所思。

李宛冰用力掰开紧扼住喉咙的枯骨似的那双手，灌入耳畔的是焦枯的树枝被掰断时发出吱吱嘎嘎的干硬的脆响。但那枯爪样的手随即又紧紧梏住了她的身子，水蛭一般贴附着她。

李宛冰彻底崩溃了！她猛地推开那个阴森之物狂叫着向平台的边缘冲去，竭力要摆脱这一切。

月亮愈发圆了，甚至泛出软黄的光泽，柔媚至极。

风卷起一团灰土，将李宛冰的发丝绞在了一处。她伫立楼顶像一把张开的黑油伞在风中左右摇晃着，躲避着那个东西。

它的身体时而清晰得如同活生生的江一璃，时而模糊得有如一团黑烟，那张扭曲的脸一旦暴露在月光下就现出歪曲可怖的嘴巴和舌头，发

死神的召唤

155

出模糊不清的呜咽。为了逃避那张脸的迫近，李宛冰双手死死撑住后面的围台，半个身子都悬在了空中。

突然，一阵清亮的嘀音响起，李宛冰忽然意识到了还有手机在身上。

她哆哆嗦嗦地掏出手机，只见一条幽蓝的短信闪着光：你终将死去，恶毒的女人——

还是一条来历未明的短信，如同一条毒蛇彻底钻入她的心脏，令她恐惧无比。

"妈妈——"耳畔传来呼声，李宛冰战战兢兢转过身去，身后竟然有两只小手！她探身一看几乎要晕厥，竟是自己的孩子！

那孩子身体悬空，两只眼睛噙满了泪水，手指都被粗粝的水泥石磨出了鲜血，在夜色中是可怖的乌黑。孩子仰头高喊着："妈妈快救救我！爸爸不要我了，我是来找你的呀！"

李宛冰的心都要碎了。她与丈夫向来不和，那恶棍对儿子打骂摧残是常有的事儿，但他怎么能把孩子抛在了这里？她顿时觉得眼前一阵天旋地转，拼力凝神抓住儿子的两只手向上拉。可是这两只手却越拉越沉，几乎将她也坠了下去。

"小瀚你不要动呀！妈妈救你——"哭喊间，李宛冰已经看不清儿子的脸了，下面一片虚黑。突然她的心脏像是被猛扎了一下毛骨悚然，那手上抓着的哪里是儿子的两只小手，而是穿着红舞鞋的赤裸双足！

那脚踝寒冰样的凉，犹如太平间的冷冻尸体。

李宛冰的血彻底冷了，她知道这尸体是谁……她来了！

表上的时钟正指向十点，王重光仰起脖子看了看天上刺眼的日光，又低头看了看地上那具无声的问号。她的脖子呈现一种怪异的扭曲，如同指向午时三点的时针与脖子呈九十度角。可以想象那些包裹在皮肉下的骨骼已悄无声息地断了。死者飞速坠地的瞬间颈部究竟承受了多大的冲击呢？但奇怪的是你看不到往常那种头部残破鲜血喷溅的场景。她的头颈部没有任何破损伤，大量血水自口角处溢出，在地面汇聚成一道阴暗的血流。

"她在意识消亡之前肯定看见过什么可怕的东西……"蔡渺渺看着死者的那双眼睛若有所思，"我从没看见过这么惊惧的表情。"

"见鬼了。"王重光坏笑着打趣，"拜托你转个身。"

蔡渺渺一撇嘴，"啪"地将文件夹高高扬起砸在他的怀里，转身就走。

"注意形象！"王重光收起坏笑，"众目睽睽之下调戏你上司？！"

犬儒的嘴脸。蔡渺渺心内恨恨骂道。何谓犬儒？严肃的令人倒胃口的假道学面孔？满脸的玩世不恭一嘴的阴阳怪气？眼下这个王八蛋到底跟哪条沾边？其实蔡渺渺也不知道。她只对香奈儿路易威登有兴趣，虽然她大多时候只能着警服。"犬儒"是王重光经常挂在嘴上的深奥词汇，蔡渺渺有时问他那究竟是什么意思，王重光高深莫测地舔舔舌头，那意思就是说敝人就是一条疯狗。

蔡渺渺看着那条骄傲的舌头吐着令人作呕的烟臭味儿，似懂非懂。大概意思就是说他心里住着一条躁动不安的狗吧？他还真有自知之明。这条老狗高兴的时候会撒欢儿说点好听的，不高兴的时候就会发疯朝人龇牙。蔡渺渺恨恨想着，最可恶的是她竟然暗中爱着这条老狗的刻薄劲儿。

王重光看着脚下那具问号，兴致勃勃地舔着他那条猩红的舌头，这医院越来越有趣了。老院长莫名其妙出了车祸，司机死得蹊跷，这边又有人坠楼身亡……而之前坠楼自杀的谢景阳在心中留下的那团迷雾也愈发浓厚了。迷雾之中的王重光将粘了污血的白手套轻轻脱下，在鼻尖下嗅了嗅，仿佛这尸体的血腥味与众不同。

法医白启帆看惯了他那副不知所谓的做派，懒得说他什么，只是蹲在那里继续凝神搜寻着现场的蛛丝马迹。

"每一寸地方都不要马虎喽！"王重光伸了个懒腰，"还有，我要全面的尸检。"

"我手上已经三个死鬼了。你想累死我？"

"呵，不是我想累死你，是死鬼们都看上你了。"王重光说着悠哉游哉地在四围晃了起来，"拜托你啦，我去问个话。"

李宛冰那僵硬的尸身外围了一圈惊愕的面孔。

王重光身子一晃，那圆圈也跟着一抖。显然，这些人在回避他。

重光眯起眼睛打量着那一圈抖抖瑟瑟的麻雀们。它们皮毛黯淡表情晦涩，大多脸上挂着悲戚。但瞄过那些耷拉着的小脑袋之后，你会发现百分之九十九的麻雀漏了底，他们的眼睛过于闪亮，有种叫作兴奋的小火苗儿在里面偷偷地跳动。他自然而然就把目光落在了那凤毛麟角的百分之一身上，那只麻雀的眼中蓄满了亮晶晶的泪珠儿，仿佛悲伤难以自已。

"你叫什么名字？"

"周一苇。"麻雀儿哀伤道。

"你和死者很熟？"

"她……她对我很好。"不知怎么，这话在空中掀起了一阵冷风，有窃窃的笑声。

"你跟我来。"重光向那些挂着诡异笑意的麻雀们漫不经心似的瞥了一眼，将周一苇带了出去。

周一苇一路走一路压抑似地抽泣着。

重光想递上纸巾，却发现掏出了手套。他的手缩回去胡乱摸着。周一苇轻轻道："不必了。"接着从胸口兜内掏出了散发着甜香味儿的面巾纸，在两颊轻轻揩了揩。

那是一张散发着百合花光泽的脸，王重光心内叹息起来：女人不化妆也可以这么美。蔡渺渺和人家比简直就是一个纯化工产品，还是伪劣的，相差太远啦。

周一苇似乎还沉浸在悲痛之中，一边揩去腮边的泪水一边哽咽道："主任死得太惨啦……"突然，她眼内流露出无比的惊恐，喃喃道："王警官已经听说过了吧？那个车祸……一个人死了，一个还昏迷着，现在主任她又走了……这医院真的是有鬼作祟啊！"

重光看着那双充满惊惧的眼睛，心里哂笑：又一个神志不清者。

这时，一股若有若无的气味袭击了他，他有些头晕，茫然四顾，好像是迎面的风带来了某种气息。他抬眼，忽然看到一个黑漆漆的影子在不远处晃动。

那影子有一头长过腰际的黑发，在日下闪着光，倏然不见。

顾夏初悄无声息地回到了康德医院。

没人知道她的来去，也没人在乎她的来去。

老孙死了，谢永镇卧在了病床上，下面又是怎样的戏目呢？

初夏的日光下，素白的莲开在幽蓝水间，空气中弥漫着槐花馥郁的香气，她那头黑漆漆的长发也像是汲取了山水灵气，流淌着凉滑的幽芬。因她是一位被院长特别关照过的病人，门口的保安发怔似的看她，任这朵白云悠然而入。

她打开属于她的那扇门，倦鸟归巢般扑到床上。

下午橙红的日光晒熟了白色的床单，射得她那透明肤色也浮起一抹嫣红，她闭上眼睛，让自己的灵魂在这个房间自由地行走。

死神的召唤

159

老孙的身体在烈火中化作黑烟的那一幕又在眼前浮现，虚幻得像一场梦。忽然她听到门被推开的声音，一个人轻轻走了进来。

周一苇呵气如兰，轻问道："还在睡么？"

与李宛冰相比，周一苇向来是轻手轻脚柔声细气的。她用手轻抚了下夏初的额头："昨天你去哪里啦？"

夏初握住了那棉花一般细软的手，放在额上摩挲着，婴儿般服帖地靠了上去："我在街头游荡了一个晚上。"

"你父亲出事了，李主任也突然坠楼了，这些你都知道么？"

顾夏初定定地看着周一苇，"我父亲是谁？"

周一苇："夏初啊，到了这个地步就不要打哑谜了。院长是你父亲，在这医院是公开的秘密。"

"他怎么会是我父亲呢？他姓谢我姓顾呀。"顾夏初惨淡一笑。

"他已经进了重症监护病房啦，你怎么能这样冷漠呢？"

"你倒是很同情他。我真不明白，难道你不恨他？就这么心甘情愿地被他玩弄着？你知道他这一生玩弄过的女人有多少么？"房内泛起蛇信一般嘶嘶的冷笑，夏初掀开被子赤足走到窗前。日光下，她惨白的一张脸泛上一点血色。

"夏初，你怎么能这么说你父亲？他年龄是大了点，可他是个好人……"

顾夏初回头看着一苇，第一次发自内心地笑了，笑得邪恶："一苇，又做病人又做医生，很累吧？"

周一苇尴尬至极："我对你推心置腹，你怎么处处含针带刺呢？"

"我是疯子嘛，不会说好听的。真看不惯你们这一张虚伪的脸。"

一苇不说话了，低头收拾着柜上的那些药瓶，将它们悉数扫入垃圾桶内。临走前她望着夏初，带着一种凄凉的温柔："你也恨我吧。我逼你吃药不是心甘情愿。我一直都不肯相信你是真的病了，更不肯像她那样对你。可我拦不住她，你不要怪我。"

"你是说李宛冰么？她害过我吗？我怎么什么都不记得了？可能害我的人太多了。"夏初说到这里，目光越过了一苇，落在那半敞着的门上，门后的走廊露出一半青灰色的脸。

"你这话是什么意思？"

"你说我没病，我怎么可能没病？"顾夏初的眼睛哀怨得像一口深井，井中藏了怨毒，散出阴冷的杀气，一字一顿道："我们都爱过同一个男人不是吗？你把他从我手上抢走了，为了你，他几乎杀了我。怎么你这么轻易就把我给忘记了？"

周一苇手中的药瓶几乎坠了一地，难以置信地看着顾夏初。

"什么男人，我真不知道你在说什么。我是在你入住康德医院的第一天才认识你的，那天院长把你嘱托给我，要我照顾好你。"

"或许你不记得我了，但我却记得你，刻骨铭心的。"顾夏初冷笑，日光几乎将她晒得透明，"我是个病人呀。在别人眼里，'过去'于他来说是个死了的世界；但对我来说，只有在'过去'，我才是活着的，现在我却死了。一个死人，怎会关心死后发生了什么呢？她只会铭记逼她去死的那些人，她会阴魂不散，狠狠报复每一个伤害过她的人。"

周一苇在门前愣了两秒钟，瞬间萎做了一片枯叶。

顾夏初目送着周一苇落荒而逃，消失在走廊的尽头。

突然，一个男人的身影幽灵般矗立在身后，脸上挂着似笑非笑的诡异。

她有一瞬间的错觉以为是华唯鸿，但对方身上年老腐烈的气息很快让她清醒。她吃惊地捂住胸口，仿佛那里有只受惊的小兽会跳出来。

"你是谁？你怎么会在这儿？"

"你不记得我啦？"

那人嘿嘿笑起来，露出一口令人恶心的黄板牙。他形貌猥琐，两只眼睛闪闪发亮，这让他看上去更像一只心怀鬼胎的贼兮兮的臭老鼠。

顾夏初看着那张脸冷静下来，不置可否地笑了笑，随手掏出一支烟悠然点上。白色的烟雾圈儿在青灰色的走廊上慢悠悠地荡来荡去，怡然跳着一支芭蕾。

"医院不许抽烟。"

老宋盯着烟雾中那张明灭不定的脸，接近讨好地提醒。他看着那纤白粉嫩的十指，心内蠢蠢欲动，甚至希望那件事儿是真的，他这双粗糙干裂的手确实在这具活色生香的肉体上畅游过，欢快过，蹂躏过。这么想着，他的裤裆处也不由得昂然鼓起，令他不得不心虚地微微弯下了腰，暗中咽了口唾沫。

顾夏初不动声色微仰起脸，媚眼如丝地看着那个局促不安的物件儿，扑哧一笑，火红的莲花开了，魅惑至极，烧得老宋整个身子都发烫。

这笑声令他愤怒。他几乎忘了自己为什么而来了。不是我做的，那不是我做的……他来之前一直在喃喃自语。李宛冰死了，太好了。这个阴险的老女人，把整个医院的病人都套进了她的笼子，搞成了一言堂。

"我没害过你，也没安过什么坏心眼儿，我发誓，向天发誓……"

天知道那天到底是怎么回事。他不过是大清早起来，提着裤子在顾夏初那具白咕隆冬的身子前发了几分钟的呆，犹豫着是不是要干点什么，就被一冲而入的男护工们摁在了地上。他大脑一片空白，手上空荡荡，还带着厕所的腥味儿和湿答答的水，"我啥也没干。"

他内心不断嘀咕着，推磨般翻来覆去想的就是这些话，我没干，我没干。这话他憋很久了，但那个老女人不让他说明白，现在她痛痛快快地去见鬼了，他可以毫无顾忌地说出来了。

"你不是精神病。"

顾夏初的黑瞳一闪，老宋继续低语道："你和我们不一样，太不一样。不过你放心，我不会戳穿你。你留在这儿挺有意思。"

夏初的唇角浮现一抹笑意，仿佛她和他达成了某种默契。

"那天我在洗手池全看到了。她们在虐待你，你为什么不走呢？"

顾夏初似笑非笑："是呀，我为什么不走呢？"

"因为你，你这张皮！你这张皮下面盖着杀人的欲望。你手上明明握着一把匕首，李宛冰她们走远的时候，我分明看到你从身上掏出一把匕首，在灯下晃来晃去，晃得我眼都花了。"

"匕首？"

"是，你身上藏着一把匕首，一把匕首。那匕首握在你的手上，就像画笔握在我的手上，就那么一握，谁都可以看得出我想画画，你想杀人，我帮你把它扔掉了，就扔在那个洗手池下面的排水道里。"说完，他嘿嘿笑着，仿佛他和她已经组成一个秘密团伙。

"很好。"顾夏初冷冷笑道。

"放心，这世上没第二个人知道你是正常的。你是精神病，你杀人的方法有很多。我相信你用得着那玩意儿。"

"实际上并非如你所想的，我从没想过用那玩意儿。"说着，她脸上又浮现出那惯有的渺茫的神情，"杀鬼，那玩意儿一点用都没有。"

老宋被冷漠呛到了鼻子，他有点儿失落，心有不甘地饿犬一般地望着顾夏初，世上没有比这个更善良更真诚的眼神啦。但是顾夏初嫌恶极了，她向后退了两步，远离那股酸臭。

"你有空的话，可以来找我。当我的模特儿吧，你的人体美极了，曲线凹凸有致，"老宋一边咽着唾沫一边用手在空中打了个弧线，"大家都叫我'毕加索'，院长他也喜欢我的画，我的……女神。"

他没说完就眼前一黑，"女神"的那道门狠狠关上了。

这天晚上，王重光在楼下随便扒拉了碗面，便迫不及待地扎入刑警大楼旁的验尸所。

虽然他知道，验尸所里正在埋头忙碌的那位先生是极不欢迎他的。

"这是我的工作。"那家伙冷硬如铁。

重光很不爱那副泛着冰光的金丝眼镜，和眼镜下面那张倔强自负的小白脸。但没办法，谁让人家握着案子的命脉。他抽出根烟甫一点上，还未吸进口青烟便想起来什么，将那烟无声地按杀墙上。

那小子不喜欢他抽烟。考虑到彼此工作的紧密性，重光不止一次向其示好，对方却嗤之以鼻。

"抱歉，这里不允许抽烟。"

"把烟灭了，别妨碍我工作。"

在白法医来到警局之前，有谁敢批评王重光？局里的那些脑满肠肥的头头脑脑也要给他三分颜面。重光烟瘾极大，没了烟就跟没了左右手一样，听到这当头棒喝顿时火冒三丈。

但当他看到那小子在一堆白口罩的簇拥下，顶着炎炎烈日，努力挥开迎面而来的一团嗡嗡叫的苍蝇，蹲下身去凑近那腐烂的尸体，追寻着一些特异气味时，他便有一种要折腰鞠躬的冲动，没了脾气。

似乎嗅到他身上的烟味儿，不等重光推门，白法医已在解剖室内咕哝起来："我说过了！结果一出来马上通知你。"

"呵，我来了不就省得你通知了吗？"重光嘿嘿笑着推门。

一道白影自门内冲出，那白影掠过重光，直接冲向了墙角。

重光定睛一看，原来是一个长发披肩的女生。那女生一边捂住了前胸大口地喘气，一边惊魂未定地看着解剖室，仿佛那门随时会洞开，有僵尸跳出来。

"呵，习惯就好了！"重光乐起来。

女生面色苍白，看着重光嘴唇嚅动着："她躺在那儿，她在看我……"

这就不好玩了，重光想这孩子八成是被吓疯了。他拍拍女生正要安慰，白启帆却站了出来。他身上还套着厚厚的一身防护服，举着的两只手还沾着淋漓血迹。他满脸冷峻，斜睨着那女生一脸的不耐："回家去吧。明天你不用来了，这工作不适合你。"

女孩儿是新来的实习生，听到这话面色更加苍白。她浑身哆嗦着却没争辩，沉默了数秒钟的功夫，竟然头也不回地走了。

启帆叹了口气，对重光道："你看现在的大学生，心理素质这么差，也不知道她们是怎么毕业的，还谈什么职业精神！"

重光忽然就想到了天天在身边搔首弄姿做着贵妇梦的蔡渺渺，不由得嘿嘿笑道："呵，我都见怪不怪了。"

两人进了解剖室，一股血腥气扑面而来。

白启帆一脸的憔悴，似乎对王重光的到来并不欢迎："没人愿来这种地方。"

"嘿，我来和死人说说话，说不定她能告诉我点什么，省得我一人挠头。"重光大喇喇地坐下。忽然，他头皮一麻感到异样，向那解剖床看去。

李宛冰僵硬若木柴的身子躺在那里，一双死去的眼睛正冷冷地看着他。

这样的灯光，这样诡谲的表情，渗透出一股难言的阴冷。重光有一

死神的召唤

瞬间的失神，那花岗岩般冰冷的脸好像瞬间扭曲了，迅速变黑变瘦，有如一个脱水干枯的骷髅，更恐怖的是那双眼睛。那双眼忽已有了灵魂，像干涸苍白的沙漠陡然飞起了一群黑色的老鸦，卷起了一股阴冷的旋风……她幽恻地看着他，而她的脖子变形得更加厉害，有如被拧断了脖颈一般生硬地扭曲着，那只手也微微地抬了起来……

重光出了一身冷汗，他忽然有些明白那女生为何夺路而逃，这尸身透着诡异。

他定定地坐在那里一动不动，总有个声音榔头般敲着脑壳："不对，不对，是幻觉……"

不锈钢的尸检床送来阵阵冷风，令他全身发凉。

白启帆钳着一块酒精棉，正在尸体的手上来回反复擦拭着，观察着，忽然意识到后面出奇的安静，便停住双手，转身看向重光那木板般僵硬的身体，嘿嘿一笑。

重光被他这没来由的笑弄得更不舒服，仿佛那家伙和床上的死人是一伙儿的。

"笑得这么奇怪？神经病。"

"刚才吓到你了吧？"

"什么？"

"这女人向你打招呼了。"

"你也看到了？她死盯着我！真他妈的见鬼了。"

"哈，这世上哪有鬼啊？"

白启帆笑得如同掌握玄机的魔术师，又碰碰李宛冰那冷冰冰的手臂："我碰到了她的肌腱。"

果然，李宛冰的手指又微微颤了颤。

"嘿，我都老警察了，这个还能吓到我？别看你是法医，我经历的怪事儿比你多了去了！"

白启帆知道他吹牛却懒得戳穿，他将那只手举起，低下头去审视着。

他看得是那样认真仔细，微曲的身姿像在和尸身窃窃私语，"理论上人死了是不会动的，但新鲜刚死的时候动一动是可能的。我们难免有时会刺激到他们的神经，就会抽动一下……刚才那实习生就是被这吓跑的。"

启帆像是被触到了兴奋点侃侃而谈，重光却陷在了方才的那一幕惊恐之中，脑海如火山沸水般鼓动个不停，尸体动一动或许不算什么，但刚才诡异出现的那具僵尸是怎么回事？她和现在躺在床上的李宛冰完全不一样，除了同样扭曲的脖子！这是怎么回事？他无法想象。

一种说不清是恐惧还是迷惑的情绪蔓延至他全身，仿佛在一瞬间，他那具钢筋铁骨迅速颓变作了荒原上一片的幽魂，天色骤然暗下来，凛冽的寒风将他那片魂魄忽悠悠地卷起，一路吹着幽咽的口哨，将其投入一口深井。他感到窒息……

谢永镇在医院的病床上整整躺了三天才慢慢清醒。

这三天，于别人不过是混沌地看着太阳升起月亮落下，而他则是上穷碧落下黄泉，心魂飘了几世。老孙的死是姚桂云在床前告诉他的。他眼前又是一黑："怎么会？"

"爸爸，你知道么？那些血，老孙身上飞出来的那些血就像四处飘飞的羽毛。"晏菲在父亲的床前背书一般重复着。

向来尖刻的姚桂云这次却没了戾气，只是默默流泪："自从你出了车祸，这孩子像是疯了，我都不知道她在说些什么。"

"我看见她了，她就在爸爸的车上！"晏菲继续嚷着。

姚桂云张了张嘴巴，但又无力地合上了，显然，这对母女在谢永镇昏迷的这些天争执了无数次。

死神的召唤

"你看见谁了？她是谁？"谢永镇心底绷紧的那根弦又一弹而起。

"就是她，她总是跟着我——"晏菲说到这里，声音又弱了下去，双手掩面哭泣来："晚上醒了，我会看到她。她有时候会坐在我床边，还会在窗前，穿着我的芭蕾舞鞋走来走去。"晏菲说着脸上就浮起了一层浮冰样的惊惧，双手哆嗦着，"有次我打开衣柜看到她，她穿着我的衣服从里面爬出来，还说我抢走了她的衣服……"

"闭嘴——你这个死丫头！"姚桂云突然声音高亢地吼起来，"你再胡说就让华唯鸿带你去医院，脑子坏掉了！"

正抽泣的晏菲惊惧地看着母亲，下意识地捂住嘴，结结巴巴道："可是妈妈，你也看到过不是吗？"

姚桂云撇着个嘴，冷冷道："我看见什么了？"

"你说你看见那个女人，那个女人在书房跳舞……"

"我那是幻觉，吃药产生的幻觉。"

姚桂云忽然无比平静，回答得很是坚定。

晏菲失望了，求证般地转眼看向父亲。但父亲只是微闭双目，那冷淡自眼角散发出来，无需她多言的样子。她忽然想起从柜子里面爬出来的那个鬼说的那句话："他们都会抛弃你，迟早——他们都会抛弃你，他们，根本不爱你。"

泪水又出来……谢永镇又发话了："我很累……夏初不是鬼。"

下午的日光暖流一般袭来，如一匹绸缎包裹了全身。

杜小麦在惬意中游荡，他是一只白鹭，飞向了猩红的太阳，一位长着洁白羽翼的天使正俯视着他。他爱那天使的面容，痴痴地看，心内一片喜茫茫。渐渐地，身体泛起撕裂般的疼痛，瞬间像被抽走了扯线的木偶一般四分五裂。接着，他眼睁睁看着自己变作了一片片白蓬蓬的羽毛，无奈地四处纷飞……

杜小麦从未做过这么美丽的梦，当他的神智化作羽毛自梦境中纷飞而出的一刹那，他明白这个梦为什么会光临自己了。果然，那天使正守护在他的身边，黑扇子般的睫毛，乌黑亮丽的长发，善于起舞的身子羽毛般柔软，几乎覆在自己身上。

晏菲轻轻捏住杜小麦的手，她忽然觉得那手是有力温暖且需要热烈的回应的。她含着泪水将那手爱怜般地放在了自己的脸颊上轻轻地摩挲着。

"放心吧，菲儿，我会永远陪着你。"

药力的来袭使得小麦慢慢地闭上了眼睛，他又被推向了深度的睡眠之中。

这个晚上，谢永镇突发脑溢血的消息已经传遍了整个医院。

晏菲向来与母亲言语不和，杜小麦的母亲也到了医院陪床，她选择了回家。华唯鸿将晏菲送了回去。

第一次，晏菲与华唯鸿默然一路，各自想着心事。

华唯鸿的心头自然是紫罗兰一般香气旖旎神秘的顾夏初，晏菲则牵挂着昏迷不醒的杜小麦，车内放着梁静茹的靡靡之音《可惜不是你》，两个人第一次坐得这么近却没话说。

姚桂云与谢永镇龃龉多年，这个家早就冰窖一样阴冷了。

走上楼梯。那光滑冰凉的扶手传递给她一种更凄凉的温度。她忽然惧怕这寒冷和孤寂，不自觉地回头望去。楼下，的士已远去了，留下空荡荡的发动机轰鸣音。她站在那儿，忽然不知道是进是退。恐惧，突然抱住了她的腿，她很想哭。

"这是我的家！"她抬起一只脚，昂起了天鹅般高贵的脖颈，"你没有权力占据它，我要和你抗争到底。你打败了我爸爸，打败了我妈妈，可是还有我。我会不屈不挠地和你抗争下去……这个世界，是正义必定战胜邪恶的，难道不是吗？"

这已是一栋阴气十足的鬼楼了。可这世上怎么会有鬼呢？她是不信鬼的，虽然她隐隐地不安，仿佛那阴魂正隐藏在这冰窟的某个角落，默默窥视着她。

她不知道是怎样一步步踱回自己的闺房，躲进了那个温馨的蓝色贝壳儿般的房间。

她蜷缩在床上若初出茧儿的小幼虫，软软的小肉芽儿般叹着气，惶惶不安地闭上了眼睛。

呵，如何驱赶这恼人的令人惊惧的夜？

那头渡鸦似的黑漆漆的乱蓬蓬的长发又在脑海中浮现起来，那双很圆的，深黑的，充满仇恨和诅咒的眼睛又在与她对视了……晏菲无奈地按住了泛疼的脑壳儿，她为这毕生难忘的惊悚一幕心神难安。就在她在床上辗转反侧忧惧难当的时候，一缕光线拨开了她的眼帘，仿佛有人悄悄点亮了这房间的灯。她恍然睁眼，白茫茫之中只见一只纤细苍白的手正向自己游过来。

那手是从哪里来的，她一时竟看不清。这一霎时的恍惚就如一片荒诞的幻境，影影绰绰，迷迷糊糊，但那手的尖利和扭曲，散发着的仇恨与诡异气味却毋庸置疑的真实。

呃，就在那一秒钟的工夫她就感觉自己那白净高贵的脖颈被牢牢地给扼住了，一个朦胧的影子慢慢爬了上来，那是一副僵硬的死尸一样的躯体，遍身散发着冷冰冰的气息，似乎与周围的大理石壁，冷硬的水晶梳妆台是谐然一体毫无生气的东西。它毫无灵性，却明显具有人形的举止。

终于，那张脸迫近了，晏菲已经对它吐不出一个字眼儿，任何的惊呼都僵毙在了喉咙里。那就好像是挂在一片黑布下面的一小块灰迹斑斑的蜘蛛网，骷髅般凹陷的脸颊，粘着黏糊糊冷冰冰的说不上是海藻还是烂草之类的东西，那已经褪水干皱的嘴唇缩成一团，露出了格外突兀的石化一般的牙床，在那里翕动着。

与这种阴森森的寿衾里爬出来一般的东西对视，是比死还要恐怖的瞬间。就好比有无数密麻麻的虫子要爬过自己的身体一般，不，比这个还要绝望，晏菲已经不知道自己是否还活着，她一定是死了！否则，她怎么会看到它，听它发出人一样的呼吸！

她像块平板似的直挺挺地仰卧在床，看着那黑影逐渐覆盖全身，受惊的魂魄似乎已升腾到了惨白的天花板上……这是梦境吗？快点醒过来吧……

华唯鸿开着车行进在回家的路上。

谢永镇卧床不起，李宛冰突然坠楼而亡，司机老孙竟被活活撞死，这一系列连珠串儿似的黑色事件发生，诡异莫名，给他带来了满腹的疑团。

李宛冰为什么跳楼呢？因为谢永镇吗？不可能，老师又没有性命之危。是意外？绝对不是。她为何会在深夜跑到那么高的楼台呢，难道她有潜在的心理疾病？可她之前很正常，虽然性情总是带着那么一股不可一世的偏激，唉，人生真是不可捉摸。

忽然，他又想到了夏初，多久没看到她了呢？他是那么想念她，但她却像人间蒸发了一样，谢永镇坚持不肯说出她的下落。想到这儿，他一打方向盘，加大油门向康德医院驶去。

今晚的康德医院，在月下竟格外清亮。

空旷的夜空非常之蓝，若罕见的宝石般凛冽闪光，成千上万颗星星眨着眼睛，令人惊诧天地之亲近，有亦真亦幻之感。突然，他猛一刹车。

前方，站着一个白色的影子。那影子似乎与车体做了一个若即若离的亲近，两臂张开似要弹飞出去，却只是晃了两晃，站在原地不动了。

华唯鸿看不清那影子是人是鬼，只见她站在那里，身体接近透明，夜间泛起的水白色雾气围绕着她，似一尊观音。

"谁？"

影子不说话。

他跳下车去，影子旋舞般扑到他的怀里。

月光照亮她的脸。

他们之间隔着一口呼吸。她的头颅微微昂起，乳白色的寒气之中，冷峻的猩红色唇角咬着一朵忧郁的玫瑰。那颤巍巍的血色在夜中迸发出激烈的心跳。

他们不说话。

情欲的微澜在她眼中荡漾，春水乍寒，似冷还暖。被月光润湿的双颊透出红苹果的光亮，滚下一颗银色的泪珠，"他们都死了。我，自由了……"

她紧按着心口痛哭起来。

华唯鸿拉起她的手，软和且有亲密的温度，这才是活人的手。

这个世界，恰恰在这么深的黑夜里变得明亮。

谜之黑洞 *12*

李宛冰的尸检报告已经出来了。

全面尸检显示出死者体内有定量的致幻剂成分。

"这是五十年代在美国一所实验室诞生的一种致幻类药物，会对人的大脑及中枢神经活动产生影响，有一定麻醉和镇静作用。"

"这怎么可能？"

重光望着扔给自己报告的法医白起帆，几乎从椅子上跳起来。

"那你认为会是什么？"白启帆不屑地翘起嘴角。在他眼里，科学主宰一切也说明一切，任何人对科学的质疑都是荒谬可笑的。

王重光的两道浓眉不由得攒到一处，他原本是想从尸检各个层面佐证他的直觉，李宛冰是自杀性跳楼，但这份报告的结果却让死者的死因更加扑朔迷离了。

蔡渺渺也很是惊讶，看着那报告若有所思："经过这两天的探访我发现，李宛冰似乎并不是一个值得同情的死者。医院里的人纷纷反映，她实际上有一定程度的躁狂症迹象。这人对病人的控制已经到了疯狂的地步，很多病人都对她的高压式管控苦不堪言，连她身边的医生都看不下去，敢怒不敢言，暗地里骂她是疯子。为了不影响她的治疗方案，她严禁高烧中的患者与父母见面，哪怕那孩子在昏迷中还不断喊着'爸爸妈妈'；为了尽快出治疗成果，她残忍地拆散了在医院内相爱的一对情侣，这反而导致男女双方都陷入无限的痛苦之中，病情恶化，她却视而不见一意孤行……这样独断专横的女人，既符合躁狂症的症状，也有可能被病人列为报复对象。"

"我认为死者是不可能自杀的。"白启帆冷静道。

"怎么不可能？像她这种生活经历曲折，工作上又近乎病态的女人，而且最关键的是，要不是存了寻死的念头，她会在深夜两点去查房？那时候值班的护士都睡了，……况且她已经知道自己有了心理疾病，开始服用精神病类药物，于是，这女人终于忍受不了内心的狂躁和压力，决定把自己抛给大地！"

"蔡小姐，这不是在写抒情诗。"王重光慵懒地吐出一口烟圈。

"难道不是吗？一个精神病学领域的权威学者应该知道大剂量服用这种药物的后果，除非她自己不想活了！"

白启帆连忙打断："小蔡，我想该给你好好说明一下，这种致幻类药物属于兽类镇静剂，除了在某些场所充当毒品，医学领域已经少有人用。像李宛冰那样杰出的精神病学者，就算她真的患有躁狂症，也不太可能选择这类快被淘汰的药物。"

"你是说有人暗中给她下药？"

"这药物和摇头丸不一样，在不影响意识和记忆的情况下，能改变人的知觉、思维，左右人的情感，达到一定剂量时便会引起幻觉和情绪障碍，引起视听幻觉，使人脱离现实，进入亦真亦幻的境界。你们说医院有人反映李万宛冰言行暴戾，长期表现出一种精神病状态，这就很难断定究竟是药物造成了她的精神病态，还是她本来就具有精神病的潜质。"

说着，白启帆举起手中的药物样本："这种药物的半衰期为10至50

小时。被害人被投放了这种药物，会丧失痛感，拥有绿巨人一样的力量，思维混乱、感觉迟钝、产生幻觉，因此导致进攻行为或自残行为。如因为思维混乱、自控力太差在浅水滩中也会活活溺死；因感觉迟钝、痛感消失又无力辨别方向在完全可以逃生的火灾事件中被活活烧死⋯⋯"

"李宛冰完全有可能是行为失控而坠楼。"重光陷入了沉思。问题是，作为一个颇有经验的精神病医生，怎么会被人暗中下药而茫然不知呢？

"所以我们要关注最匪夷所思的地方，我发现死者的手腕部乃至手指有细微的擦伤，这些伤痕看上去非常微妙，我从皮肤组织里面解析出一些化学成分，其中竟含有另一种致幻剂成分。这种致幻剂极易被人的肌肤表皮所吸收，所含的特殊成分药效强劲，只要微量就会使人产生幻觉，目前国内还未引进，只在欧美少数几个国家才有，还处于实验室研发状态。"

"两种致幻剂？什么意思？"

"难道是这医院里面埋伏了两个凶手？"

"也不排除是一个人。他的下药手段极为小心而且不止一次，受害人在不知不觉中产生轻微的迷幻感，慢慢地才堕入疯狂，所以李宛冰才没有察觉。"

"太阴险了，"王重光叹了一声，"若是同一个人，能这么小心地作案，必然是蓄谋已久，我猜她必须是个女人，心思细敏的女人。"

蔡渺渺发出嘘声，"你对女人的偏见会害死你自己，我是好心，你别误会。大家仔细想想，康德医院的院长出了车祸，二把手女人也死了，对谁最有好处呢？据我访查，最大的嫌疑是华唯鸿，他和李宛冰有不少矛盾，又是老院长的得意门生，现在竟然爱上了那个女病人顾夏初，为了顾夏初他又和李宛冰爆发了更大的争吵。"

"为什么？"

"李宛冰对病人冷漠刻薄，顾夏初很抵触她的治疗方式，还受到李宛

谜之黑洞

175

冰的暗中虐待，华唯鸿知道以后，和李宛冰掀了桌子！两人闹得不可开交，这个院里的人都知道。"

王重光皱了皱眉，"这么说来，他的确有嫌疑。"

蔡渺渺急了："科技发达的今天没有不会说话的死人。死者体内致幻剂成分那么多，又那么先进，你们也该知道凶手该是哪一类人群了吧？这人在医院里面资历颇深，接触的都是国际上研发超前的最新药物，除了他还有谁？！"

王重光敲了敲桌子，示意冷静："咱们不能抱着主观意识去断案。眼下，大家把嫌疑人都列出来分组讨论一下，下一步该如何行动。"

这些天的突然变故似乎并未给康德医院带来太多影响，所有的工作依旧按部就班进行着。

华唯鸿手头要处理的事务越来越多，已经到了分身乏术疲于应对的地步。谢永镇还在重症监护室，李宛冰永远下线了，他的地位显而易见。由此，他的身边不几天就织就出一张密不透风的大网，各色脑袋密密麻麻，正面写的是逢迎，后面写的是利益和恭维。谄媚将他箍得密不透风，就连小师妹周一苇也对他毕恭毕敬起来。

"师兄！不，张副院长，有人找你。"周一苇在门外怯怯地探了探脑袋，王重光的身影便在门口出现了。

王重光注意到华唯鸿的办公室变得格外敞亮，昔日摆放在谢永镇办公室内的字画名帖也挪到这里来了，高高堆砌的文件将那瘦削细长的身体湮没了，只能看到两片眼镜在晶晶发亮。

"王警官，什么风把您吹来了？"

重光淡然一笑，"听说你荣任院长了，恭喜。"

"院里几位老前辈大多去了国外，能卖苦力的只有我了，所以老院长就在病床上下了命令，我也就厚着脸皮接了这副担子，您这一改称呼我倒有些不好意思。"

"呵呵，能者多劳嘛。这不，李宛冰的尸检报告已经出来了，我想能够讨教的也非你莫属了。"说到这儿，他注意到那双镜片后面闪过一丝不安，那双手也微微颤动着。

"不好意思，给我点时间，低血糖，"华唯鸿勉强笑着，泡起了干面，边吃边应付，"您有什么问题尽管问。"

"我早就该想到新院长会这么忙，不过这些问题还非得问你不可，死者体内的幻药成分太超前了，只有您这样在德国一流的精神病药学领域钻研过的人才能给个答案。"

华唯鸿一愣，勉强笑着："有这么夸张？"

"您不必谦虚，法医告诉我，那种药物是你和两名德国专家共同研究的，国内鲜少有人触及。你还曾将最新的研究成果发表在国外的学术期刊上。"

华唯鸿笑不出来了，缓缓摆手打断了王重光："难道你的意思是——李宛冰是被人谋杀的，而我就是凶手？"

"呵呵，我没说。我只知道她体内的特殊药物成分，是你手头正在研究的药物。"

"我手头的确有几个比较超前的药物研发项目，但是你不要把它们看得太神秘，我的药物配方几乎是公开的，试验室有样品，大部分医生都有条件接触，包括李宛冰，甚至是病人也可以拿到，如果他们自愿加入了该药物研究课题的话……可到底是什么药，您非要认定只有我才能触及？"

"是——"王重光扫一眼解剖报告，那名字中英混杂太长了。

华唯鸿淡然一笑，"您可以不说，我不在乎。不过我可以告诉你，我手上正在研究的国外先进药物，国内闻所未闻的还有十几种，但所有药物都不可能致命……开会时间到了，你还有什么问题就让我的助手回答你吧。"

王重光被毫不客气地下了逐客令，这使得他被蔡渺渺取笑了好几天。她不断质疑重光是否具备一个老侦探的资格，出师不利，反而打草惊蛇。

"现在看来，他未必是那条蛇，"王重光咬着牙签慢条斯理地辩解，"我在琢磨，究竟是谁更想置李宛冰于死地。这些天我们还调查到周一苇，她和老院长有着说不清的暧昧关系。"

"她和李宛冰没矛盾，我早就调查过了。"蔡渺渺不以为然，"拜托你不要把女人都想得那么复杂阴险，像我这样只求物质不求精神的女人还真不多，您用不着因为我对所有的女人打击报复。"

蔡渺渺习惯声东击西，她不过是在敲击王重光走不出失败婚姻的影子，那影子看所有女人都带着那么点扭曲变形。

"我们在开会，注意你的言辞。还没干出一件漂亮的案子，你有什么资格质疑老子?！"

王重光众目睽睽之下岂能服软，蔡渺渺有些悻悻然，为此和他冷战了一个星期。

康德医院已经变成身后的一个影子，顾夏初从那影子下面艰难地爬出，婴儿般在华唯鸿的怀里重新学会呼吸，走路，慢慢地蜕变，变成另外一个人。回望过去的恐怖岁月，就像回望挂在树上的蝉蜕，那曾是自己，也不是自己了。但是蝉蜕下面还有影子，可怖的狰狞的影子，投影在喉。

她飘飘然下楼，浑浑噩噩游在阳光下，一片片摘去那些牢牢捆缚在她身上，令她窒息痛楚的带着海水咸腥味的腐烂枝叶，舒出一口气，睁开眼睛直视天空。空气鲜美得不可思议。

每个星期华唯鸿都会从繁忙工作中抽出一个下午，陪她去莫干山路、衡山路、周公馆，走走幽静的弄堂，喝两杯咖啡，两人在静谧中相对而坐。入了夜，那些情欲的暗花乘风幽然绽放，在他和她的耳际丝丝缕缕吐着香，很快肉体便交缠在一起。

上海的夜，无论什么季节多是带着点冷的。夏初望向双手紧抱的那具躯体，它泛着潮湿，占据着自己，高高在上恍若悬空，有些不真实。模糊的五官乃至身体黑黢黢的一团，像极了那夜她狠狠泼在墙壁上的墨汁，黑洞洞的阴森森的。她闭眼，身体光速一般穿过那黑暗和阴冷，指尖渗出细汗，心却不觉得暖。破了就是破了，黑洞把所有的光和热吞进去，不管他给多少。她呻吟一声，他低问："喜欢吗？"

一波又一波，无边的浪潮，她的手指不觉间用力，戳破了他脊背上的皮肉。血的腥甜带她羽化成仙，魂魄恍然飘起，看见了那夜在墨团上绽开的点点猩红，狰狞刺目。他低吼，却见她蹿起身来，如只母狼狠狠勾住了他脖颈，咬住他的喉管。

入夜，华唯鸿站在洗手台前，望着镜中的自己，顾夏初还在床上安睡，模样恬静。他摸向喉结处，创可贴揭开，五个清晰可见的血痕。顾夏初狂涌而出的激情淹没着他，他的心口摇摇晃晃，陶醉不已。忽然，他听到一声呢喃。

顾夏初沉睡若婴儿，在睡梦中轻唤："昆山……"

那两个字，断断续续，华唯鸿一愣。昆山，这名字好耳熟。

第二日，华唯鸿整天都在恍惚中度过。昆山的名字湿漉漉，令他一头雾水，不安和感伤缠身。原来顾夏初真的认识昆山，原来他们真有可能是一对相亲相爱的恋人。一旦她恢复了全部记忆，那昆山很有可能取代自己变成她的至亲，而他不过是将夏初一路送回爱情原地的摆渡人罢了。

窗外，秋叶萧瑟。他不知道还有一股更冷的寒流即将袭来。

这天中午，王重光正对着法医的检析报告发呆，从李宛冰住所办公

谜之黑洞

室乃至自杀现场提取的种种物件都找不到嫌疑人的蛛丝马迹，他再一次陷入迷茫之中。正在这时，一个电话打来了。

"我找王警官。"

"我就是。"

"我知道凶手是谁。"

"谁？"

"你来了我再告诉你。"

"你在哪儿？"

"康德医院，我是李宛冰的病人。大家都叫我'毕加索'……"

那人在电话那端嘿嘿阴笑，重光有一瞬间被戏弄的感觉，几乎想挂掉电话。一个精神病人？毕加索？太荒唐了！他怎么会有我的电话？

王重光迅速前往康德医院。

监护区每间病房的大铁门都紧锁着，因事先已打好招呼，重光直接进了第四病房。这里的患者男女混住，一些病号在走廊里来回走动着，剩下几个则攀着窗户上的铁栏杆，目光异样地看着外面，不时冒出一两句莫名其妙的话……

"请问这里谁是毕加索？"

王重光在走廊上敲了敲护士办公室的窗户。

"毕加索？什么毕加索！？要找毕加索去展览馆啊，跑我们医院做什么？"一个身材肥硕的护士探出头来，操着一口京腔没好气地嚷道，"没见我正忙吗？你哪儿的，来添什么乱！"

重光被这高分贝的扯吼吓了一跳，那分明就是一头大叫驴顶住了脑门嗷嗷作响还带着回音啊！他在对方泰山压顶的悍妇气质下双手投降，毕恭毕敬掏出警官证："我是警察，过来查案的。"

老女人向旁边的小护士一努嘴，"小常你瞅一眼，他是警官不？话说警官也不能随便上这儿来，刺激到病人怎么办？"

重光这才注意到老女人正在喂一个病人吃药，那病人紧咬双唇死活不肯张嘴，还趁大家一不留神，跳起来咬了老护士一口。老护士脸上顿时出来一道牙印，她更加暴躁了，瞪着小护士嚷道："快带他去！"

小护士接住警官证，直接问道："你说的那个'毕加索'就是'砖头老宋'吧？"

"'砖头老宋'？"

"老宋会画画儿，他刚来时天天不说话，在病房里面对着墙就坐一整天。直到后来我们经常被莫名其妙地扔砖头，才发现他喜欢把病房的墙角旮旯都给抠破了，掏出很多砖头块儿搞偷袭。一个高智商的暴力倾向病人。"

藏龙卧虎，王重光暗中觉得好笑。

"不过他的画儿确实好，抽象派的！那些大姐们不懂，老歧视他。"小护士一路说着，王重光忽然注意到前方有个默默的背影，最关键的是他手中还提着块砖头。

"你是来欣赏我的画的么？"那人听到脚步声转过头来，直勾勾盯着王重光。

重光一怔，这才发现身边的小护士已经消失了。她变成了一串惊叹号，惊叹号一路跳回办公室，边跳边喊："警官，他就是'毕加索'！"

王重光心想这货的眼神怎么这么多杀气？我不用掏枪吧？他的脚都不知道跨出几码更安全，又落回原地，上面那颗脑袋急了："不是你让我来的吗？我就是王警官，你拿着砖头咱们怎么说话？"

那人嘿嘿一笑露出一口黄板牙。

"你就是老宋？'毕加索'？"

谜之黑洞

老宋点头。

令王重光想不到的是，老宋竟然享有一间画室，摆满了他的画作。老宋的画的确具备强烈的视觉冲击力，足够震撼和感动观者，以至于谢永镇也很是欣赏，特许他的病房布置成画室。世上很多著名的画家诸如梵高、蒙克等大师，都是严重的精神病患者。作为资深的精神病医生，他也知道作画是很好的治疗手段。病人只要画画，情绪会稳定下来。

"想知道凶手是谁，你必须喜欢我的画。"老宋将作品一一掀开，"他就藏在这画里面。"

王重光希望的小火苗本来噗噗作响，看到那画瞬间就熄灭了。娘的，横一团竖一团，红红绿绿的，鬼才看出这画的啥玩意儿。

"我完全看不懂啊！"重光一出口就后悔了，赶忙补救，"嘿，真不错！这画是抽象派吧？"

老宋白了他一眼，"这不是抽象派，是理象派。"

"理象派？什么是理象派？这红色是什么？血？"

"知道你们警察为什么都破不了案么？因为都像你一样缺乏艺术思维，没头脑。"

"呃?！"

"死亡也是艺术品，比如李宛冰，她从楼上跳下来的那一瞬就成了一件永恒的艺术品，天地和时间通奸的产物，你瞧。"老宋指向了另一幅画，"她的眼睛，她的身体，还有凶手的那双手都在一瞬间化作永恒，黯淡的日光下，楼宇的影子，还有你们这些冷漠的围观者……"

"等等，您说凶手的那双手？你看见凶手了？难道你是说李宛冰是被凶手推下去的？"

老宋正沉浸在自己的创作兴奋之中，一被打断马上就不高兴了，背着手道："先看我的画。知道人类为什么越来越堕落了吗？因为他们习惯从对方的嘴巴里面了解一切，从没有耐心去静静地体会你的内心，所以人类才有了隔阂仇恨乃至杀戮。"

"您说的是。可凶手的那双手呢，在哪儿？"

"——这儿。"

王重光顺着老宋的手指看去，电光火石的瞬间几乎要跳起来！妈的那是什么手？分明是把剪刀。他的心扑通扑通跳得厉害，隐隐感觉老宋的确是知道些什么的，但老宋的自言自语滔滔不绝在他眼里看来简直是漫无边际不可捉摸。他说凶犯就藏在画里面，鬼才能看出来！那是凶犯的鼻子吗？更像变形的水龙头！那是凶犯的头发？分明是起伏的波浪或者一把随风飞舞的野草……他耐心听了一个小时，最终无奈地认识到老宋完全是活在他自己的世界里面，他们中间隔着厚厚一堵墙。

经过一个小时鸡同鸭讲的对话，重光彻底崩溃了。他在自己变成第二个老宋之前，迅速掏出相机将那些画像一一拍下来，冲出老宋的四维甚至五维世界逃回警局，专案组成员全部都聚在一起开会讨论。

"他肯定是看到凶手了。"在座的人几乎都嗅到了画作的阴冷杀气。

"凶手像是藏在幕布后面对我们跳舞，但我们却无可奈何。"王重光狠狠吸了口烟，"渺渺，去找几个对抽象画派很有鉴赏功力的画家来，我想听听他们的解释。"

"你确定这乱七八糟的涂鸦是抽象派而不是野兽派行动派或者达达主义？"蔡渺渺不屑一顾，"就算它是抽象派，一千个人心中有一千个哈姆雷特，说不定他们会把咱们弄得南辕北辙。"

"有一点希望也要尝试。这么大的线索藏在里面你能视而不见？"

"现在咱们不就是视而不见？"

白启帆在一幅画前琢磨着，"你们看这幅，我怎么觉得它好像在说些什么，难道它可以证明我对这件案子的推测？……蜂巢一样的鸽子笼，是象征案发现场的那座楼么？色块苍白而且缺了一角，像年久失修的走廊。"

重光凑近，"这是走廊？"

"对，变形的走廊。抽象派画作的特点就是渲染画中人物在不同时空下的变形。还有这个！一个撒旦一样的人脸嵌在墙壁上，是不是在暗示这面墙很危险？你们还记得我在尸检报告上提出的疑点吧？李宛冰的手腕表皮组织有擦伤，那并不是坠楼过程中产生的擦伤，而是她经过走廊时造成的。因为她神志不清，走路跌跌撞撞甚至滑倒，不得不扶墙爬起来！但这墙已经被凶手做了手脚，粗糙的墙皮轻易就擦破了她的手腕，正因如此，她的手腕处的表皮组织才有微量的药物残留……"

"似乎有些道理。"王重光看到了一线曙光，蔡渺渺倒有些疑惑，"把药物涂抹在墙上等待受害者，这听上去有点儿不靠谱。"

"案发现场的当夜下过雨，走廊漏水，灯的开关又被人破坏，死者的手腕擦伤处能检测到墙皮脱落的油漆成分。将这些贯穿起来，你们就不难想象到凶手是如何设局的。"

王重光听着，陷入更深的沉思之中，如果这一切推测成立的话，那么那个凶手又是谁呢？他走到那些画的幻灯前，注意到一个细节，思维瞬间跳跃起来："你们看把这些碎片整合起来像不像一张人脸？"

大家循声望去，果然在死者夸张的碎裂的肢体周围，可以看到一个呼之欲出的碎裂影像。

"这是一张破碎的脸，是个男人，对，他还戴着眼镜！"蔡渺渺首先跳起来，"看这深邃的眼神，分明就是他！"

"——华唯鸿？！"众人异口同声，面面相觑。

蔡渺渺嚷着："我早就说过他可疑！队长，这次你输了。"

王重光不以为然："我输了？你说我们凭着一个精神病人的涂鸦之

作，几个人的牵强附会就可以传唤他了吗？还是等找到确切的证据再盖棺定论吧！别高兴太早了。再说了，'毕加索'说他这些画不是抽象派，而是什么'理象派'。"

所有人都愣住了，"什么是'理象派'？"

王重光前去寻找"毕加索"的消息不胫而走，在康德医院都私下传开了。

华唯鸿对此付之一笑："想不到我们院竟然有这样一个病人，这样也好，王警官用不着天天往咱们办公室跑了。"

周一苇嗤之以鼻："每次看他来我就不舒服，像条警犬东嗅嗅西嗅嗅，好像我们都是杀人犯。"

"他人不错，敬业，在这一点上我挺尊重他。"华唯鸿点上一根烟。

"你开始抽烟了？"

"最近失眠得厉害，院里事情多，国际上几个重要的学术会议也迫在眉睫，我这儿喘不上气来。"华唯鸿指指胸口，吐出一个长长的眼圈，突然垂下眼帘低问道，"一苇，我记得你大学时候曾经有个恋人，他——是不是叫昆山？"

周一苇似乎是吓了一跳，刚要捧过来的热茶在手心一颤。

华唯鸿看她心慌，轻笑着："我只是有这么个印象，或许我不该问。"

"你还记得？是，他叫昆山，不过那都是十几年前的事儿了。他当初接近我是别有用心，为了争取我爸爸手上的留学名额，出了国之后，我就再也没见过他……"

"对不起，我真不该问这个。"华唯鸿看周一苇睫毛上跳动的泪珠儿，长吁一口气，"我回国之后，一直想和你好好聊聊。我觉得你和我印象中的那个小师妹已经不一样了。那个爱蹦爱跳的小女孩变得多愁善

谜之黑洞

感，可能我出国的那些日子，你经历得太多。很遗憾，我没有帮到你什么。不过与其让内心的怨恨一直跟着你让你闷闷不乐，还不如想开一些，曾昆山并不是你想象的那样唯利是图，他只是更看重事业，我们男人么总是——"

华唯鸿话未说完，忽然觉得胸口一热，周一苇已经扑在了他怀里，"你不要再说了！"

华唯鸿被这突袭给弄傻了。

她伏在他肩上，哀若秋蝉："你现在是可怜我么？可怜我为什么却不能喜欢我？！如果当初我们在一起，或许今天的我就不是这样，受尽欺凌不得不依靠老师！其实我喜欢的人一直是你啊，当年我爸爸中意的人也是你！你知道那时候你突然离开上海，我有多伤心么？！她的死又不是我的错……为什么我们之间总是阴差阳错？当我以为终于可以和你在一起的时候，却又来了一个她！"

华唯鸿沉默了，他陷入无边的回忆之中，往事一幕幕涌上心头，以至于无力推开眼前这个人。她和夏初一样的柔，一样需要爱护，这种难以言表的复杂心绪令他半天说不出话。

忽然，电话响起来。

华唯鸿接起电话，电话那端是一口软糯苏腔的女子。

"华医生，你可能不认识我。我是顾夏初的画室助理，我叫露莲。"女子说着就哭起来，"都是我的错，我不该带她去那边，她出事了……"

华唯鸿的心脏一缩，胃部隐隐作痛，该来的还是来了。

原来露莲在夏初入院之后，一直独自打理着莫干山路的画室，直到前天夏初给了她一个电话，说是已经出院，两人才有机会得以小聚。

当时，夏初与露莲谈得正欢，夏初也表现得安静成熟，与寻常无异。她身上还是那件紫色碎花裙子，像飘在天边的一朵紫云，散发着浓浓的古典意味，继之以往的夺目。

"夏初，那个人一直在看你。"露莲注意到一位高大帅气的男子，正在凝视着夏初。

夏初向身后瞟了一眼，手微微一颤，却似乎不以为意，继续与露莲谈笑风生。就这样，两人又闲聊了一刻钟，正要并肩走出咖啡馆时，那个男子在后面追了上去。

"我看他没什么恶意，只是想认识一下夏初。我都不知道他什么时候跟出来的，突然就挡在了我们俩前面，那时候我就觉得夏初有些不对劲了，她看着那个人，身子哆嗦，抖得厉害，手紧紧抓着我。那人掏出名片对夏初说，'你很像我以前的一个朋友，是否可以给你留一张名片？'然后，我就发现夏初莫名其妙地倒在了地上，手脚冰凉……"

华唯鸿听到这儿，隐隐猜到那个人是谁，当他得知两人是约在汇亚商厦的一个咖啡厅见面时，更加有了不祥的预感。那是欧洲银行聚集地，曾昆山工作的地方。头部灌满了重重的铅石，他起身都觉得困难，周一苇的呼喊也听而不闻，抄起外套就向楼下冲去。

华唯鸿赶到汇亚商厦时，夏初正晕厥不醒，露莲哭得手足无措。而那个人，他猜得没错，正是昆山。

昆山在那里忧心忡忡。当他看到华唯鸿推门而入，眼睛顿时一亮。

"华医生你来了？你看夏初——"昆山正要迎上去，华唯鸿却直接到了夏初身边，掏出随身携带的小药丸。

夏初渐渐醒转，当她抬眼看见华唯鸿，泪水夺眶而出，紧紧抱住了华唯鸿。

"他要杀我，带我走……"

她的病态与恐惧令昆山深感震惊，更震惊的是华唯鸿将夏初抱在了怀里。眼看华唯鸿带着夏初匆匆离开，他还是难以置信地拽住露莲追问道："华医生是那位小姐的男朋友？"

露莲白了他一眼，"难道你还看不出来？"

昆山顿时无语。失踪多年的顾夏初，不，应该是江小鱼出现在他面前时，他曾以为自己终于可以得到救赎，即便她不肯认他。那曾是多么相爱的一段岁月啊，它的辉煌不该被时间之尘埃所笼盖，夏初迟早会想起他，接纳他，与他重新牵手走回原点。可如今，难以预料的一幕如此残忍地呈现，他陷入深深的怅惘之余，还不甘心地给华唯鸿打了个电话。

"什么时候你从她的主治医生变成了男朋友？"

华唯鸿在电话那端没有说话。他不是不想，他实在太累了。昆山并不知道，他的偶然出现彻底翻开了夏初心底的阴影。自从将她自咖啡店带回家，她日夜哭喊，崩溃，对着墙壁喃喃自语，甚至有了自杀倾向，这使得华唯鸿不得不考虑将她送回康德医院。而昆山的一顿冷嘲，更让他身心俱疲，甚至有那么一丝愤怒。他基本可以确定，昆山给顾夏初留下的伤害，是夏初发病的主要源头。

"你先不要激动，我理解你的心情。夏初可能是你要找的那个人，可这么多年过去了，物是人非，还有必要这么咄咄逼人么？她已经把你当做了陌生人。"

"不，她心里面还有我。"

"有你？有的只是你给她的伤害吧？"

"你不要以为你是她的医生，就可以操控她！"昆山忍不住说出他的直觉，"你是不是借着给她治疗的机会占有了她？"

"不要以为别人和你一样龌龊！"华唯鸿几乎无法克制内心的愤怒，"我和夏初彼此相爱，无需占有和操控。倒是你，我真的很怀疑你当初对她做了什么，否则她为什么会不断闹自杀？！"

华唯鸿的质问戳到了昆山的痛处，他瞬间成了一只斗败的公鸡。是啊，那些过去，也是他给顾夏初带来斑斑血泪的过去，怪不得她看见他会一个劲地喊着他会杀了她。他的确曾经，差点杀了她。在那些岁月，他就是魔鬼。

日子不咸不淡过去，王重光没少往康德医院跑，却没得到突破性进展。这不是他的悲哀，多数人对李宛冰的横死都是暗松了口气，倒是食堂的老杨和他无话不谈，混成了熟人。

这天晚上，他应邀品尝老杨自家乡带来的老鹅汤。

"够味吧？这可是我们乡下散养了三年的吃草老鹅。这肉有嚼头吧？"

"唉，舌头都快化进汤里了。喝了你的汤，才觉得人生有滋有味啊。"

"这话说的，下次你去我家里坐坐，我给你做一桌子苏北菜！那时候你才觉得这辈子够味呢！什么酱炒螺蛳，老卤猪头、老鸡抱疙瘩、塘鲤鱼炖蛋……我的拿手好菜多着呢。"

"苏北菜？哦，老杨，我还忘了你是苏北人。"

"苏北盐城，湖边长大，从小打鱼捞虾。"

王重光心内一动，昆山那忧愁的眉眼在眼前幽然飘过，那个为了追寻旧爱的失魂落魄的男人。昆山还说过，江小鱼就是随着来自射阳湖边的养父搬到了他家楼下，两人由此开始了一段情缘。他放下勺子，试问道："那我跟你打听个事儿，江小鱼这个名字你有没有听说过？一个女娃儿，她养父是射阳湖边的老渔民，后来去了盐城做了鱼贩子。"

"射阳湖边的？江小鱼？嘿，这名字怎么这么耳熟呢？还真有这么个女娃儿呢！她那个养父我可知道，我们打小一起偷鱼摸虾混大的。"

"你还有她养父的消息么？"

"哪儿还有啊，十几年前就死了。"

"死了？"

"听说他把那娃儿给欺负了，女娃儿又勾搭上城里的一个后生，那后生为了给女娃儿出气，就把我这老哥哥给勒死了。"

重光吃了一惊，仿佛一不留神摔进了泥坑，一种不祥的预感直击心脏，难道那后生是昆山？

"那后生叫什么名字？"

老杨摇摇头，"记不清了，当时事情闹得很大，公安差点把那后生给抓了，后来也没查出什么来。"

"怎么会查不出呢？在我眼里，只有不努力的警察，没有查不出的案子，不管多么高明的罪犯，他们总会漏下一些蛛丝马迹。"

"嘿，我相信你。只是这人死就死了，查出来又有什么意思呢？你要是真那么喜欢查案子，先帮我查查我的那条狗是怎么死的吧。"

"你的狗？"

"狗和咱们人有什么两样，我们哭，它也哭；我们笑，它也笑。"

"我们警察只为人民服务，它又不纳税。"

"我纳税！它是我的狗！它死得冤枉，我必须为它讨个公道。"

"李宛冰怎么死的我还没查出来呢。"

"嘿，老王，你要是能查出我这条狗怎么死的，说不定就能知道李宛冰是怎么死的呢。"

"凭什么？"

"我那条狗死得和李宛冰一模一样！"

"它也是跳楼死的？"

"不，我是说那狗的眼珠子！我把它挖出来的时候，让它暴睁的那双眼给吓了一跳，一下子就想到了李宛冰。"

"你从哪儿把它挖出来的？你是说你把它埋了又挖出来？"

"周医生抱走了它，我就再也没见过它，正想念呢，捡垃圾的糟老头说他那天在化验室的楼根下面扒拉出一条死狗，我就想去看看。一看果然是它，它怎么莫名其妙地就死了呢？还死得这么惨。"

"你说周医生抱走了它？"

"那是我收养的流浪狗，我以为周医生玩几天就会还给我。"

"行，我帮你查查。"

王重光这次倒真的没有敷衍老杨，他也觉得有点儿奇怪。周一苇抱走那条狗想做什么？难道这背后有什么蹊跷？

化验结果很快出来了，白启帆在死狗体内检验出大量足以发狂致死的药物成分。不过这些药物不是已被淘汰的"绿巨人"，而是他在李宛冰腕部皮肤组织提炼出的致幻剂成分。

"你们觉得周一苇这么做是出于什么目的？"

"很简单，她虽然能够拿到这种药物，但她对药物的药性并不熟悉，要知道多少药量足以致死，她只有暗中做实验。"

"可是，害死李宛冰对她有什么好处？"蔡渺渺十分不解，"你怎么就能断定狗是被周一苇整死的呢？你又怎么能确定她用狗做实验一定是为了害死李宛冰？如果她只是出于恶作剧心理呢……"

蔡渺渺和白启帆的讨论让王重光瞬间醒悟。他忽然觉得自己有些大意了，周一苇那张茉莉花一样的容颜背后可能有很多秘密。

顾夏初入住康德医院第三天了，她已经完全平静下来。

周一苇摆弄着夏初床头的吊瓶，声音轻若细雨。

"卧久了会得褥疮，严重时会烂到骨头。你该起来活动一下了。"

夏初并没领情，懒懒地翻了个身："可惜周医生没有一双透明的翅膀，否则就是人见人爱的天使了。"

谜之黑洞

"天使？怎么能和你这样貌似圣洁无比的女神相比，我们的顾夏初小姐，眨一下眼睛就俘获了男人的心。"

"这话有点酸，难道我抢走了周医生的男人？"

顾夏初笑出了声，周一苇脸上一阵红一阵白。

"我知道你根本没病，你只是想把华唯鸿逼疯，把谢永镇气死。"

"我为什么要把华唯鸿逼疯？与其这么说，还不如说我想把你逼疯。"顾夏初说着揽起真丝睡袍，跳下床去。

"你的睡袍破了。"周一苇看着顾夏初身上的紫色睡袍，有一瞬间的迷恍，她好像见过那睡袍。

"我穿了十年了，从未洗过。周医生不介意的话，能不能帮我洗一下？"顾夏初说着将睡袍蜕在了地上，抬腿跨了过去，她的裸体白如美玉。

周一苇没有半点不高兴，她极为柔顺地拾起睡衣，却看见华唯鸿默默站在门口。

华唯鸿的眼神有些发怔，显然他从未见过顾夏初如此凌厉的嚣张，肆无忌惮的疯狂。他愣了片刻，不知道该如何安慰周一苇。

倒是周一苇向他一笑，云淡风轻，飘然而去。

华唯鸿看着擦身而过的一苇，无法忽略那无声散发的忧伤。她似乎要竭力隐藏，偏偏一个眉眼的瞬间便将它倾溢而出。

这已经不是顾夏初对周一苇的第一次颐使气指了，它令华唯鸿对顾夏初有了陌生之感。

"为什么要这样对她？"

"你以为她比李宛冰好多少？还有，你当我看不出来？她喜欢你。"

"我和她很清白。"

顾夏初怔怔地看着华唯鸿，渐渐冷静下来，恢复了柔顺，甚至是带着那么一点哀怨。她想自己可能真的是错了，但却说了一句令华唯鸿也有点悚然的话。

"李宛冰真的死了吗？我怎么觉得她还在这医院里……"

"开什么玩笑？"

"我也不知道为什么会这么想，有时看着窗玻璃里的影子，我感觉她就在我身后，一点一点侵入我的身体……"

"嗯，有可能，我看你刚才你那副样子就很像李宛冰。"

华唯鸿说着将顾夏初揽入怀里，心底的疲惫与惶惑潮水般来袭，却还是淡淡笑着。

上海的十二月，还不算冷。

周一苇抱着顾夏初的睡衣入了洗手间。

病人衣物本来有专人清洁，并不需要她处理，只因对方是顾夏初，她乐得做个好人。

水槽对着一排排开敞式的公厕，一个病人正在小护士的监视下如厕。

病人是上了年纪的老妇人，不时发出古怪的咕咕叫声，类似深山老林中的某种怪鸟。

周一苇将睡衣浸入水中，阴冷沁入皮肤。她周身皮肤一缩，对身后的小护士嘀咕起来："别让她咕哝了，大半夜吓人么？"

小护士白了她一眼，把老病人架了出去。

她拧开水龙头，水流哗哗作响，看睡衣在水里绽开，上面的一簇簇小紫花在水中摇摇摆摆，像是活了，她随之走到了一片潮湿的田野。天空阴郁，树林若跳舞的妖女，摇晃着修长的身体，一群蝙蝠倾巢而出，拆分着旧的天空。对了，十年前那片旧的天空，它忽然就在周一苇眼前了，她在这片天空下拼命奔跑，想要逃离这虚无的包围，奔向那戴有金徽章的光明中去，却脚下一空堕入了无尽的黑暗。一条小蛇自树根缝隙爬出，缠在了她的手上，牙齿嵌入手腕，像个花布包……一路上无数血红的脚印。

周一苇忽然想起了十年前的那个黑夜！那老女人的咕咕声，像极了那片旧天空之下的林中怪鸟。睡衣在水中鼓涌，锈红色污渍和斑斑空洞也变得清晰，恍惚间，一个少女的身子在水中呈现，她身上被利器穿过，一个个孔洞吐着血红色的泡沫，惨白的面容吐着艰难的呼吸，令周一苇瞬间发出惊叫，冲出了洗手间。

周一苇在阴暗的走廊内魂飞魄散，周边的病房不断传出病人们痛苦的呻吟、病态的自语。

"我要撒尿——"这种请护士帮忙的求助声在她的耳边也变了形，成了"唰唰""沙沙"的怪异声响。更令她心惊胆战的是，一个白色的影子浮现眼前，是那水中的少女。

顾夏初冷眼看着战栗不已的周一苇，唇角泛起冷笑。

"我的睡衣呢？"

"你的睡衣？你的睡衣上面怎么有血？"

"那是我的生理血。"

"那不是你的睡衣！"周一苇浑身发抖，止不住地哆嗦着，"你是谁？你到底是谁？"

"我是顾夏初呀！"夏初像个幽魂步步逼近周一苇，她脚下起了风，走廊尽头空荡荡，"杀人是不是会上瘾？有了第一次，第二次也就不难了。"

周一苇瞬间明白了，却还是勉强挤出一丝笑意："你说什么？我不太明白。"

"李宛冰是你杀的，我都看见了，不要以为没人知道你天天在想什么，你那天晚上又在走廊外面做了些什么。"

"她不是我杀的！我倒是想杀了你！"周一苇哆嗦着，"你不是死了么？你为什么又回来？不！你和她都死了！你到底是谁？"

"你害死的人太多了，连我是谁都搞不清楚了。"

"你挑衅我？你以为你有资格么？别忘了，你是个病人，谁会相信你？"

"他。"

顾夏初眼如冷火，静静地燃烧着周一苇。在这阴冷之中那些被压抑的罪恶的念想如火苗般吱吱迸发，周一苇再也按捺不住，突然伸出手去狠狠揪住了顾夏初的头发，转而就扼住了她的脖颈，把她拖向那道才过半腰的铁围栏。

从这端的露天圆台望向那边的走廊尽头，不过是一条黑黢黢的直肠而已，它没有眼睛。如果明天早上顾夏初的尸体暴露在楼下，也不过是一场意外。

"从这个台子上面掉下去的废物已经不止一个了！医院里每年都会有人掉下去，你不是第一个，也不会是最后一个。顾夏初，你这个无药可救的疯子，你就死在这里吧！"

周一苇被那条花蛇给附身了，不，她本来就是那条深藏树根缝隙的，无数次在阴暗中磨着毒牙的小花蛇。她用一颗毒牙狠狠咬住顾夏初的脖颈，拖一只小鼠一样将她一路拖去。

夏初觉得自己的身子几乎倒悬向虚空的地平线，头顶着自下面鼓涌而上的冷风，长发黑蝴蝶样四散纷飞，窒息感压迫着她令眼前一切事物都模糊若梦境……恍惚中她仿佛看见穿着那件蓝色连衣裙的一双雪白的脚踝在自己面前晃啊晃，那不是周一苇的，她知道，那是她来了，她在看着自己……

顾夏初哭出了声。周一苇也哭了，她必须要把这催命的女鬼抛到灰烬里去。因为她知道自己的一切秘密，生死攸关的秘密。

华唯鸿刚结束了案头工作，想要看看顾夏初，却发现病房是空着的，房门也是虚掩的。他循着长廊寻向洗手间，只看见哗啦啦流个不停的水龙头，在水中打摆旋舞的一团白色睡衣。它不断浮起又旋下去，嘴巴一张一翕，那是多么苍白无力的一张脸。

不知怎么他猛然间就想到了李宛冰，心底被一团团的黑绳子给箍住，大步冲向走廊尽头。晦暗不灭的夜色中，两团纠缠起伏的黑影，无声地打斗着。说是无声，其实是暗夜的风声湮没了她们，跑得越近他听得越明白，有人在喊救命。

华唯鸿几乎是一个跨步就冲了上去，一把推开周一苇，揪住身子直坠下去的顾夏初。电光火石的一霎，周一苇像只脱线的风筝飞了出去，一声尖叫坠向楼下。

华唯鸿搂着怀中的夏初，两个人都呆了。

"她要杀了我！"

"快下去看看！"

几个闻声而来的护士也呆在那里，反应快的冲向楼下。很快，楼下一片尖叫。

顾夏初偎在华唯鸿怀里抖成一团，哭诉方才发生的一切。

"她说要拉我过来谈心，不知怎么忽然就掐住我的脖子，还说让我和李宛冰一起去死……"

华唯鸿相信周一苇对夏初会暗藏怨恨，但他怎么也没想到事情会发展得如此突然不可收拾。若不是他亲眼看到，他绝对不相信平常看上去柔弱的周一苇会如此蛮力凶狠，将高出她一个头的夏初死死压在下面。夏初的头发被抓得蓬乱，额头擦出了血，狼狈地嘶喊着。更恐怖的是，夏初脚下不时踢到的铁围栏摇摇晃晃，那些细铁条早就生了锈不堪一击。

于是，华唯鸿冲上来时一个大力的举动就将一苇推向了死地。

　　第二天，闻讯赶到的王重光看着脚下的周一苇，步履萧然。周一苇的死状不比李宛冰好看多少，脸上还带着愤怒至极的狰狞。一同赶来的还有蔡渺渺，她除了怀疑就是沉默，她甚至不敢细看周一苇一眼。若不是这出意外死亡有几名护士做证明，她很难不把华唯鸿与顾夏初列为合谋的凶手。

　　之后在周一苇的住处，白启帆又进行了深度的调查取证。很快，周一苇的一些私人物品被一一起出，送到了专案组。王重光赫然发现，原来周一苇的世界是如此隐秘深藏不露。震惊之余，他心中的迷雾也消散了一半。现在看来，周一苇的死恰如其时。因为老杨的狗，她已经有了很大嫌疑，还未等他展开调查，她却自己跳出来主动解释了这一切。一想到此人生前是茉莉花一样鲜活柔美的尤物，他不禁有点小哀伤。

　　周一苇的那些生活中的小物件和她本人一样，雅致素净。小碎花绒面的相册，将起起伏伏的人生轨迹展露无遗。泛黄的影像上面，多半留有另一个人的身影。此人阳光俊朗，十足的书卷气，其中甚至有几张周一苇与其相依相偎透着淡淡的暖昧。这个人令蔡渺渺都感到吃惊，她怎么也不能想象驻扎在周一苇青春梦境中的那个人竟然是华唯鸿。她不禁想起周一苇生前对她的倾诉。

　　"蔡警官，我们是同龄人，我相信你会理解我。"

　　"坦白讲，我只同情你，却还真的不太理解你。"渺渺起初对周一苇是带着那么点儿轻蔑的。她是拜金，但她是有追求和底线的拜金，像周一苇这样如花的年纪和一个糟老头子滚到床上想想都恶心，所以她还真是不理解。

　　"我知道，院里一些人会跟你讲我和院长的坏话。他们就是这么庸俗无聊，我跟谢永镇，"说到这儿，周一苇忽然改口直呼她那位恩师的名字，无限感伤道，"我对他是真的有感情，十几年了，只有他是真关心我，我就是爱他，由始至终只爱他一个，我不怕丢人。"

那时候的周一苇言辞凿凿，好像她的内心世界除了谢永镇没有别人。她如此掩盖自己的内心是为什么呢？

198

"为了掩盖她对顾夏初的嫉妒和憎恨。"王重光又点着了一根烟，"她对华唯鸿有着强烈的占有欲，但她不会让周边的人知道。"

"他们之间究竟是什么关系，我们问问华唯鸿不就知道了么？"

周一苇和自己究竟是什么样的关系，这个问题听起来十分的恶毒。往年的那些伤痛在耳边呼啸，难道它们真的要将眼下这宁静安好的岁月掀翻，令自己与夏初一样堕回惨痛的回忆中么？

华唯鸿坐在那里脸色惨白，王重光似乎是漫不经心的问话没有一处不是暗藏玄机，那窥探仿佛要深入他的五脏六腑，将他由里到外掏个透亮。

"周一苇只是我的师妹。她是喜欢我，但我从未和她恋爱过。你们要是不信，可以去做调查。我认识她的时候，已经有了相爱的人。"

华唯鸿说到这儿时，突然难掩泪光。

蔡渺渺满腹狐疑，就算周一苇因爱生妒要害死顾夏初，那她谋害李宛冰又是什么理由呢？因为谢永镇吗？还是——一个念头一闪而过，李宛冰会不会是因为看破了周一苇的杀机，招来了杀身之祸呢？最关键的是，周一苇就真的与顾夏初到了势如水火的地步了么？从华唯鸿的悲怆来看，两人的过去肯定不像他说的那样清浅。

"我爱你，愿意为你牺牲一切。"——周一苇在华唯鸿照片旁留下的那句话，是她爱的誓言，还是一切罪恶的源头？真正势如水火的是华唯鸿和李宛冰。李宛冰刚愎自用，始终容不下华唯鸿，所以她要替华唯鸿除掉李宛冰？这个推断无论如何都觉得牵强。

周一苇带着众人的重重疑团黯然长眠。她母亲早亡，父亲去世多年，现在只有华唯鸿为她打理一切。他为她选了一块花草锦簇的绿地作为长眠之地。

康德医院的院长办公室冷清了下来。

周一苇猝亡之后，华唯鸿便发起了高烧，连绵多日，不得不休一个长假。这也成了康德医院最新鲜的话题。华副院长和周医生果然是有些说不清的。

好在顾夏初出奇的冷静持重，数十天如一日，把华唯鸿照顾得体贴入微，总算是有惊无险。

一场大病过去，华唯鸿忽然发现自己沧桑了很多。

立在窗前，窗玻璃上模模糊糊地映出下巴上冒出的青茬。

"我来吧。"夏初自身后环抱住他，手按住那一茬青须，手指轻轻一弹。

"顾小姐，你是在我的下巴上弹琴么？"

"不，我是想从这里到这里，跳一段恰恰舞。"顾夏初的手指轻灵若蝶翼，雨点般落在宽若旷野的胸膛，穿过衬衫紧贴肌肤撩拨着，"在这里画一帧指墨，这里是绿衣阑珊的江水，这里是千鸟飞渡的山峦，这里是桃花遮眼的世外桃源……"

华唯鸿的身体由里至外，由上到下被夏初吻了个遍，他感觉自己的身子变轻，乘着奢华的日光向西天而去。

"要是在你的怀里永远醒不来就好了，睡着的时候看见天地间金沙遍地一片光明，我超脱了，醒来的时候是一片黑暗。"

缠绵过后的华唯鸿在镜前一边刮着胡须一边感叹着，顾夏初在身后静静地听着，幽怨地看他。

谜之黑洞

199

结荻鸟

她不知道自己是个精神病人，直到现在她也不肯承认，倒是华唯鸿，越来越忧郁了。

"你一个月没碰我，因为她么？"

"我说过了，我和她没什么。"

"周一苇在死前什么都告诉我了。刚才我对你做的，是她在坠楼前一天讲给我听的，想不到她和你做爱的方式毫不逊色于我这个画家。"

顾夏初笑成了一朵花，白色的，哀怨四溢。

"谎话。我从没有和她在一起。她是心理医生，知道怎么样才能挫伤你，对她的话不能认真，认真你就输了。"

"她还说，你为她抛弃了乡下的初恋。这故事我还从没听你讲过。"

华唯鸿手一抖，剃须刀在咽喉处飞过，触目惊心，留下一条细长的血痕。

"你看你激动什么，我们都有过去不是吗？你那么了解我的过去，我怎么就不能了解你一点呢？"

"我了解你的过去是为了治好你的病源，你了解我的过去做什么？"

"每个人都是一个潜在的精神病人，你说的。我担心你不说出来，将来会和我一样，经常梦见被死去的人拖向坟墓。"

夏初喃喃间画着口红，惨白的唇染成一朵罂粟。

"呵，我不会。我总是梦见和她并排躺在那副薄薄的棺材板里，相拥而眠，互相取暖，无比的温馨。"

"她？周一苇么？"

"你不是已经知道了么？我曾经很爱一个女人，她以为我要抛弃她，不等我回去跟她解释一切就……自杀了。"

华唯鸿说完长长地叹息，顾夏初定定看着他的身影在黄色灯下晃来晃去，恍若初识。

"你后悔么？"

夏初在沙发上静若莲花，闭目问道。

这一问戳着了站着的那个人的心脏。他盯着手中的剃须刀，一缕鲜血自指间无声而落。感情的洪流在胸膛处轰轰作响，自己有多久没回去看她了？她静卧海上，因母亲终于认定了她是自家的儿媳，被风水先生蛊语所惑坚持浮葬。只怕到现在，蚀骨腐臭，支离破碎了吧？

他揩去沥沥的鲜血，"我们暂时离开上海，去我家乡好不好？那儿幽静，更适合你养病。"

夏初倏然睁开眼睛，"我说过，从我们结合的那一刻起，我就不再是你的病人。"

"你别误会。我早跟妈妈在电话里提过你，她很想见你。"

顾夏初对着华唯鸿狠狠啄上一口，忽然又沮丧下来，"你没有告诉她，我们是怎么相识的？"

"放心，她比一般的老太太要豁达多了，不会为难你。"

"真的？"

华唯鸿微笑着颔首，将顾夏初紧紧抱在了怀里。幸福的一瞬，他仿佛看到白玉兰花般的她在墙角隔着岁月的纱幕静静微笑。浮葬海上的她，被岁月笼罩的她，面目终于清晰了起来……

周一苇为李宛冰的死点了个逗号，王重光烟酒不断哮喘复发去了两次医院。日子飞沙走雁，康德医院的两桩案子就这样被岁月裹住了脚。

但就在王重光要将康德医院抛在脑后的时候，一个人再次不期而至。

"我要报案。"

蔡渺渺吃了一惊，抬眼见是曾昆山。

"顾夏初失踪了，我找不到她，我担心她有生命危险。"

结获鸟

"怎么讲？"

"我给华医生打电话，想要询问夏初的状况，可他手机关机，一连几天我都联系不上他。"

渺渺眨眨眼睛，慢条斯理道："顾夏初和华医生已经结婚了，他们去了哪儿和你有关系么？"

昆山吃了一惊，"她结婚了？"

"对，结婚了。现在正蜜月旅行呢。"

"他们去哪儿了？！告诉我！我有知情权的不是吗？"

王重光淡淡道："十年了，还有必要纠缠不放吗？况且直到现在你也不能确定顾夏初就是江小鱼，你有什么权力追寻人家的行踪呢？"

这一突变让昆山再也矜持不住，他无言以对，面如死灰，缓缓起身，向外走去。

蔡渺渺轻蔑一瞥，抄起饭盒径自去了食堂。

重光坐在那里左思右想，总觉得心头有根弦铮铮作响，缠心未绝。眼中的曾昆山不像以往那么骄纵可憎了，他身上有种浪沙淘尽无语凝噎的孤独和失落，像极了中年落魄的自己身子底下的另一个影子。于是，他抓起电话打了过去。

"周末有时间的话，一起聊聊吧。"

昆山自然不能拒绝。他从未想过那个柔顺怯懦的江小鱼会决绝地放弃自己，那是不可能的。天下所有分离已久的情侣都可能，唯独他们之间不可能。但王重光接下来的话更让他产生一种强烈的前所未有的眩晕感，仿佛灵魂随时要脱离地球引力升天而去。

"我想你该有点思想准备。顾夏初可能不是江小鱼，江小鱼可能失踪，或者，已经死了。"

昆山不知道自己是如何捱到了周末。

两人约在一家羊蝎子餐馆见面。

昆山眼圈发青，整个人像一团枯萎的蕨草，一言一行之间都带着些神经质的激动，像极了上次抓到的那群聚赌吸毒的音乐渣子。

"任你百般痴狂，我自提刀做钟馗。"重光说话开门见山，但他的直接令昆山迅速从头冷到脚，骨头发凉。满锅热气腾腾的羊蝎子咕嘟咕嘟冒泡，像极了血肉淋漓的十八层地狱，令他彻底失去食欲。

"我是一个警察，但我也不想说任何颠覆宗教信仰的鬼话。呵呵，就在上个星期，我和一个朋友在一个川菜馆用餐。他跟我谈到他失踪的母亲。他说那些天晚上他总能感觉到她立在他的床前默默地注视他。他是我交往多年的一个朋友，我相信他说的绝不是什么骗人的鬼话。等到最后我们都达成了共识，他母亲肯定是死了。果然，第三天下午我们就在一个阴暗的树林发现了老人家的尸体。她是上吊自杀，手中握着那家伙小时候的鞋子。"

"我外婆去世的前夜，我也曾梦到过她坐在家乡的那条大沙河边上凝望我。那时候我已经三年没有回国了。"

昆山说到这里的时候眼中有泪花在闪烁，他知道王重光提这些不是漫无目的的瞎扯，而是在向他反复暗示一个残忍的现实：江小鱼已经死了。他不动声色地灌了口白酒，把即将奔涌而出的泪水狠命逼了回去。

王重光不失时机继续开膛破肚，"我们也算好朋友了，有些话不妨直说。我做了二十年警察，见过各种各样的人，酒鬼也好毒贩也好，他们中大部分都成了我的兄弟。呵呵，只要他不是非常变态，我觉得都不妨推心置腹谈一谈。换句话说，除了我原来的那个婆娘，没有我看不透搞不定的人。你看你有知识有教养，如果不是看了八几年的那几桩卷宗，我想这辈子你在我眼里都是这副德性，值得尊敬的银行家，年轻有为，

谜之黑洞

203

前程无量。"

他说得滔滔不绝，一气呵成，昆山听到这话时现出痴呆的表情，如同一个小偷尚未得手先被抓了个现形。他原以为对方是来安慰自己的，哪知其话锋辛辣，暗藏杀机。

"一个女孩儿从小在孤儿院长大，无父无母，她的童年是在陌生家庭的冷漠中度过。最后收养她的是一个粗鲁的鱼贩子鳏夫。在她十六岁随养父流落到江苏六安的那个夏天，她喜欢上了一个高中生。他们谈起了恋爱，却遭到鱼贩子的阻挠和恐吓。等到男生上大学的时候，鱼贩子死了，女孩儿突然就失踪了。后来有人发现他们在上海的巷弄内过着俨若夫妻的生活。这故事我过去听过，我是说在你讲给我听之前听过。我师傅和我讲过很多次，可惜这几个月我始终没有把你和'他'联系起来。你那时候不叫昆山，叫曾杰夫，至于顾夏初那个名字，那些卷宗上一直没有出现过，我猜是你为了打动一些睁眼瞎子杜撰了江小鱼和顾夏初这两个名字之间的关系。"

王重光伸了下舌头，他太得意，人在这个时候往往容易惹下致命的祸端。一块羊蝎骨卡住了他的喉咙禁止他继续往别人伤口上撒盐。他被动地仰着脖子伸手去抠那个顽固深入的障碍物。在这个当口，昆山坐着没动，他看清楚了摆放在对方手下的几份复印件。上面有红色的硕大字体，乍看像政治性公文，实际上它也的确是政治性公文。

王重光像是要自尽一般拼命咳了一声，一小块光滑的富有韧性的骨头弹到了地上。他灌下一大口绍兴白酒，继续滔滔不绝："你曾经在一个季度殴打一个女孩子五次，第一次是在三月二十八日，因为早上她和一个卖馄饨的多说了两句，这让饥肠辘辘的你在楼上等得焦躁了，你就对她动了拳头。你在卷宗上说你误以为她在和那个小摊贩调情，她背叛了你们的爱情。这个或许可以理解，要知道当年我家那个和一个章鱼脑袋搞在了一起时，我也用拳头教训过她，不过我可是有确凿证据在手上，我跟踪了她一个月，连他们在床上的照片都拍了下来，况且作为一个警察我有权利这么做，呵呵，而且我也只打落她一颗牙齿而已，没像你这样。小子，你那时候不过十八岁吧？学过拳击么？有过斗殴史？你打掉的不是一颗牙齿是一个胎儿。后来你跟闻声赶来的公安说她是不小心从楼梯上滚下来的，当然公安未必相信你的鬼话，坚决要带你走。"

"我没走。她跪下来帮我求了情。"昆山说着用餐巾抹了抹唇，"她是世上对我最好的人。"

王重光干笑，"这是第二件。四月初三，也就是你们和好的一个星期后，你又打了她。你和同校的一个女生纠缠在一起，那个女生有良好的家庭背景，父亲有着深厚的海外关系，可以帮你顺利出国。你向那个女生发动了进攻，和她花前月下早出晚归。江小鱼很快就发现了你的不寻常，通过你的一个同学打听到那个女生。她向那个女生哭诉了你们之间的关系，那个女生和你翻脸。于是在一个晚上你对江小鱼大打出手，殴打从晚上十点开始持续到第二天凌晨四点。楼下邻居上门劝解，被你轰了出去，后来是你自己报的警，因为她倒在血泊之中一动不动，你以为自己杀了人，跑到楼下去打了电话。"

"很多夫妻都有过动手的经历。王警官你也不能免俗吧？您把这些陈芝麻烂谷子的事情倒腾出来想做什么？"

"呵呵，我是警察。警察的工作就是调查，在调查中得到自己想要的。"

"我怎么觉得你揭起别人的伤疤来侃侃而谈，透着快感。"

"呵呵，这个我承认。你可以说我习惯扼杀美好的东西，大家都说不幸福的婚姻让我心理变态，可能确实如此。"王重光不失自嘲地冷笑，"但我鄙视一切矫情，明明是登徒子偏要装柳下惠，明明是烂娼硬要竖贞节牌坊。哦，你别生气！我看你脸都红了。"

"我没脸红，我脸红什么？"

"就是，比起那些把道德喂到狗嘴里的无耻混蛋，我们不过是一群旁观的无辜的猪。我们没犯什么罪，我最多会为我的愚蠢脸红。"

昆山的脸涨红了，这老混蛋言辞嚣张像在借着酒劲撒疯。他身子向后一靠，严厉地看着对方正色道："王警官，我欣赏你的心直口快，其实某些地方我和你一样，这一点我希望你了解。谁都有被流言包围百口莫辩的时候，但是我才不管别人说什么，我就是我，我不想辩解，也不必伪装。谁没有年轻气盛过？打女人这种龌龊的事情，我承认我干过，但我的本质没那么坏，是环境把我逼成了那个样子！"

"别激动。"王重光说到这里，掀去上面几页，"还需要我说后面几件案宗么？"

昆山的心肺都烧得厉害，却寒着脸微笑道："我很有兴趣听听，有些事情过去这么多年确实都记不得了。"

"呵呵，你说得对，天下没有不吵架的夫妻。一次是她把你的大学毕业证书给弄丢了，你被迫动用了拳脚，实际上你一直不相信她是无心之过，你认为那不过是她有意阻碍你出国的恶作剧；还有一次，哦，抱歉我记错了，不属于家庭暴力范畴，江小鱼失踪了，你报了警。但我记得你说她是在你出国之后失踪的。"

"那又有什么？为了让她死心，我就骗她自己已经出国了，还留了足够的钱给她自谋生路。可一日夫妻百日恩，我也没那么狠心，找个日子就回去偷偷看她一眼，结果发现她不见了，一连十几天杳无消息。心急之下我就去警局报了案。"

"报案的第三天，你就离开上海去了德国。"

"是。"

"为什么不等结果出来就迫不及待地出国？"

"荒谬。我在国内又不能督促你们公安办案。"

"可能你觉得不需要。"

"什么意思？"

"你比我聪明不需要我解释。"

"你到底什么意思？"

"或许有那么一种可能，报案的人很清楚，公安根本找不到她。"

昆山的脸扭成一团，重光继续带着他那惯有的剥皮抽骨式的冷笑，"还有她的养父，那个卖鱼的，在她逃到上海的前夜就死了。公安在他身上发现了一条绳索，它在死者的脖子上固定了足有二十分钟之久。"

"那跟我又有什么关系？"

"实际上你第一次动手打她不是因为她调情，而是你怀疑那个卖油条的是从江苏六安追过来的公安。"

"你有什么证据？江小鱼告诉你的？"

"你当然知道，死人不会说话。"王重光嘿嘿笑起来，"可现在已经死了的人又出奇地活在这个世上，对你来说着实是个不小的威胁，所以你要干掉她，由此你买通了周一苇。"

"周一苇？太可笑了，我根本没听说过这个名字。"昆山抓起湿巾用力揩去手上油渍，一根手指一根手指地细心擦拭。

"这么说自己的老情人是不是有点儿太绝情了？毕竟当年是她说服了自己的校长父亲，让你拿到了出国的名额，顺利留洋海外。"

"想不到你连这个都知道，好吧，我承认，当年我是有那么点功利。可她不是我的真爱，我们分手很久了。"

"我查过她的电话记录，你们联络频繁。"

昆山呆了片刻，旋即冷笑："联络频繁不等于亲密。现在她日子窘迫，我不得不接济她一下。"

"接济是有条件的吧？譬如帮你除掉顾夏初。难道不是吗？周一苇是康德医院最需要钱也最有条件去害顾夏初的一个人。"

排气扇的闷响，拉得很低的百叶窗，昆山的脸色更加灰白，嘴角却倔强上扬，浮起一丝冷笑。这笑使得他眼中的忧伤、无奈和阴郁复杂交错，难以琢磨。

"我为什么要害死顾夏初？"

"你怀疑她就是江小鱼，那个知道你杀人秘密，遭到你灭口的江小鱼。这么多年过去了，你却发现她没死，这让你格外紧张，想尽办法要除掉她。"

"你有什么证据？"

王重光嘿嘿笑起来，举起一个浅蓝色笔记本，"周一苇有记日记的习惯。她把你们之间的那些事全写在了上面。"

曾昆山几乎要拍案而起了，但他不动，只扯了扯唇角。

"她写的，也只能是一面之词。我是认识周一苇，那个年代她父亲很有权势，她骄傲得像公主。我们第一次在校园偶遇，她就打了我一耳光，这种蛮横和江小鱼真不一样，我马上就被她迷上了，有点儿像吸毒。"昆山说到这儿深吸了口气，仿佛前尘往事在眼前重现一样，眼神有瞬间的恍惚，"我为了她坚决地要踢开江小鱼，我承认那时候我就是那么混蛋。但我绝没想过要杀了她！后来我发现周一苇，这个女人才是最可怕的，占有欲太强，心机太深。我出国之后是坚决和她断了联系，没想到我一回国她又找上我！我给她钱是看她现在太可怜，绝不是什么交易……"

昆山说得激愤，王重光暗中齿冷。周一苇的笔记本上关于曾昆山的记述很多，但结尾只有八个字："势利之交，难以经远"。周一苇无疑是对曾昆山爱过恨过，也失望过的。但她至死也不会想到，对方会把她一掌拍得稀烂，追述成一只面目全非的绿头大苍蝇。

"咱这不是私下聊一聊么？你别激动，怀疑你是杀人犯的不止我一个。据我所知，过去四年间不断有人去警局询问江小鱼的下落和她的过往，甚至问到了以往那几桩案宗。"

"谁？"

"你认为活着的江小鱼可能会自己跑到警局去追吊那些被人虐待的血泪史吗？那些过往已经活在她的记忆里了，她跑去警局借调档案有什么意义？"

"那她是谁？"

"人已经死了。"

"周一苇？"

"你认为她为什么会这么关心江小鱼的下落？"

"我怎么知道？"

"因为她和你一样，以为江小鱼已经死了，当她看到了另一个神似江小鱼的人出现，她开始怀疑，惊恐，甚至动了杀机……还有一点，如果你没有对江小鱼下手，那么当年的江小鱼又是怎么失踪的？"

"我向周围的邻居打听过，他们说我走的那些天，她天天在家从早哭到晚，疯了一样，邻居都忍不住拍门抗议，后来几天就没了动静。我回到家中发现一切整理得井井有条，包括我的鞋子也打好了蜡整整齐齐排放在那里……直到现在我也想不清楚，按照她的脾性，怎么可能一个人不声不响地就离开了呢？"

"我也想不通，特别是一个女人已经怀了孕，在这种情况下不声不响地离开有些匪夷所思。"

"你说她怀孕了？"

"到了今天你还不知道？也是，你迫不及待地出国了，那时候的联络

谜之黑洞

也不像今天这样便利，公安没有把后续的调查结果都告诉你也在情理之中。江小鱼怀孕了，你们楼下有个卖白兰花的阿婆在她失踪前一天见过她，她说她不敢去你的老家找你父母做主。她为什么不敢去你家？是害怕你的父母不认她这个儿媳还是忌惮别的原因，这我就不清楚了。她说要一个人把孩子养大，但不想给孩子找爸爸。她提到了自己的亲生父亲，她说自己就是被父亲抛弃在孤儿院……为此她还找过周一苇却被周家的人轰了出去。到这儿事情还没完，周一苇的家人由此找到了你们当时的住处，他们认为是你勾引了周家大小姐，但是他们找不到你只有抓着江小鱼撒气，江小鱼被打得吐了血，她肚子里的孩子也……"

冷汗自后脊涔涔而下，昆山那颗沉闷而悲怆的心几乎要爆炸了。周一苇从未对他提过殴打江小鱼的事情，就算是后来回国他们暧昧的小聚，那个女人也是厚厚一层的伪装，涕泪横流要求与他重新开始。本来他对周一苇是残留那么一点愧疚和惋惜的，可是夕阳忽地又因重重黑暗发出妖媚的明亮，他的心又陷入无可救药的悲凉……

"江小鱼的亲生父亲是谁，她有没有向你提过？"

昆山摇头，江小鱼在多年的颠沛流离之中养成了谨小慎微的敏感型思维，她没有安全感，不相信任何人，也不肯轻易吐露内心深藏的秘密。即便对他仰赖如是，也鲜少提及自己的过去。那是一道很深的伤口，埋在她的咽喉处，它直接影响到了她的性格乃至运命。于此，小鱼在被他踹掉腹中孩子那一刻撕心裂肺的痛楚，充满怨恨的眼神令他骨寒至今，而那一刻的眼神也像极了自己第一次看到的顾夏初。以至于他有深深的错觉，顾夏初就是江小鱼。

"她总说自己没有爸爸妈妈，这是最让我感到心痛的地方，"昆山不禁哽咽，"她只认孤儿院的梅姨做妈妈。"

"哪个孤儿院？"

"一个基督教孤儿院，回国之后就找不到它了，早被拆了……"

昆山怀着沉重的伤感走出了餐馆。

王重光站在檐廊下，上海的深秋愈发的冷。他点上一根烟，眼看昆山渐远，他愈发迷惑，江小鱼到底是生是死呢？

华唯鸿带着夏初在深秋的寒雨中离开了上海。

临行前，他将她身上的酒红毛呢外套裹紧，"放心，乡下肯定不会冷。"

"有你在，去哪儿都不冷。"

顾夏初莞尔一笑，华唯鸿吃惊地发现原来夏初有一颗尖尖的虎牙，笑起来竟然是俏皮的，很像浮在海上的那个她……现在他们走到哪里都是心心相印的情侣，浓情蜜意羡煞旁人。

白色的机翼起飞，他们就这样消失在上海的夜空了。

巨大的夜幕之下，仰望那银翼的还有一个孤单的斜长的影子。她泪眼婆娑，微微抬手，若离巢的孤雁抛下最后一个回眸。

摸摸胸口，好在心里还有一棵青藤般坚韧地支撑着这颗柔弱心脏的杜小麦。张爱玲说过，没有一场感情不是千疮百孔的，与其默默痴望，不如怜取眼前人，回去照顾病床上的杜小麦。但她就是说服不了自己，在夜色中前来，一心要观看这场伟大爱情的谢幕礼。

顾夏初在飞机上看身边人蒙眬入睡。人生最满足之时，她终于等到了。窗外云霄之上，墨云堆叠，千万黑鲸涌涌而来，巨大的鱼翅在云峰上徐徐闪动……云翻云卷之间，独有一双枯白的眼珠子在窗前凝视，痴然望她，那是一条肉身干涸的猩红小鱼，血色鳞片上伤痕斑驳，她眼睛一湿，心不禁颤抖起来。

　　飞机停在温州机场，二人再转乘巴士到了平阳的鳌江镇，最终搭乘渔船去了茫茫海上。

　　海上行程三个多小时，顾夏初在一片茫茫雾气中几次睡着。她觉得自己不是要去某个岛上，倒是去天外某处了。

　　"我之前真是担心，生怕你会晕船。"

　　华唯鸿对夏初淡淡笑着，她如此安静，如此出神地痴望海上，海上的那些风浪像是穿过她的身体，卷扑在别人身上。

　　"你瞧前面那片礁石，可惜天已经黑了。要是早上经过这儿，你就可以欣赏到一片神奇的景色，当地渔民把这景色叫做'朝霞神龟'。"

　　"神……鬼?"夏初那迷蒙的眸光又是一片水样的潮湿，照得这一片海都幽幽发亮，"这海上有鬼么?"

　　"不是鬼，是龟。"旁边的船客是当地渔民，大笑道，"鬼在这样的海上，怕是要孤单死了。"

　　"谁说海上没鬼? 鬼还会怕孤单么? 笑话! 前面的琉璃岛就在闹鬼，闹得很凶。"船长是个豪放的渔家汉子，从驾驶舱出来粗嘎道。

　　"琉璃岛?"华唯鸿笑起来，"都什么年代了，还编这种无聊的笑话?"

　　"那天我登岸加油的时候听说的，"船长眼睛一瞪卷起了袖子认真辩驳道，"前几天晚上我还看到了这海上漂着的鬼火，就那么一团一团的，白色的发着光，我起初以为是水母，近前在发现，我的娘，是个女人，她就那么漂在海上!"

　　他这么一说，所有人都惊惶了。

　　顾夏初像是从梦中醒来一样，看着那船长。

　　船长在所有惊诧的目光之中察觉到夏初那一双幽然美绝的眸子，顿时叫起来："嘿，那女鬼就和这位小姐一样，我在海上看她这么飘过去的时候，就是这样的眼神，她看了我一眼，看得我全身都发冷，像被冰雹打了一样，从头凉到脚……"

华唯鸿觉得这玩笑开得过头，顾夏初身上本来就有那么一点神思恍惚的幽然气质，让船长这么一形容，倒是假中带真了。一考虑到夏初的精神隐疾，他不由得有点儿担心，想拉夏初离开，她却不动。那船长看大家都好奇，便兴致勃勃讲起琉璃岛上的鬼故事。

"那个岛上有个守灯塔的老鳏夫叫虾叔的，你们都认识吧？"

船客中有几个是在海陆之间常来常往的，都晓得虾叔是琉璃岛上早年出海掌舵的，听到这里心都悬起来，也相信船长不是在乱编了。

"要说就赶紧说嘛，卖什么关子？"

"他先看到的。他说前段日子海上闹小台风，他没办法只有躲在塔里睡觉，忽然就听见塔下呼啦呼啦地响，他还以为是晾晒的渔网刮到围墙了，偏偏岛上又停电，他就拿起手电筒出去瞧瞧，一瞅墙根底下有个女的，穿着一身白衣裳蜷在那儿。虾叔一看不对呀，这女的我不认识，岛上没这号人，就问她你哪儿来的？她说她就住岛东，你这些年没怎么出海，所以不认得我。虾叔又问，深更半夜风又大你跑这儿做什么？她说我本想明朝出门的，可家里孩子饿得慌，就出来找口吃的，本想寻到丁吴贞家去，半路遇见刮风就只好躲这儿了。虾叔心想这一定是村里人了，岛上不断有陆上的人嫁过来，有自己不认识的新媳妇也正常，就把前些天去岸上买的蛋黄粽和松糕都拿出点来给她，那女人千恩万谢地收下了。临走时那女人非要给虾叔钱。虾叔哪里肯要呢，推辞不掉就留了一张。等到天亮，虾叔越想越觉得奇怪，便去岛东看看，结果到处打听也没这么个带娃儿的女人。他又想起那女人说的话，难道是丁吴贞的亲戚？就跑到丁吴贞阿妈家，阿妈说我哪儿有这号亲戚，还要半夜里到我这儿讨饭？你们说奇怪不奇怪？"

谜之黑洞

所有的人都静静听着，听完都头皮胀，纷纷埋怨起来："唉，天黑了你讲这个？"

"你们都不信嘛！"船长挥着粗壮的胳膊嚷道，"马上就到琉璃岛了，上岛时可别怪我没提醒你们。我听虾叔说，他回家一看脑子就炸了，那女人黑夜里塞给他的根本不是什么钞票，就是一张没化掉的纸钱……"

话说到这儿，夏初将头埋入了华唯鸿的怀里。那船长继续绘声绘色道："虾叔还说，你知道她为什么说要半夜去丁吴贞家找吃的吗？我问他为什么，他说他想起来了，那女的本就是丁吴贞的儿媳。丁吴贞死活不让她过门，女娃儿偏又怀了孕，走投无路一气之下就自杀了。"

"哦？女的在阴间做了鬼，肚里孩子成了鬼婴，孙子饿了自然要向奶奶讨吃的……"

众人七嘴八舌，华唯鸿面色几近苍白，其中一个面色黧黑的老渔民挠着花白的头发如梦初醒，若有所思道："你们说的那个女娃儿我也记得，她死的前些日子我还看见过她，肚子都大了，那时候已经被逼疯啦，真是可怜……我常见她在这海边一站就是一天说是等丁吴贞那个儿子回来接她。她落葬的那天我出海经过，就去岛上瞅了一眼，听说那老太婆心虚，生怕女娃儿怨气太重以后缠着她，就把她远远儿地葬到了岛东，还是浮葬。可是这娃儿死了也认家啊，所以半夜里就——"

老渔民还没说完，船身重重一晃，原来已经到了琉璃岛的码头了。船上众人都不敢说话了，仿佛岛上的冷风带着阴气会灌入舱内似的。华唯鸿呆呆坐在那里，船长将锚铁一抛，嚷着到啦到啦，他才返过神来。

下船的人并不多，也就四五人，夏初随着华唯鸿下了船，发现这岛虽不大，却有一座水泥抹砌的简陋码头，甚至在斜前方的一片灰色礁岩上，还有一座年久失修的木质亲水长廊，长廊后面就是一座灰白的年久失修的灯塔。

"看，那不是你说的丁昊贞么？"

夏初刚下了船，就见木廊上有一团灰白的影子，那影子扶栏远望，正向她这里。

"妈妈在等我们，"华唯鸿没有了初来时候的喜悦，面色沉郁，转向夏初，"看样子她已经等很久了，咱们快走吧。"

夏初懵然转身，身后的船已悄然驶离，但那一缕缕暗藏迷惑的复杂视线交织身后，若一道乱蓬蓬的网罩得她举步维艰。她脚底发软，两条腿晃得厉害，鬼变的惊闻还在沉浸她脆弱的心脏，那团花白的头发却奔下了木廊，朝他们飘过来了。

夏初不知道是如何到了他们所谓的"家"。

她想一定有另一个自己，一个在惊悚残忍的往事之中瑟瑟发抖噤若寒蝉，一个同那团花白的头发苍老的容颜寒暄着亲热着的人。那个自己是没有心脏的木偶人，手缺乏热度，却亲昵地搭在众人口中的"阿妈"身上，娇羞地喊了声"妈"，身子自然地与阿妈黏在一起。她还不忘向身后人俏皮一笑，熨帖得后者心内阴云渐去，悄然回暖。

阿妈身上有股陈年的味道，那是海岛沙滩上晾晒咸鱼干儿悄然解构变质的气味。她抬手拂去阿妈额前的花白发丝，娇嗲道："妈妈好年轻呢。"

"妈妈"蒙尘的眼角绽开了花，夏初的脸庞贴在了那张生满褶子的脸上，转身娇嗔着："你多久没有回来看妈妈了？"

男人愧于儿子的虚名低下了头，在这样伟大的母亲面前，他还能说什么呢？

丁昊贞看着乖巧亲昵的儿媳和依旧陌生的儿子，强压住喉头的酸涩笑着："他太忙……"

顾夏初凭借出奇的敏感，捕捉到这对母子之间的隔阂，心内竟有一种钝刀斩烂肉的快意。她按住胸口生怕笑出声来，幸灾乐祸的心脏活像一只脖子被划了一刀四处跳叫的公鸡，脖子老高，鲜血淋漓。

虽是深秋，但这南方小岛还是温煦新鲜。空气中的夜雾掺杂着野花和青草的香气。透过这雾气，夏初可以用鼻子将那些混杂的花草香抽丝剥茧一般一缕缕拨开，这是野茉莉，这是玉簪，这是醋栗，这是草兰，此刻，它们都在她的脚下闪烁着幽艳的光泽，抱住了她的双脚吃吃笑着。

突然，她感觉身后有一道阴影追上来了。恍然回头，却空无人影。

华唯鸿注意到她的异样，"你看什么——"

"有人跟着我。"夏初一脸天真，茫然四顾，丁吴贞听她这话吃了一惊，眼神中闪过一丝不易察觉的惊慌。

"呵呵，妈妈被我吓到了！我开玩笑的！"夏初笑得没心没肺，抬手指着身后方一幢黑洞洞的楼体，"想不到这儿还有教堂呢。"

"那是一个法国传教士修建的，当年他在海上遇到了台风，岛上渔民救了他，他就留下来建了这座教堂。可惜后来赶上文革，都被砸了……"

"现在还提过去的老黄历做什么？"丁吴贞急忙打断儿子，"天黑了，赶紧回家吧。"

夏初这才注意到丁吴贞那灰白的瞳仁里黯淡无光，她看自己的眼神也多半是茫然无着，华唯鸿在她耳边轻轻低语："我妈妈的眼睛已经不行了，她看你就是一团影子。"

夏初的心狠狠地一颤，有种酸楚抵过了怨怒，她拉起那双长满茧子和褐斑的老手小心翼翼地引领她前行。

华唯鸿边走边回头看那座教堂，典型的哥特风百年老教堂，坐立岛东斜坡之上，树木掩映中，只露出两个尖顶，像怪兽头顶的两只尖角，他忽然感到胸口一阵尖锐的刺痛……

Chapter

神秘岛 *13*

这不是一座岛屿，

而是，布满咒语的迷宫，

我在里面漫无目的地游荡，

与各种鬼魂不期而遇，

我不害怕，

因我知道谁才是真正的魔鬼。

　　华家的房子在岛上突兀惹眼。华唯鸿先祖本是明末官绅，清兵一来就要投奔台湾郑氏，半路逃到这里，却发现岛上花香四溢鸟鹿成群，十足一个世外桃源，就在此隐姓埋名盖屋修宅，倒也其乐融融。百年过去，俄国人来过这座岛，日本人登过这座岛，红卫兵砸过这座岛，华家引以为豪的明清式样的老宅倒沦落成不中不洋的古怪模样，雕花镂刻的窗上镶嵌着灰蒙蒙的玻璃，石狮踞守的高门前养着鸡鸭，一个花柳成荫的庭院里面铺了一地的蔬菜，那感觉活像一个风流庭院里面硬是挤满了高高矮矮的蹩脚汉，除了世俗的喧嚷找不到一丝祖宗的雅韵。

　　夏初随着丁吴贞入了屋内，高大的主屋依旧是原样，藻井斗拱，五彩贴金，光华依旧，若是十年前，夏初看见这些或许并不在意，但十年绘画使得她长进不少，对昔日的屋主倒是有几分赏识了。

茶捧到了手上是热腾腾的，可怜天下父母心。丁吴贞在屋内忙得像只打转的陀螺，旁人很难看出她早已半盲。她是巴不得把心也捧出来给儿媳妇一手递上，毕竟快六旬的人了，除了表面上有个光宗耀祖出国留洋的儿子，徒剩这座老屋十年如一日的空荡和孤寂。比起岛上繁衍生息的那些渔民，她这书香门第的虚架子辛酸难言。

夏初注意到华唯鸿多半时候眼神是飘忽落寞的，和自己的母亲除了敬畏少有亲近体恤的话。他的眼睛像沙漏，温暖的光色多半飘飞在厢房的石花窗上，仿佛那里有个人跟他隔窗脉脉。她有些不自在了，轻轻咳了一声。

她这一咳不要紧，该返神的人依旧发怔，倒是丁吴贞惊慌了，嘘寒问暖，一个劲儿地追问，是不是海上风大了，岛上太冷不习惯，这关心裹得密不透风，搅得夏初倒有些困了。

晚上，夏初与华唯鸿在主屋的后房安歇。

在那张华家祖传两百多年的八步床上躺下，嗅着黄花梨木独有的辛香味儿，她这才真正确信自己已然离开了那个咖啡袅袅的上海。老屋墙上的湿气衍生的苔藓呈现一抹抹浅黄绿晕，在这暗色里面倒是让人安神的汤药。她钻入华唯鸿怀里，融为他肋下的血肉，渐渐安息。

今年四五个热带气旋都将扑岸，岛上台风是常年的六倍。半夜，海风凄厉起来，夏初裹着纱裙下了床，向外看去。天地一片惨白，沙飞石滚，狂树乱摆，天地之间顿时成了鬼蜮，鬼哭狼嚎之声此起彼伏，就连屋顶的瓦砾也像要被掀翻，风马过处，开了口儿的一层层鱼鳞发出刺耳尖锐的呼哨。

她听到了拍门声。

一个人影儿晦暗不明地立着，那么恍惚，像是飘忽的纸片儿。夏初开了门，却找不到它，倒是厢房的门吱呀一声，像是有人溜进去了。她想起白天华唯鸿看那厢房痴痴的眼神，不由得就出了门跟了上去。

那个纸片儿在风中摇摇摆摆，厢房前起了微微的光亮，原来是丁吴贞在那儿掏出了一打纸钱堆在厢房的窗下点着了，口中念念有词："孩子，娘对不起你，你快走吧，别回来了……你再回来我就把这房子给拆啦。"

夏初一看就急了，上前三脚两脚就把那燃着的纸钱给踩灭了，"妈妈，这么大的风你烧纸做什么呀？！小心走水。"

那人正低头弯腰念念有词，抬眼一见夏初似乎吓了一跳，竟然惊叫起来："鬼啊——救命——"

"是我！"夏初被吓了一跳，忙抱住她安抚着，"您的儿子睡着了，小心吵醒他。"

丁吴贞这才清醒过来，眼看那些纸钱要在夏初的脚下断气，忙爬过去把它们抓在手里，可旋风的爪子更快，纸钱儿都欢蹦乱跳地飞走了！一只只鬼眼在夜色中闪闪发亮忽大忽小，转着圈儿在风中跳舞，夏初一边按死那些不怀好意的眼睛一边喊道："妈妈你这是给谁烧纸呢？"

丁吴贞心里打了个激灵，忙乱口遮掩着："没谁……就是前天踩死了一条蛇，怕它作祟显灵呢。"

夏初不信，她看那双浑浊的老眼还是怔怔的，身子犹自哆嗦着，像是被天地的震怒吓跑了魂战战兢兢，于心不忍了，伸出手去将她轻轻搀起来，温柔道："都什么年代了你还这么迷信？很晚啦，早点睡吧。"

丁吴贞心有不甘地拍打着那些风中飘忽的纸灰，还是喃喃着："一到这种天气我就睡不着啊，老天爷又生气了，它在怪我呢，我怎么能不给她烧点纸呢？都是可怜的孩子，可怜的孩子啊……"

她的背影渐渐没入黑暗，夏初心底升起一种与世长别的悲怆，仿若一只双翅灌满重铅的羽鹤垂头倒地。她黯然回首，华唯鸿披衣在门前默然注视着她，沉寂无言。

220

这一夜睡得不安稳，但到了早晨，天地又焕然一新了。

推开窗户，海风盈面。华家的房子位于海岛西北高地，能俯瞰岛上油画般的全貌。当她看到蔚蓝的海面在阳光下金光四射，惊恐便烟消云散了。

"这不是海啊，分明是一大片流动的琉璃。"她由衷地赞叹。

"我说过，在这儿你肯定不会做噩梦。"华唯鸿抱着她在窗前来了个深深的拥吻。

岛上有淡水湾，浅浅的月牙儿，水色清澈见底。华唯鸿带着夏初赤足走在水中，踩着那些赭黑凉滑的鹅卵石，看青灰色的小鱼小虾没头没脑的撞上脚背，痒得惬意。

夏初一路走一路不停地摘，虽被告知这岛上最著名的是绵延数里的野生水仙，她却对见惯了的芦苇爱不释手。青绿油亮的阔叶芦苇被她折下攥在手中，攥到手心全是清香，白色的水仙花则别在裙上，不知名的紫色爬地野花被盘成一圈戴在头上，甜香四溢。

蜜蜂贪这花甜气，绕着她一路追个不停。夏初惊叫着又跑又跳。

"扔下那些花！"华唯鸿大声提醒，她不肯听。秋天的蜜源紧张，饿着肚子的蜜蜂一路鸣笛，把她追得慌不择路，脚下一滑，就坠入一片滑腻腻的水塘。水塘被大片黄色水仙虚掩着，多年积水下面是深不可测的淤泥。

她越挣扎身子越向下沉，脚下有一只看不见的手拽着，瞬间难以呼吸。华唯鸿的声音在耳际一晃而过。夏初顿时绝望了，她仿佛看见那个人，那只手，自淤泥中爬了出来，紧紧地抱住了她的脖子，勒得她喘不过气来。这时候一张苍老的布满老年斑的手在远处拨开了花丛，扔过来一条手腕粗的麻绳，打着手势。

"孩子别怕，我拉你过来。"

顾夏初看着那苍老的手，那张苍老的脸，在面前渐渐清晰，是虾叔。

华唯鸿一脸惊惶地回过头来，这才发现顾夏初在水塘里面狼狈至极。

"她还好么？"

虾叔没有答话，很快低下了头。当他把夏初拖离了泥潭，突然站在那里，意味深长地看着华唯鸿，长长叹了口气，抬手指指水塘那头。

华唯鸿顺着他的手望去，水塘尽头是绵延向下参差不齐的怪岩乱石，水仙花纷纷洒洒黄金毯一样铺下去，毯子尽头是一片黑绿的海水。将金黄与黑绿截然分开的不是礁岩乱石，而是几条不知道拴了多少年的身上写满无数孔洞和缝隙的沧桑古船。在一条最大的古船甲板上横放着一个黑黢黢的冷硬的木质躯体。那冷硬的躯体一入华唯鸿的眼帘便隔空击破了他的心脏。他瞬间就忘记了顾夏初的存在，揣着满怀鲜血用手臂拨开面前的怪石岩角，一重又一重，迎着呼啸的海风壮烈赴死一般奔了过去。

夏初沾着一身泥水，呆呆看着他向海上扑去。他爬上礁岩，跳入海中，攀住腐朽不堪的船板，船板被这久违的抚摸扯烂了骨架，瞬间分崩离析，在海上化为碎片。

华唯鸿爬上甲板，在那具黑色的棺木前缓缓跪了下去。腥烈的海风伴着木板的腐臭，刺鼻难闻，但他还是紧紧抱住了那冷硬的木板，就像抱住自己刚出世的婴儿。棺木不会因这温情的抚摸而动摇，即便是滔天的巨浪，她的身体早就被手臂粗的铁链牢牢地捆缚在船板上。她是与刑具早已石化为一体的受刑人。

虾叔离开了。

顾夏初怔在原地。远处海上起了一抹霞，渐渐，烧透了天空。

神秘岛

结荻鸟

222

华唯鸿身子本来就羸弱，长期忙碌在都市里的人，一转到这敞风露雨的地方，瞬间就萎靡下去。夏初进入厨房，看丁吴贞忙前忙后，捣鼓着一堆不知名的草药，又是汤剂又是药丸。厨房内散发着一股草药味儿。

"他就是普通的感冒，吃点西药就好了。"

"他是我儿子，从小到大有什么毛病我最清楚。"丁吴贞忙得抬眼皮儿的功夫都没有，她把这个城里来的儿媳看得极贵重，一点儿鸡毛蒜皮的家务都不舍得让其沾手，但却始终改不了一家之母的专断。

"我不是这个意思，我是怕您累坏了。"

"你要是心疼我，就专心陪着他赶紧给我生个孙子出来。"

夏初不禁笑了，"哪儿能这么快？"

丁吴贞把在灶台上煎着的药汤重重一搁，"想让我入土之前也看不到孙子是吗？"

顾夏初看她发火便娇笑，"不是我不想，是他不肯。他老说工作太忙，身体也不好，要不了。"

"怎么要不了？想当年我和他爸爸吃不饱穿不暖，天天出海打鱼下地干活儿，不知道有多苦多累，还不一样把他给生出来了？他就是想熬死我。"

顾夏初吓了一跳，丁吴贞竟然哭起来。老人动了怒气像个孩子，越哭越伤心，露出前所未有的泼悍，跳到门前哭着数着她这一生的悲辛。

"你个没良心的东西，把你养这么大我容易吗？你现在出息了，我说什么你都不听了！"

丁吴贞对着儿子的卧房叫骂，顾夏初很是尴尬，灰溜溜地回去。华唯鸿在暗影里坐着，一言不发。

"想不到你妈妈这么厉害……"

"又一个祥林嫂。"华唯鸿叹息着。

"我是想哄她来着。"

"她心病搁在那儿，你哄她也没用。"

"那咱们就给她生一个?!"顾夏初突然小鸟依人一般挂在华唯鸿的脖子上咯咯笑着。

"这时候你还能这么开心?"

"你不是带我来养病的吗？不开心一点怎么行?"夏初长长舒出一口气，抚着他的脸颊，"我怕我的病好了，你却病了。"

"放心，我不会。"华唯鸿虽然这么说着，脸上的阴云却依旧没有散去。

顾夏初扳过他的脸，截住要竭力掩饰哀伤的那双眼，定定地看着，幽幽问道："说吧，你是不是还在为那个死去的人伤心?"

华唯鸿的面色又沉下来，他不想将这段伤痛赤裸裸地展示给新人看。

顾夏初沉不住气了，"你妈妈为什么不肯给她下葬?"

"老一辈人的说法，死于流产或者难产的女人是没有资格入祖坟的，因为她们没有完成子孙绵延的使命。我妈妈坚决不肯给她一块坟地，风水师说，浮葬海上可以逢凶化吉……"说到这儿，华唯鸿的声音弱了下去，那时候的他太懦弱，不知道反抗。

顾夏初眼中的光亮陨落了，她说不出一句话，良久才喃喃道："你妈妈真残忍，还有你……"

"不，那时候我父亲已经不在了，所有事情都是族中长辈做主，我说服不了他们，因为这件事我就出国了，我曾经想再也不回来了……你不知道我曾经多恨她，白兰临终前给我写过信，她求我带她逃离这个岛，可是这些信我从没有见过，后来在我妈妈的枕头下面发现了，一想到这儿我就心如刀绞——"

华唯鸿话音刚落，外面一声闷响，是锅罐碎裂的声音。

夏初推门一看，药汤洒了一地，一副垂老灰白的身躯倒在地上。

丁吴贞是小中风。她的身子本就是大风过岗的垂杨，早禁不起折腾了。这一刺激让她彻底露了病根，突然间口眼歪斜口角流涎，说话不清吐字困难不说，就连走路也不稳当了。

华唯鸿悔之不迭，原本郁郁寡欢的一副面孔强打欢颜，竭力在母亲面前侍奉，希望把丁吴贞入了半截黄土的身体给拉出来。

岛上有赤脚大夫，把脉抓药是把好手，丁吴贞的身体倒是没有大碍。那大夫被华唯鸿送出了门，迎面碰上夏初，眼神却有些奇怪。

顾夏初和岛上人多半不言语，被这密集的扫视弄得颇不自在。

大夫一走，她就嘀咕。

"这老先生的眼神，怎么跟看鬼似的？"

华唯鸿付之一笑，将几包药草给了夏初。

夏初入了厨房，却听见丁吴贞的声音断断续续地传来，"你看，大夫也给吓着了，你领她回来就是给我添堵的是不是？！长得和那个死人一个样。"

顾夏初心中一冷，那个死人？！她的心隐隐作痛起来，心魂也随之飘到海上……一条白蛇自冷冰冰的湖中缓缓冒出，吐出了红色的蛇信，在空气中咝咝作响。

"谁说的？您的眼睛不是看不清？"华唯鸿小心翼翼劝说着。

"大家都这么说，你真当我这个老太婆瞎了？我看不清还有耳朵呢！"

这时，院内突然传出一声凄厉摧心的惨叫，趴在屋檐上的野猫也不合时宜地叫了起来，顾夏初握着汤碗的手发抖了，她想起了曾经涂抹在康德医院墙上的那些药物，一种报复的快感油然而生。

丁吴贞的病丝毫不见好转，反而越来越重。

顾夏初陪华唯鸿叹着气，又将他昔日的话还给他，"你说了，妈妈有心病，她一时半会儿是好不了了。就连我夜里也经常做噩梦……"

"做噩梦？"

"是，"夏初目光幽然，转向老房内的旧家什，她们无一例外都是冷笑着的，暗含狰狞的，"我梦见一个穿白衣服的女人，她总是站在窗前看我，看得我心里冷飕飕的，一冷就醒啦。"

顾夏初漫不经心地说着，丁吴贞却在半睡半醒之间睁开了眼睛，惶恐不安，捶着床沿对华唯鸿嚷道："我就说是她在作祟，你看她又要盯上夏初了！"

"无稽之谈。"华唯鸿不耐烦地披上外套向外走去。

顾夏初恍然懵懂的眼神目送华唯鸿出去，心内不由得感慨，还是女儿贴心，生个这样的儿子连句慰帖的话儿都没有，丁吴贞到底是有些可怜。

顾夏初借口去寻华唯鸿回来，抬脚出了门。

她在岛上四处游荡。

她是不断在做梦，在上海也做，在这里也做，梦中都是一个岛，梦中都是那道门，它湮没在雾海中，恍然似真。如今她终于可以寻到那栋破败的门。

门是漆过的，带着斑驳的红漆留下的印迹，如色衰妓女脸上的残妆，掩映在爬满墙的绿色藤蔓植物里面。这岛遍布藤蔓植物，头顶，脚下，到处都是散发着浓烈青草香气的藤蔓，它们无处不在，一双双妖娆的绿色眼睛在阳光下闪闪发亮。

红色的珊瑚碎片铺在门前像是刻意的摆设。珊瑚红在浓绿之中刺目耀眼。她拾起那些珊瑚，不由得想到在小鱼手上的那些红珊瑚。它们都一样从海底出来，带着浓烈的海水腥咸的味道。

她拾起珊瑚，凑近鼻尖轻嗅，被一阵若有若无的歌声吸引。那歌声非常的幽远，在哗哗作响的海浪声中几乎微弱不可闻，但又有着很强的渗透力，渗透到她身体的每一个地方，使得她身上的每一个毛孔都张开，感受着那沁入骨髓的凉意。

她驻足，左右寻觅着歌声的来源，最终却发现它来自面前的老房子。

"你站在那里做什么？"

夏初吃了一惊，转过头去，看见一个人站在身后，是虾叔。他抱着一篓刚捕上来的海蟹，站在一堆沙柳下，静静地看她。

"哦，不，我……"

"为什么不说话？"虾叔将那篓蟹放下，走近夏初，微眯着眼睛打量着她。

他总是听不到我说话。夏初内心叹息着，他确实老了，看自己都吃力，那双苍老混浊的眼睛总是茫然的寻找她的方向。

"虾叔，我在这儿。"夏初又喊了一声。

虾叔还是没有听见，但他仿佛感觉得到夏初的存在。

"哦，你在这儿。你的声音总是那么小，让我听不到，像小时候一样嘛，没有变。那首歌你还记得。"虾叔絮叨感伤地说着，将两只海蟹小心翼翼的放在了门前，对着空中絮絮叨叨，"这是你爱吃的。"

原来他并没有看见夏初。夏初被雷击一般呆在那里。

那个叫白兰的女子，那歌声，看来确实存在。

"虾叔，这岛上真有一个叫白兰的女人么？"夏初向虾叔追过去急急追问着，但是虾叔没有看见她一般，抱起那鱼篓转身默默地去了。

夏初失望地看着虾叔的背影，身后的那栋房子忽然发出了呜咽的声音。

那是海风灌满窗户穿越空堂的声音。

她想绕到那栋房子的后面去看个究竟。

她拨开那些野蔷、荆棘和杂生的不知名的灌木，小心翼翼地探过身去，却险些跌倒。一枝黄色的长满刺的不知名的长藤缠住了她的脚踝。她惊叫一声，这突如其来的牵绊加剧了心头潜在的恐惧。

她用力撑起身体，扶着一棵歪在那里的粗壮的树枝向房子后方绕去。自己的身子总是那么轻，风一吹就散一般软弱无力。

这是一栋普通的民房，又不普通。

它有着和岛上其他民居格格不入的鲜艳的颜色。红色的门，白色的墙面，再加上面前这黄绿色的斑驳的窗户。房子的主人热衷颜色，就像自己，喜欢各种绚丽却又偏向柔和的颜色。

那破旧的两扇窗户上还糊着农村家常的那种白色高丽纸。高丽纸早被多年风雨撕裂，只剩下些碎片粘附在一格格的窗棂上，在风中呼啦啦响着。响声无力又凄凉，和远处传来的海浪咆哮声相比就像有人在呜咽。

不，是有人在呜咽。

夏初悚然，她仿佛看到一个影子在房内一闪而过。毫无疑问那是一个飘忽的人影。

是幻觉吧？一定是。她不自觉地摸向怀内，那些镇定的药物早已不在了。

那窗户就像一只黑洞洞的眼睛冷冷看着她，看得她浑身发毛。她想逃。

吱呀一声，窗内一丝缝隙开启，一片红色的蝴蝶飞了出来。

那不是普通的蝴蝶，是街摊上老艺人剪刀镂刻的纸蝶。它停在窗口，随风做出扬翅欲飞的样子，却平平地飞不起来，在窗台上做了个无力的滑翔，闪着猩红的光。

神秘岛

227

结荻鸟

228

她不由得伸手去摸它，却碰到一个冰凉的东西从窗内出来，一只手紧紧抓住了她。

"啊——"她失声尖叫，本能地缩回手去。但那只手死死把着她，铁钳一般的冰冷。她抬眼，透过窗棂，她看到一个披头散发的女子。

那女子面目模糊，一双眼黑漆漆陷进眼眶，张开嘴巴对着夏初喃喃着："回来，回来吧，白兰。"

"不，我不是什么白兰。我不认识她！"

夏初拼命挣脱那只手，但紧接着又有一只手出来，死死抓紧了她。

夏初明白了，这个房内根本没有人存在，抓她的是不应当存在的东西。她惊恐万分，大声喊着，呼叫着，但是山风呜咽，吞没了她的声音。

"华唯鸿，救我——"夏初已经快要崩溃，在山间大声喊着。

那个女子的面孔忽然像一团黑色的烟雾一般飘了出来，越来越近，几乎凑到自己的嘴边，要和自己口对口说话，她眼前一黑，晕了过去。

当她醒来时，已是第二天上午。

华唯鸿正守坐床前看着当天的报纸，旁边一部小型半导体播报着当天的新闻。

他的身影浮印在窗外的浓浓绿意之中，说不出的亲切与安稳。听到响动，他冷静的目光从报纸上转射过来："你醒了？"

"哦。"夏初呻吟一声，从床上支起半个身子，双手用力抱头埋在膝上。真希望这是一场梦，但很明显，它不是，腿上的伤痕清晰可见。

"你昏倒在教堂后面的黑树林里，我费尽力气才把你背到山下。你的身体怎么那么重？哦，就像怀胎十月的孕妇。看我膝盖，为了你我还差点把脑袋磕在石头上。"

"那是鬼上身了，"丁吴贞拖着半边身子一瘸一拐地进来，"以后不要去那片树林。"

"我不是有意的。"夏初像做错了事的小孩，还在恐惧的恍惚之中，"我听见了一种奇怪的叫声，好奇怪，像婴儿的哭声，又像女人在喊叫……然后，我看见一只庞大的怪鸟从我头上飞过，她飞入树林停在一棵老榕树上，身子几乎霸占了整棵树，长长的白色尾巴像凤凰一样垂下来，像闪闪发亮的冰雪瀑布，她甚至开口跟我说话，她说，这棵树就是我的巢，我的孩子死了，这是她的坟地，你们谁要靠近这里，我就要让她陪葬……我吓坏了，一只鸟，一只鸟怎么能说话？原来除了翅膀之外，她长着一副女人的躯体，覆盖躯体的白色羽毛上沾满了鲜血……"

顾夏初黑眸幽亮，说得痴然。

丁吴贞听得心头罩上一层寒意，忙不迭地打断："一定是鬼上身了！"接着，她用拐杖敲击着地砖，吭吭作响，"这个岛上阴气太重，这几年总是怪事不断，你们还是回上海吧。"

"妈妈你不要听她胡扯！"华唯鸿皱皱眉头，不以为然，"这不是你画里的情形么？"

丁吴贞动了气，"算了算了，你们这些年轻人，满脑子都是乱七八糟的东西，欺负我老糊涂了。"

"妈妈，我是故意吓他的，你别担心了，哪儿有什么鬼？我们都好好的。"夏初抱住丁吴贞亲昵地撒着娇，丁吴贞这才平静下来。

"她都是胡编乱造，您怎么那么认真？"华唯鸿看母亲仓皇的神态觉得好笑。

倒是夏初不服气了，"谁说我是胡编的？！小时候我奶奶常跟我讲，世上有这种鸟，是难产而死的女人变的。因为腹中的胎儿死了，她也死了，所以她怨呐，死后就变成了鸟一样的鬼怪。每到晚上，她的魂魄就会出来游荡，挺着鲜血淋漓的死孩子走在路上喊着，痛啊，冤啊，痛啊，

229

冤啊……"

丁吴贞的五脏六腑又纠结到了一处，她忍着，不在脸上发作，那股难受就堵在胸口翻腾着。

"姑获鸟的孩子死了，她就想抢别人的孩子。谁家要生孩子了，她就在谁家的屋顶叫唤，要是大人不小心将小孩子的衣服晾在外面，她就会在上面留下三滴血做记号，谁家的小孩子就有血光之灾。"

顾夏初自顾自说着，丁吴贞的脸色渐渐灰白。她想起十几年前的那个雨夜，那张苍白的脸在她面前举起手中的婴儿衣物，凄若寒蝉，"我肚子里怀的是你的亲孙子啊，你怎么能这么狠？在我孩子的衣服上下'血蛊'？"

那时的她恨极了，来不及解释就给了那张白脸一耳光，"我是巴不得你马上去死，但是害人的事情我做不出来，什么'血蛊'，亏你想得出来，我看你是得了失心疯了！"

那个大雨之夜，那张苍白的脸，是丁吴贞永远的噩梦……

生命在时间隧道内呼啸而过，暮秋不过是一瞬。

整日埋头与尸体交流的白启帆又给王重光送来新的线索，谢永镇的司机老孙体内发现了类似于"绿巨人"的致幻剂。

"太晚了。"重光叼上一根烟，长长呼出一口气。

谢景阳自杀，谢永镇出车祸，李宛冰暴亡，甚至周一苇意外坠楼，这一连串的突发事件背后仿佛有一个人在连线操纵着，不着痕迹，不露声色。如果早一点知道那场车祸乃是人为，或许李宛冰等人的死可以避免。

"没办法，老孙的家属坚决不同意解剖，我做了这么久的工作，她们才同意在《尸体解剖知情同意书》上签字。这一拖就是四十多天。一拿到手续我就想入手解剖，可他们又忘了提前解冻尸体，害得我又误了两天。"

"看来要害死谢永镇和李宛冰的是一个人。这个人会是谁呢？"王重光眉头紧锁，是周一苇吗？可害死谢永镇对她有什么好处？华唯鸿么？无论是作案动机还是作案条件都太勉强。华为人孤傲冷静，这样一个高智商的医学精英怎么会用这么低级且易失控的致幻类药物？但是华的突然离去也让重光产生疑惑，华唯鸿真的是为了给顾夏初养病而离开上海的么？还是为了逃避一些什么？想到顾夏初，他始终觉得这个女子身上罩有一层阴郁，紧接着他不禁又想起昆山留给他的照片。照片中的江小鱼眉眼清秀，浅浅笑靥，像极了顾夏初。忽然，他脑海中电光一闪，江小鱼与顾夏初只是彼此酷肖吗？她们之间会不会存在某种联系呢？江小鱼，江小鱼，难道她是随了谢永镇的前妻江一璃的江姓？

他越想越多，越想越乱，隐隐感觉到自己的调查远远不够，江小鱼和顾夏初这两个人身上藏着很多故事，他却从没有深入调查过。

谢永镇爬过了鬼门关，可深邃的悲伤、懊悔与忧惧铸就的沉重枷锁押着他，他还是难以摆脱身下那张床。

姚桂云内心深处的贤淑与温良发酵已久，丈夫的卧床令其倾泻而出，她又找回了妻子的身份和价值，满足极了。

两人在日夜的默默相对间，又捆绑在一起了。夫妻的媒人不是爱情，是岁月。

谢永镇躺在床上，睡了又醒，醒了又睡，他不是累，是逃避。恍惚间，一双眼睛在床前默默注视着自己，他以为是姚桂云，轻拍她的手，床边却只有冰凉的木板。

他睁眼，窗外，一只黑猫默默地注视着他。

黑猫一动不动，仿佛有一肚子的话对他说。她的四条腿粗壮有力，腹部隆胀，一位尊贵的猫太太。

　　他忽然想起姚桂云方才说过的话，顾夏初和华唯鸿在一起了。心头那惊悚不亚于猫的诡秘一跳。她到底要做什么？

　　"谢院长，请问您有几个女儿？"

　　那个可恶的警官又来了，他身上带着盖不住的劣质香烟的臭味儿。谢永镇闭着眼睛忍着厌恶尽量不抬眼看他。

　　"我就一个女儿，谢晏菲。"

　　"那顾夏初和您是什么关系？"

　　"我前妻的女儿。"

　　"那她也是您的女儿喽？"

　　"这个你可以去问她，问她眼里是否有我这个父亲。"

　　"呵，原来是这样。那您应该有两个女儿了？"

　　"我不知道。"

　　"谢院长您别这样。我们这也是为了您的安全着想。"

　　"土埋了半截的人了，什么安全不安全，我不在乎，只要你们这些所谓的'人民公仆'别来打扰我就行。"

　　"您说得好，身为'人民公仆'必须得为人民服务，您就给我们两分钟让我们把工作做到位好么？麻烦您配合一下。"

　　沉默。

　　王重光从皮夹内抽出一张泛黄的照片，这是昆山珍藏已久的小鱼的遗照。

　　"再次向您表示抱歉，其实我们是想查一个人的下落，这个人您认识么？"

　　姚桂云匆匆一瞥，眼波就触电一般瞬间自那照片上面滑了过去，王重光紧追不放，"您认识？"

"不认识。"

姚桂云还未开口，谢永镇先一口否决。

"我想您最好是看一眼，这样有助于查清楚您所遭受的那场车祸的真相，如果是有人蓄意谋杀……"

姚桂云紧张地大嚷起来："什么？你说有人要杀老谢？"

王重光点头默应，紧盯着谢永镇，结果看到他眼中沁出泪珠，顺着脸颊流下，咬着牙下了逐客令。

"我很累，我要休息。"

重光无奈，带着渺渺撤出了高级病房。看到江小鱼的照片的那一瞬，恐惧自姚桂云放大的瞳孔中扩散的一刻始终没有逃过他的眼睛。

一同出来的渺渺很是迷惑，"昨天咱们明明调查过谢永镇的那些老同事，谢永镇和他的前妻有一对孪生女呀，他为什么要说谎？"

"他们离婚时，两个女儿也分开了。大女儿跟江一璃下乡改造，由他抚养的小女儿则在五岁时走失了。你想想为什么会这么巧，女孩儿会在谢永镇要和姚桂云结婚之际走失？是真的走失还是有意抛弃都很难说……我猜他是太心虚了，因为没有尽到一个父亲的责任，所以刻意回避我们。"

"谢永镇再冷酷，他也是孩子的亲生父亲啊，能把好好的孩子送到孤儿院去真是禽兽不如呢。"蔡渺渺越想越心寒，难掩心中鄙视。

重光则长吁一口气，"或许另有隐情？我看姚桂云看见江小鱼的照片时神色很不对头，当年是她抵触前妻的女儿，把小鱼送到了孤儿院也说不定呢。"

"这只有去访问孤儿院的育儿员了，可惜孤儿院早已经被拆了。"

"曾昆山知道孤儿院的名字，或许我们可以借此找到在那里工作过的嬷嬷。"

　　王重光离开了，谢永镇的心在缓缓滴血。

　　他怎么会不认识自己的女儿呢？曾经，他有那么一对粉雕玉琢的双生女，绕欢膝下，喜乐融融，那时候他是多么幸福的父亲，多么满足的人啊，怎么就到了今天如此凄凉的地步？他的心是冷的，甚至后来小女儿晏菲的降生也没有把他心头的寒气驱走半分。

　　那时他一心想与已被定为"反革命"的江一璃划清界限，急着与姚桂云梅开二度，于是将小鱼儿送到孤儿院暂养。毕竟这世上有哪个新婚的女子会心无芥蒂地接受前妻的孩子呢？他本想将来有机会再向姚桂云解释此事，将女儿接回来。谁知道面对强悍的老丈人和骄气日盛的新娇妻他始终开不了口，一拖再拖。等"文革"结束，老丈人很快失势下了台，姚也收敛了许多，他想这次可以把小鱼名正言顺地带回家了，却发现孤儿院已经被拆，所有的孩子一夜之间不知去向。

　　后来他才知道孤儿院在被拆之前是给他发过几次通知函的，偏偏这些函文都落到了姚桂云手上，女人的小心机使得他错失了带回女儿的时机，乖巧柔顺的小鱼儿竟被一个鱼贩子鳏夫给带到了乡下。在那个信息不畅的年代，这一别就是石沉海底杳无音讯。

　　"我怎么也没想到你会这么狠毒，那是我的女儿！"

　　之后的二十年，只要一想到江小鱼，他就会对姚桂云怒吼咆哮，愤怒到极点时脸上都有了杀人的欲望。

　　姚桂云面色苍白，当年的独断给婚姻埋下了一颗重型炸弹，这是她后悔不迭的。

　　"我说了多少次，你之前不跟我讲，我怎么知道那丫头是你的亲生女儿？孤儿院的嬷嬷说那丫头是你朋友的孩子。我要知道那孩子是你亲生的，打死我都不敢替你做主！"

谢永镇一口闷气堵在胸口，是啊，谁让当初自己鬼迷心窍，生怕漏了风声，刻意在孤儿院嬷嬷面前谎称那孩子不是自己的？

"刚才公安都在，是你自己不肯认那个女儿的！你打什么主意我都想不明白，到头来出了事你就只有怪我。"

姚桂云边哭边喊冤，谢晏菲不知何时进来了，畏怯地躲在一边，她心头如小鹿乱撞，原来自己真的是有两个姐姐的，那个在夜里曾经扑向自己的黑影，那个从柜子中爬出来嘲笑自己丑陋的女鬼难道不是幻觉？

她甚至要哭了，自己身处于多么恐怖多么复杂的家庭啊，哥哥景阳跳楼自杀，那个不能见光的姐姐夏初精神失常，而另一个姐姐竟然失踪？她逃离了这室闷的病房。

杜小麦的身体已经康复，为了驳斥晏菲说他是只温顺的绵羊味儿男生，他正在健身房内苦练哑铃，立志让自己的胳膊随时会鼓起两座小山。

当他听完晏菲的哭诉，吃惊地瞪大眼睛："什么，你还有个姐姐？天啊，你爸爸到底有多少私生女？"

"她们是我名正言顺的姐姐，不许你乱说。"

"这么多年你都不知道？"

晏菲怔怔的，摇头，以往她能从父母的争吵中隐约感觉到什么，却没有像今日这样得到确认。

"今天警察都查上门了，我爸爸又为了这个和妈妈吵起来，抱怨妈妈太自私，所以那个姐姐才丢了……"晏菲说着说着竟然哭起来，杜小麦将晏菲搂在怀里，轻声安慰道："你别哭了，警察找上门来，是不是找到了你姐姐的新消息？我们打个电话问一下不就知道了？"

王重光本来是对谢永镇的冷漠态度深为不解的，世上怎么会有不认亲生女儿的父母？这把年纪还不肯为当年的失责而认错赎罪，更脱离人之常情。正想到这儿，他的手机发出了振动，是昆山发来的短信。

"我不是杀人犯。我辞职了，去一个很遥远的地方找她。"

王重光心头一沉，他没想到昆山如此决绝。可是昆山能去哪里寻找江小鱼呢？他的短信马上追问过去，却没有回复。

这会不会是曾昆山为了洗脱自己的嫌疑而故意散布的烟幕弹呢？

重光心雾缭绕，忽然白启帆推门进来，气喘吁吁道："今天我在解剖室看到一个人，你猜是谁？"

"谁？"这一瞬，昆山那哀伤的眉目马上在眼前一晃，重光下意识抓起手机。

启帆举起血淋淋的油画，"看这画，跟着死者一起来的。"

重光接过那幅画，一个女子披头散发，身子怪异地扭曲，腹部高隆，仿佛里面的婴儿随时会破腹而出，眼神阴森。气氛诡异也就罢了，女子赤裸的躯体也都被死者的喷溅状鲜血染红了。

"这是那个蒙娜丽莎？"

白启帆顾不上抹一脸的汗，顿时笑得喘不上气。也难怪，重光是一代工农子弟，本来就对西方文化一窍不通，"唉，老王，你应该去补习一下英美文化，否则将来断案都有障碍。"

"我学那玩意儿干吗？英国人还烧了我们的圆明园呢！那是有文化的人干的吗？我们中华文明数千年，孔子说'礼至不争，乐至不怨'的时候，那些英国鬼子还不会擦屁股呢！这世上有爷爷听孙子讲课的吗？笑话！"

"打住打住，这画的作者是谁你不想知道吗？"

"你把我气急了，死的是谁？曾昆山？"

白启帆摇头苦笑。

"老宋？"重光脑袋"嗡"的一下，想起康德医院那个执拗又可爱的疯子画家，"这是他的画？他不是'理象派'吗？这个不像。"

"谁说画家只能有一种画风？"白启帆用酒精擦拭着木质画框上的斑斑血迹，"他把自己的血当做颜料了吧？再浓烈的腥气也掩盖不了他的才华。虽然恐怖，但不得不说真是一幅杰作。"

"怎么死的？"

"好像是自杀。"

"好像？你什么时候学会含混了？"

"护士说老宋最近神思恍惚，一直在闹自杀。他说自己遇到了一位女神，要和女神去另一个世界。清醒的时候他也很哀伤，常常对着墙壁说自己失恋了……他的尸体送到解剖室的时候，腹部插着一把尖刀，指纹是他自己的。"

重光听了不由得拍案而起，一方面他觉得老宋确实是个颇有才华的画家，死得可惜，另一方面出于警察的高度责任心，对康德医院产生强烈反感。

"死者自杀的刀是哪儿来的？不是说医院里面严禁私藏利器么？"

"刀的来源还没有查清楚。看护他的那些护士回想起来都很后怕，她们说平常别说一把刀，就是一根牙签儿也逃不过她们的眼睛，谁也想不到病房里面还藏着这样的东西，倘若病人用来行凶，后果不堪设想。她们根本想不出来病人平常将刀藏在了什么地方。"

王重光拿着那画，略一沉思，将刀在油画的画框后面轻轻一插，"如果这样挂在墙上，谁能看得出来？"

白启帆眼睛一亮，"厉害！还是你有经验。"

"这还需要什么经验？傻子都想得出来。"

"老宋的死因也不简单。他不像是死于失血过多，更像是死于极度恐惧。"

"极度恐惧？"

"老宋的死状很像李宛冰……康德医院接二连三地死人，又有闹鬼的传闻，我怀疑他受了影响，病情加重，产生了非常恐怖的幻觉，这种幻觉最终导致了他的死亡。"

"难道这医院里又有人用致幻性药物杀人？"

"未必。像老宋这样思维极度混乱的人，给他长期灌输一种心理暗示也能达到同样的效果。你看他临终前还在画这幅画，太诡异了！"

王重光看着那幅画，有种很奇妙的感觉。

"这个女的到底是人是鬼？难道是妖怪？！"

"看这名字，"启帆指着画中的一排小字，"姑获鸟。"

"姑获鸟？没听说过。"

"姑获鸟的传说湮没很久了，据说是一种似人非人，似鬼非鬼的妖物。古人有很多关于它的记载，说它是一种喜欢滴血降灾，摄人魂气的鬼鸟。当它脱下了自己的皮毛就会化作女子，而且是孕中的女子，像图中这样腹部隆起。为什么它会变幻成孕妇的模样呢，多数说法是这种鸟是难产而死的女子附体，所以怨气很重。"

"看样子老宋很迷恋鬼神传说，他在脑海中潜心构思，想着如何还原姑获鸟这种恐怖的原形，但是过于投入，走火入魔，导致病情加剧，在创作中产生很严重的恐惧幻觉——"

重光与启帆二人正对老宋的死反复推演，蔡渺渺推门进来，看到那溅满鲜血的画吓了一跳，手中文件差点掉落地上。

"吓到你了？"

"有点儿。"

她惊魂甫定，凑到白启帆面前皱眉打量着那画。

"这是康德医院那个老宋的临终遗作，诡异吧？"

"这是——"

"姑获鸟，传说中的一种鬼鸟。你注意到没，她那裸体身后披着一层羽毛——"

"什么鬼鸟，"蔡渺渺皱眉，发现新大陆一样嚷起来，"这不是顾夏初么？！"

王重光如醍醐灌顶，怪不得，他看那画总觉得怪怪的。

"方才一推门，我就被这双眼睛吓了一跳。就像每次我看见顾夏初一样，她的眼神太阴冷，看得我脊背发凉。"

王重光赫然想起当初去看老宋时，小护士讲的一些笑料。老宋对顾夏初迷恋得神魂颠倒，院里人都见识过老宋见到夏初时怔然出神的丑态，嘲笑他是"猪八戒见了漂亮女人挪不动腿"。

"把自己喜欢的女人想象成姑获鸟，的确是艺术家才有的思维。"

"难道这个姑获鸟就是老宋遇到的那个'女神'？那个'女神'就是顾夏初？"白启帆翻来覆去念叨着，忽然一下子跳起来，"老宋在自杀时对救他的护士们说，他必须用这把刀结束自己垃圾一样的生命，因为这刀是他的'女神'留下来的！"

"你的意思是这刀原本是顾夏初的？"

"不会吧？"蔡渺渺很是疑惑，"顾夏初怎么会有刀呢？这种恶心的老男人，顾夏初怎么会搭理他，还给他留下一把刀？简直是莫名其妙嘛！"

重光几乎被蔡渺渺这一说给掉头转念，忽然他又想起老宋的那些话，那些支离破碎的女人衣裙，那些剪刀手，那些绿色叶子一样密布墙上的一只只鬼魅般的眼睛，不，这里面还是有玄机的，他需要细细地，细细地斟酌。

Chapter

不要吵醒她 *14*

其实我来自一个你所不知道的岛屿，

黑暗中，

也常常哭泣。

室内阴冷。

在阳光剧烈的岛上游荡太久，突然走进这样阴暗的房间，眼前便是一片黑暗，如同盲目。空气中令人窒息的味道类如潮湿的苔藓，朽烂的衣物，腐败的动物尸体，这种味道充满不祥的暗示。

房子内深，比她梦中的要大很多。

是的，她在无数次的午夜梦回中见过它，那座屹立海岛之巅的教堂。

华唯鸿说，在洋教父死后，那座教堂就没了主人，"文革"前后被改作了来岛上流放的劳改犯安置所。

它是上下两层的。甚至，房内一角还有一个狭窄的木质甬道口，看来是通向了地下。

墙壁上有很多陈旧的贴画。大幅大幅的高丽纸贴画，画的都是海岛上诡异艳丽的野花甚至海鸟，笔致精美简洁，虽然已被时光磨损得黯淡发黑，大块脱落，但磨损不了画作者过人的绘画天分。她情不自禁地伸出手指，借着昏暗的光线在空气中顺着它们的花纹线路游走，想象着作者昔日描绘它们的情形。

时而，空气中有毕剥的响声，从阴暗的楼道内传来，像是有人在暗中开门向这边偷窥，又像是穿裙子的女郎疾步跑过走廊发出的沙沙声响。那些房间就静静伫立在走廊尽头，像一张张藏在面具后面的脸，诡秘莫测。

忽然，一个黑色的物体向夏初袭来，夏初惊叫一声，本能地抱住头蹲在地上。那物体又从夏初头顶一掠而过。那是一只黑色的野猫，四肢粗壮，孕相明显的肚子，在窗前消失的一瞬她留下一句话。

"不要吵醒我。"

哦，她在张口说话，"不要吵醒我……"

夏初怔然，发现墙壁上干结的赭红底色在慢慢融化，变做了缓缓流动的血浆，地板上多了一缕粘腻的如美人之舌一般红艳的血迹……哦，不要吵醒我，你是我的乖女儿……这凄凉的声音在教堂的阴暗走廊内回响，她站在楼梯的拐角，瞪大眼睛，望向黑暗尽头，有"咔咔"的闷响。

她闭着眼睛缩成一团不说话。她知道那是一个人的身体碎裂的声音，关节，骨骼，肌肉带着鲜血一起在钝器下四分五裂的声音。那种声响成了永远挥之不去的噩梦，经常会在她的耳边回响，"咔咔，咔咔……"

每当听到这种回响，她心脏的血液就瞬间凝固，喉头梗塞，脑部缺氧……眼前一片黑暗……闭上眼睛的一瞬，一个影子压了下来，她不敢看那张脸，眼角的余光只见那影子脚上的一双红舞鞋，她艰难地喘息，喉头哽咽，"妈妈……"

这已经不是顾夏初第一次晕倒了。

华唯鸿这次在教堂能找到夏初，不过是凭借第六感，他早就察觉到她对那教堂充满了好奇。教堂十多年无人涉足，他曾有几次试着在里面逡巡片刻，怀恋些童年的美好，但刻骨的阴冷还是令他产生难言的恐惧，惴惴不安退了出去。这次若不是为了寻找夏初，他几乎不想推开那道斑驳诡异的红门。

幼时，他曾经在这座教堂奔跑过，政治风暴来袭之前的教堂是儿童欢乐的天堂。

一批来自陆上的人住进了这座教堂，岛上的人都觉得新鲜极了。当然他们是"犯人"，是被分派到这个偏僻的海岛接受思想改造的，可渔民们都没有把他们当做犯人，反而礼敬有加。

犯人们生活都讲究得很，与岛上人截然不同，他们喝随身携带的香气馥郁的高级茶叶和咖啡，衣服整洁光鲜，不像唯鸿的父母，身上的衣服没有一处不打补丁的。思想犯统共也就七八个，在唯鸿父亲的看束下天天开会，做思想报告，对着一本红色的书发誓检讨。那时候唯鸿的父亲奉命对这些人进行监督，唯鸿也因此常常能跟他们混在一起。他记得其中有一个会跳舞的江老师，长得尤其漂亮，却最不积极，常常是以冷哼和白眼对付唯鸿父亲的训斥和警告，唯鸿的父亲也不生气。

江老师不是上海来的千金小姐，她是做了母亲的人。可即便做了母亲也不妨碍她有少女一样的秀色，唯鸿至今还记得父亲第一次看见江老师时的情形。父亲的裤裆鼓起来了，这让他幼小的内心第一次对男女之事有了隐秘的感觉。

随着大犯人们来的还有一个五岁的小犯人，她躲在母亲的身后与年少的唯鸿有了平生第一次怯怯的对视。她的眸子闪亮若天上的小星星，皮肤娇嫩若初绽的玫瑰花蕾，与岛上风吹日晒的孩子截然不同。后来，他们成了天生默契的玩伴，她的名字叫白兰，是江老师的女儿。

白兰常有从上海寄来的新皮鞋，脸上散发出雪花膏的香气。那香混着甜甜的牛奶味道，令唯鸿十分着迷。白兰不像她的母亲清高倨傲，私下里常在他面前跳母亲教给她的天鹅舞。她是天生的舞蹈胚子，得了江老师的真传。稚嫩的脚步在地板上优雅地回旋宛转，转出一圈又一圈年轮，他们在那一道道年轮里面携了手，穿越命运的丛林……

　　他是不应该来这里的，这座教堂有他与白兰的第一次相遇，第一次牵手，第一次亲吻，甚至是第一次品尝伊甸园的禁果。他叹口气拧开青石壁上橙黄色的老壁灯，那熟悉的灯亮了二十年，看见他都学会眨眼睛了，还有拱顶下垂着的那盏巨大的铜色古灯，在空中摇摆着身体向他微笑示意，瞬间砰然而落。

　　之后无论如何回忆，华唯鸿都想不起吊灯坠落那一刻有多突然。一个杀手突然之间向你掏出了手枪，蓄谋已久，毫无征兆。瞬间，血就从大腿上冒出，蜿蜒若深红色的赤蛇，整条腿都痛钻心。母亲的警告在耳边响起："那个教堂是闹鬼的！"

　　再痛他也不该晕厥过去，可他的大脑确实失灵了。他强迫自己深呼吸，右手紧掐左手无名指，竭力恢复神智。就在这时，后面涌来一股冷风，楼梯下面上来一个影子，他无力转身，却能感觉到它离自己越来越近，无声的危险的气息包裹了他。那影子歪歪曲曲，像爬在地板上的一条蝮蛇，它的头昂起来了，吐出红色的蛇信，不，它手上举起了一件明晃晃的东西，活像一把尖利的剪刀手，他的身体却瘫软在那里爬不动。

　　时间一分一秒过去，他汗如雨下，它要杀死我！

　　教堂的大门突然"吱呀"一声响了，阴冷的大厅涌入的光亮刺到华唯鸿的眼睛，令他眼眶生疼，接着就陷入一片黑暗。

　　华唯鸿是被虾叔背出教堂的。

岛上大夫来过之后，华唯鸿高烧不起。丁吴贞认定了那教堂是鬼宅，儿子是被不干净的东西给害的。

华唯鸿静静躺在床上，那把在空中晃着的剪刀手始终浮在他的脑海里，焦虑与疑惑折磨着他，以至于手心冒出细汗，受伤的那条腿疼得更加厉害。当他自虚无中睁开眼睛，看到那水妖般的影子飘然而至，他却不敢发出呻吟……

顾夏初成了这个家里最忙碌的人，她已经不是华唯鸿眼中那个忧郁敏感需要处处小心呵护的弱女子了。有时候华唯鸿都觉得奇怪，她与母亲，与自己如此默契，仿佛本就是这个家的一分子。

顾夏初学会了抱着木盆，像其他渔妇一样去岛上仅有的一条小溪洗衣物。

溪水潺潺，鱼游浅底，顾夏初第一次望着水中的自己，由衷地微笑。

忽然，旁边一声惊叫，夏初抬头一看，只见一位胖胖的老妇人不小心踩在了溪边滑腻的鹅卵石上，差点仰头向后倒去。

夏初忙伸出手将老妇人稳稳扶住。妇人连连称谢，但一看夏初的模样顿时失了魂，什么话都不敢说低着头就匆匆而去。

溪边那些洗衣的女人见到这个情形都窃窃私语。

"这不是华家原来收养的那个女儿么？"

"瞎说，那孩子早死了！"

"真是见鬼了，没一个地方不像！华家的儿子是照着原样又找了一个？"

"我瞧见她，就想起上海的那个婊子，一股子骚味儿……"

"呀，别说啦，人都死了这么多年，积点口德……"

一帮女人在一起窃窃私语，嫉妒与辛凉的气味溢于言表。

夏初浑身不自在，默默离开了那片是非之地。

溪水是蜿蜒在海边一片沙柳林里的，刚出树林，就见前方码头停了一条客船。

船显然是刚靠岸，三三两两的船客下了甲板，正向栈桥走去。

其中一个人的身影似曾相识，令她吃了一惊。那人，竟是昆山。

昆山显然也注意到她的瞩目，两人不过是一座桥的距离。

那一瞬，或许夏初可以低头而过，她在桥上却静如落花，淡然一笑："你怎么来了？"

昆山终于确定那人是夏初了，不管怎样在如此遥远的陌生地方还能遇到相识，任谁都会开心，"阴差阳错，一言难尽。"

琉璃岛也就百十号人口，来一个外人尤其惹眼，眼下这一对都市气息浓重的俊男倩女笑意盈盈隔桥相望，那些追随夏初的老女人的目光又多了几分毒辣。

"恭喜你！"昆山的微笑得体，没有写出明晃晃的凄凉。

顾夏初伸出双手与昆山轻轻拥抱，"其实我还是很希望再看见你。"

"为什么？你不怕我了？"

夏初看昆山如此惊诧，浅笑也流淌成软甜，"我为什么要怕你呢？"

她笑得绚烂，昆山一阵寒战。他记得华唯鸿的警告：夏初这样的病人都是有心理症结的，没有摸清这个症结之前，无心的一句话都会是过敏源。他生怕自己犯了忌讳，只能随着夏初的兴致敷衍着，心里却一直纳闷自己在顾夏初的心里到底是怎样一个存在呢？

夏初提出尽地主之谊，帮初来乍到的昆山安排一个住所。昆山心里却还飘着一缕缕疑云，王重光之前对他的种种暗示，令他已经有了不祥的预想，但夏初的浅浅一笑又令他的心死灰复燃，她是不是与江小鱼用了同一张皮囊？

"为什么只有你一个人，华医生呢？"

"他病了。"顾夏初笑中带苦了，"他说这儿是他单独为我开辟的一个隔绝世外的精神病院，怎么也想不到你也会来这个岛上，我真是太高兴了。方才我还想难道你是来我们医院报到的？"

昆山勉强一笑，他最忌讳的就是精神病人。在国外工作时，一个朋友讲过，什么病人都是人，唯独精神病人的一些群体已经不能称之为"人类"。顾夏初的这个玩笑听起来怎么也不好笑，甚至在他听来有些刺耳。

顾夏初并没有察觉到昆山的不悦，仍旧自言自语道："这岛阴气重得很，听说正在闹鬼。"

"什么鬼？"

"一个女鬼，常在晚上出来，还抱着一个孩子。"

"挺有意思。"

"这次可不是开玩笑，大家都这么说，你晚上千万不要出来。"

昆山却只当对方是开玩笑了。他看夏初完全没有了昔日的病态，巧笑倩兮，一排贝齿在日光下闪闪发亮，忽然产生了将她揽入怀中的冲动，这冲动令他心头作痛。

栈桥边有着岛上唯一的一座渔家餐馆。

老板是位五十岁开外的渔家汉子，紫红脸膛，爽言快语。昆山询问附近可有旅店，老板朗笑，海岛的旅游业在这两年才开始兴起，客栈还从未有过。

顾夏初在一旁笑道："我倒是认识几户人家，可以帮你问问。"

昆山称谢。顾夏初翩然而去。

昆山一边吃着老板端上桌的新鲜渔家饭，一边醉心于这里的秀色。云和天都极美，一想到江小鱼生前可能涉足这片地方，他的心头便漾起淡淡的忧伤。

夏初消失了三个多小时，回来时手头多了一把钥匙。

"现在是出海的旺季，渔户们都不在。没办法，我借了教堂的钥匙，那儿还可以将就几天。"

老板颇为吃惊，看了看夏初，"顾小姐，那个教堂也能住人吗？"

夏初反问："为什么不能？"

老板心有余悸地提醒着："那教堂闹鬼，华医生不是摔断腿了吗？难道你忘了？"

夏初一怔，转头看向昆山："你看我说的没错吧？都说这岛上闹鬼。那天教堂拱顶上的灯不知道怎么突然砸了下来，唯鸿受伤了。"

昆山不以为然，"教堂年久失修了吧？没关系，我不怕。"

"你这么说我就放心了。方才我去求村长帮忙，村长说以前也常有游客来，在那教堂住过，没什么事情。不过住不住在于你，实在不行，你来我们家。"

昆山笑了笑，"没什么大不了的，我住就是了。"

两人出了店，向教堂走去。

夏初忽然停住脚步，回头认真地看他，"为什么来这座岛？"

"我？我来找江小鱼。听说她生前来过这里。"

"江小鱼——"顾夏初的眼神又有了阴云，她垂下眼帘，"江小鱼是谁？"

"我深爱着的一个人，她失踪了很久……抱歉，当初把你误认作是她了。"

"哦?"夏初推开教堂那扇门,"这教堂倒是不错,我已经让虾叔把其中一间常住人的卧房清理过了,你住进来正好,吃饭洗漱都很方便。"

"虾叔?"昆山一愣。

"就是这岛上守灯塔的一位老人家,人很厚道,和华家一直交情不错。"

昆山这才注意到一位身形佝偻的老人正拖着扫帚消失在门外。

教堂的吊灯碎裂之后,新装上了电灯。光色昏黄,房间倒是干净整洁,很有点儿小旅馆的味道。

昆山连连称谢。

夏初倒是淡然:"这房间本就漂亮,你看这壁炉,这油画,还有这彩色玻璃窗,大理石地砖,哪一件像一个荒岛该有的?"

昆山也由衷赞叹,夏初又是一笑,"听说这教堂里的房子多被毁了,只有这一间原本是民国时一个洋教父的卧房,他房间里的东西都可以算古董了。还有,你日常饮用的水需要到教堂后面去接。等你休息好了,我带你去海边散心……"

夏初说完就离开了,昆山这两天舟来车往颠簸得很,乏得厉害,不一会儿就坠入梦中。

待他醒来,头顶一片金黄。午后斜阳烘透了遍野花草的芳香,将整个房间熏得又香又暖,丝毫没有临近冬日的阴冷味道。也是,这里是比起上海更要向南的琉璃岛,气候自然不同。

昆山躺在床上正惬意,门外突然传来了沙沙的脚步声。那脚步轻软,有古时淑女温婉纤柔的味道,从楼下蜿蜒而上,伴随着脚步的还有丝丝缕缕的歌声。歌声裹着海水的潮气，泛出腥咸，难道这里还住着别人？他一个鲤鱼打挺自床上起来，推开门看去，走廊上一个人也无，只有昏黄的光。

但那光也奇怪，像是附和歌声打着拍，时明时暗。人影没有，歌声还在，余音绕梁之感犹如教堂鼎盛时的唱诗班。昆山以为是时空转换导致的心理错觉，低头却无意看到一排排水印清晰地印在地板上，绵延至走廊另一端。他凑近仔细看，那更像一个人的足印，带着规律性的跳动，在走廊尽头的房间就消失不见。

瞬间，他脑海中浮现出一幅绮丽景象，一个少女踮着脚尖在这地板上跳着芭蕾，舞步轻盈，滑旋而过，那少女的回眸分明就是江小鱼。

"我找你来了。"他心头怆然。

华唯鸿终于能够下床了。

顾夏初看他衰弱如秋后的枯草，发际都钻出了白发。毕竟是奔四而去的人了，那原本高大精瘦的身躯一下子就多了些跌跌撞撞。丁吴贞的卧床不起也让他心情惨淡，为了吃药的问题他竟然头一次向顾夏初发起了脾气。

夏初收拾着摔了一地的水杯，隐忍不发。她倒是乐意看他发发脾气，或许这才是夫妻。

华唯鸿发脾气是有原因的，他一直以为夏初给自己吃的是感冒药，每次喝完都是心慌昏昏欲睡，后来渐渐觉得不对。出于一个医生的敏感，他觉得药里面混杂了别的东西，西药的苦和中药草的苦还是容易分辨的。

"你在我药里加了什么东西？"

"没什么。"顾夏初始终笑着。

"不对，我最近心慌得厉害，越来越没力气。"

结荻鸟

"莫名其妙，不知道你在疑心什么。妈妈用来治疗冠心病的药物和你的药我都是分开放的，就算是你误吃了妈妈的药，也只能是疏通一下血管，不会像你说的这样。我看你是让白兰给吓掉魂了。"顾夏初抚住他发颤的手，"躺了这么多天，自然会觉得虚弱。明天我们一起去岛上转一转，你就好了。"

夏初温柔似水，华唯鸿倒有些愧疚了。这些天，母亲病倒，自己也受了伤，只有夏初忙前忙后毫无怨言，自己却在这儿胡乱猜忌。他黯然，"本想只是摔了一下，却这么多天不见好。晚上我总是做梦，梦见白兰就在这座房子里面，睡在我的身边，全身是血，我……你不知道，她死后我去了德国，曾经有很长一段时间是需要服用镇定类药物才能入睡的，我害怕和以前一样……"

华唯鸿说到这里，声音渐渐弱了下去，夏初抚着他的额头，心头掠过一丝惬意，看样子是药物发作，他又睡着了。她心内怆然笑着，华唯鸿，你知道么？我多希望你永远睡在这张床上，不离开……

昆山漫步走出教堂，独自一人在岛上游荡。

琉璃岛并非看起来那么冷清，一路上他总能偶遇三三两两的渔民。他们身材魁梧，笑容质朴，干净透明若海底的沙子。

夏初并没如约前来，说是华唯鸿还未痊愈，需要守护。其实他本没想过要人陪伴，他太需要一段释放的空间了。夏初临走前跟他讲，岛东可以看到闻名遐迩的白鹭。

果然，越向前走水草越丰茂，高过人头的野生芦苇和香茅草散着幽香，脚下处于尾季的野水仙遍地，一声声欧呀的长鸣缭绕于空，原来是那些白色的鹭鸟儿在上方环绕而飞。它们都是羞涩的鸟儿，一点声响便被惊得翩然而起，神色典雅，姿态娇羞。这本是怡然悦心的景象，但在他那惆怅的心房里回响的倒是李白的那首"人生四十未全衰，我为愁多白发垂"。

他仰望着那些悠然的身姿，丝毫没有注意到水洼深处竟掩埋着一片坟丘。坟丘荒芜，碑石简陋。

"你来这儿做什么？"

这是耄耋之年的老白鹭在说话？昆山转身一看，一个老渔民抱着个蟹篓正打量着他。他认出来了，正是夏初口中的虾叔，忙回笑道："我听说这儿有很多白鹭。"

"有很多白鹭，也有很多死人。"虾叔没好气地哼了一声。

"死人？"昆山这才注意到自己竟然置身于一片坟地里了，"哪儿来这么多荒坟？"

"都是些入不了祖坟的女人，病死的，难产的，被赶出家流浪的，多少年多少代扔在这儿……这可不是个好地方，谁让你来的？这岛上哪儿不好玩，你偏偏来这儿？"

昆山吃了一惊，不能入祖坟的女人？他第一次听说。

"呵呵，不就是坟地么？都什么年代了，还这么封建迷信。"

"人有魂，鬼有灵，几千年的道理。住荒坟的都是孤魂野鬼，你在这儿转，小心被鬼上身。"

昆山无所谓地笑笑，虾叔扫他一眼，"这些年岛上的后生都想尽办法去岸上落脚不肯回来，你们这些外地人却没头苍蝇似的扑进来。一个荒岛有什么好看的？前面的断崖，上个月还摔死了一个外地的游客。"

昆山一听来了兴趣，反问道："这些年你遇到过外地来的游客么？你有没有见过一个女孩儿，上海来的……"

"上海来的？"虾叔皱皱眉头，"我还真遇到过不少从上海来的，前些年来了一大批，好几个呢。"

"哦?"

"岛上就没有过那么美的女人,"虾叔像是一下子回到了过去那些岁月,"那个女人是在舞台上跳洋舞的,天天挨斗,被斗得很惨……"

原来他说的不是江小鱼,昆山暗中苦笑,人海茫茫,找到一个人并不容易。

"你说这里埋着流浪到岛上的女人……"

"这里埋的女子多着哩,鬼子来的时候来这个破荒岛避难的,我见过不少,大饥荒的时候来岛上讨饭的,走着走着就栽倒在路上的,那儿我亲手埋了一个,许多年了。海崖那头,看见那些烂船板了没?那是风水先生特意嘱咐的,那些女人八字太凶,必须浮葬海上离这地皮远远儿的。"

昆山吃了一惊,浮葬海上?他只是在国外某些猎奇性杂志上见过,怎么也没想到国内也有这种风俗。当然,他幼时见长辈提过所谓的"浮葬"也只是棺椁不入黄土罢了,和这种浮葬海上的完全不同。

"所以你要听我的,不要再往前走了。"

与其说是害怕,不如说是被虾叔见过的那些凄惨给揪住了肚肠,昆山也不好意思硬着头皮继续向前了。但他总觉着冥冥之中有股力量牵引着自己,好像前方有什么东西等着自己。

"就算你要过去,前面也没路,只有沼洼地,前两天那丫头差点死在里面。"

"你说的那丫头是夏初么?"

"我也不知道她到底是谁。"说到顾夏初,虾叔神色奇怪,说话也莫名的紧张,"你们这些年轻人,眼里没天没地,没鬼没神,什么都不怕,也什么都干得出来,总有遭报应的时候。那天就是有鬼在拽她哩,否则怎么好好的就滑了进去?一年才遇一回呢。"

昆山被虾叔这一絮叨，兴致都没了，思绪却随着虾叔的嘴巴一张一翕仿佛通了灵，恍惚间看见野鬼遍地，倚着坟丘，长发绕颈，霜打秋叶样的惨淡，哀怨地瞧他。日光投射下来的一瞬，那些原本枯花浊玉的脸庞瞬间耷拉萎地，死而不僵的身子化作一只只白鹭，迎风飞舞了。

　　昆山忽然觉得今日情形十分不祥，脚掌没入软泥时土面下陷的起伏感都要令他胆战心惊了。

　　今日的华宅犹如一潭死水。

　　华唯鸿连日嗜睡，全身无力，只是肠胃绞缠的呕吐感催醒了他。这种异常只在白兰猝死的那段日子有过。他一回这个岛，白兰的魂又缠住了他，这种痛楚令他异常伤感。

　　顾夏初守在厨房，大半时候她和煎药炉静静相对，当她抬眼看见一个人立在门前，心头一惊，旋即还是粲然一笑迎了上去。

　　即便昆山走过很多地方，也不得不惊叹眼前的民宅雅致非常，那内敛的奢华味道恍如一帧装订细致墨香四溢的古线装书。或许只有这孤悬于世的海岛才会有如此条件保存好一栋明清古宅吧？但进了里屋，他就不得不哀叹住在屋里的人，生生把这门面给毁了。丁吴贞没什么文化，她没觉得这房子有什么好，还想着将来有点力气把这房子拆了翻新呢。

　　出于礼节，昆山先去探望了丁吴贞。丁吴贞神色憔悴，听顾夏初介绍才知道这是儿子的朋友，可是她已经说不了一句完整的话，只能招招手致意。语言不通，老人家又欠精神，昆山不便叨扰，略微宽慰几句就随着夏初出来。

　　夏初始终是笑盈盈的，带着昆山去她与华唯鸿的卧房。

　　"可惜华唯鸿身体也不好，精神也出奇的差。三十几岁的大男人，昨天竟然跟我说，他活不了多久了，曾先生，你说这可笑不可笑？"

"怎么会这样？我看他以前精神好得很。"

夏初像是被昆山这一问问到了心坎，停下脚步抱怨道："本来是到岛上调养，谁知道这个岛并不是我们想象的那样。唯鸿的妈妈天天嚷着岛上闹鬼，还说唯鸿身体不好是被鬼给绊住了，搅得我心都乱了。"

昆山觉得好笑，"鬼神那一套就是她们的信仰，你敷衍下就好，只是别太委屈自己。"

"委屈一点不算什么，只是她天天絮叨，我被逼着天天烧香消灾，也不由得疑神疑鬼了。"

顾夏初说完叹了口气，忽然看到华唯鸿正站在门前静静看着他们俩，吓了一跳。

昆山也被吓了一跳。

唯鸿意味深长地看着昆山，"想不到我们在这儿也能见面，缘分真是不浅。"

"我听说小鱼在这儿……"昆山说到这里说不下去了，江小鱼是压在他心头的一颗沉甸甸的石头。

上次两人僵持的误会还未解除，昆山这一说，唯鸿却以为他还是为了夏初，勉强一笑："大家都在一起了，有什么话就尽管说吧。"

昆山赶忙解释："你别误会，我来不是为了给你们添麻烦。"

唯鸿想说些什么，无力的虚弱感却使得他又想卧床休息，他只好彬彬有礼地淡然回应着："客气了，你来这儿我总得尽地主之谊。"

"多谢你。"

华家两人卧病，昆山不便久聊，婉拒了夏初共进晚餐的邀请，有点儿失落地离开那栋老宅。他本以为只要来到琉璃岛就可以很快访听到江小鱼的下落，却没想到这是一块如此冷漠荒芜的地方，江小鱼还是犹如蒸发了一般，找不到半点她的痕迹。至于华唯鸿，他能看得出他的虚弱与烦躁，他搞不明白，难道和心爱的女人在一起还不够幸福吗？怎会落到如此颓废的境地？

他在岛上仅有的那家简陋的渔家乐小饭馆草草吃过了晚餐，步回教堂。

太阳已经落山，古旧的教堂被罩上一层金色，看上去温暖许多。

空荡荡的大厅有些凉爽，但比起上海的阴冷已经惬意多了。

想起昔日和江小鱼第一次在上海看到教堂的情形。江小鱼告诉他，那教堂在她的梦中见过，好像她在母亲怀里的时候被抱进去过。"那你还记得什么？""不记得了，只记得妈妈抱着我，和爸爸厮打，他们拼命地打，我就拼命地哭……"小鱼每次说到这里就要哽咽，就像落入荒野的孤鸟，羽毛都散着忧伤的凄凉。

回忆到这儿，昆山心内隐隐作痛，小鱼从出生开始，就没有幸福过。他强迫自己不再想下去，抓起手机看看，却发现有了信号，王重光的几条短信都显示出来："你到底去了什么鬼地方？"

昆山顿时觉得好笑，王重光身为老公安的优越感在此刻显得滑稽。他能找到琉璃岛，多亏了那日他翻拾旧物时，发现江小鱼与她敬爱的孤儿院嬷嬷的合影。小鱼认定自己是上海孤儿院长大，所以一回到上海便去寻昔日对自己疼爱有加的嬷嬷。他恍然记起小鱼说过那嬷嬷所住的巷弄，巷弄周边都是有名的百年老店，凭着这一点他追丝拨缕，终于找到了那年近六旬的嬷嬷，也终于知道了江小鱼坚持要去一座非常偏远的海岛。

那座海岛有很多很多白鹭，小鱼说她要去看美丽的白鹭，她那段时间太伤心了，她摸着肚子忧伤地说："嬷嬷，我的命为什么这么苦呢？三岁那年，爸爸妈妈就抛弃了我，现在我肚子里的孩子也被抛弃了……"老嬷嬷回忆到这里时，沟壑密布的脸上满是泪水："那是多么好的一个孩子啊，想起来就让人心疼，以后我再也没见过她。"

昆山像一具行尸走肉走出了嬷嬷的家，嬷嬷还隔着防盗门的纱窗颤巍巍地唠叨着："孩子，你要是找到她了，一定带她来看我啊，嬷嬷活不了几天了……"

昆山一想到嬷嬷的话，小鱼肚子里又有了个孩子，他的心就隐隐作痛，在床上辗转反侧，瞪大眼睛看着天花板，一心等天亮。

不知过了多久，他才入了梦乡。

有人说地狱有多少层，梦境就会有多少层，昆山这一次堕入了梦中的地狱。教堂还是那个教堂，却遍地烈火。他在烈火中狂奔，找不到出口。身体被火舌舔舐得疼痛。平日空旷无人的厅洞妖魅鬼怪纷纷现身，它们狰狞可怖的形体在烈火中毫发无伤地蹿行，风一般穿过他的身体，狞笑着，怪叫着……昆山几乎是尖叫着从梦中醒来，大汗淋漓。

他恍然坐起，意识到这是一个噩梦。此刻的教堂一片死寂，黑夜中铁一般的阴冷比梦中的烈火更可怕，他有生以来第一次在一个陌生地方产生迷离与恐惧之感，那是一种不可控的令身体各个细胞都可以敏锐捕捉到的悚然气氛。这种悚然令他瞬间懂了虾叔眼中的深味。

不，我不应该在这里。他脑海中浮现出以往经历的一桩桩异闻，此时此地更显诡异。

那天晚上，天气微凉，河面上忽然泛起一层蒙蒙雾气，雾气在空中散发之势朦胧柔美，将乌浑的河水罩作奶油色，实际上它不过是那些可怜的卑微的小动物的天然浮葬场，在阴冷的夜晚潜溢出腐烂的臭气，令人厌倦又恐惧。他每次经过这里的时候都要小心地驻足回头，偷偷撇一下河边的那团白影，一个女子在河边背身而坐，似乎正凝望着那河水。

一天晚上他忍不住指着那团白影向同行的奶奶嚷道："看，就是那个阿姨。"

奶奶的脸色瞬间变得惨白，因为河边本就是空荡荡的半个人影也无。

后来，这胭脂河畔有了一场规模不小的法事，轰动了整个小镇。镇上的人几乎都闻声而来，看着镇长请来的几个和尚在河边日夜不停地诵经，念了三天三夜。因看到那女子魅影的不止昆山一人。

他闭上眼睛还能回忆起女子的模样，那是镇上一个失了贞受不了闲言碎语跳了河的女人。她身上泛着九品蜡在棺木前静静灼烧时散发着的光晕，与在夜色中被祭奠着香火的神像同样阴沉昏暗。幼时那难以名状的一幕，令他对鬼魂的存在少了一分犹疑。

若小鱼是带着满腹伤痛与委屈死去的，她会不会像那个幽魂一样，在忘川河边痴痴等我？

昆山的心像被重重绳索束住的臃肿不堪的蚕蛹，痛苦不堪，蠢蠢欲动，在对这陌生禁地无来由的恐慌和对江小鱼的思恋愧疚中来回冲撞挣扎着。

谁也不知道，他当年的出国并非为了抛弃小鱼，而是因为他已被江小鱼义无反顾地抛弃了，他只对王重光说出了一半的秘密。小鱼为他流产三次，最后一次流产是在他们的冷战中无声地到来的。

一朵自石头狭缝中顽强挣扎而出的小小的石楠花，只要有一点点土壤就要顽强地扎根落脚。"有了孩子，乞讨我都不怕，怎么活不是活？"

小鱼的咄咄逼人令他惊恐，而他再也挥不起拳头了。被他折磨过的小鱼，为了腹中的孩子无比凶悍，像头随时会爆发的狮子，这一次，为了孩子，她会杀了他，她反复警告他，这让他寝食不安，有如泰山压顶。

他暗中酝酿一个隐秘不露痕迹的计划。小鱼是很喜欢水的，由此，他第一次带她去了游泳馆。

那是个炎热的午后，小鱼穿着一条蓝色波点无比清新的短袖连衣裙跟在他的身后，蹦蹦跳跳，像只小鹿。他们年少懵懂，手头拮据，少有出去游玩的机会。

第一次看到那么大的水晶宫般的玻璃拱顶，第一次看到那么宽阔的游泳池，她站在泳池边上看着昆山甜甜地羞涩地笑，她是不会游泳的。

他把她拦腰抱起来放入水中，动作轻柔。她的眼窝里映着玻璃窗投射进来的金色，与水上流光辉映，所有天上的星星都落入了她的眼睛。

那一刻的美，他毕生难忘。小鱼傻傻站在水中痴痴望他，他强壮有力的身体在水中海豚般来去，就在他游离她的那一瞬，一只脚无声无息地蹬离她的小腹，沉稳有力。

他没有回头，随即顺着蓝色的水纹线向深水区游去，像一只沉默的蓄谋已久的鲸，给身后的小鱼留下了难以言喻的恐惧与绝望。她再愚钝也要明白了，他怎么可能对留给自己的那一脚毫无感觉呢？她来不及多想，水上迅速泛起一缕血色。身体的某个部分像开了闸的洪水源源不断地涌泻出去，仿佛将那颗忍屈含卑的小小灵魂也抽离了出来。

那血散成一团团红晕，泳池边上的人惊叫起来，昆山这才恍若受惊地回头，其实他的心里一直忐忑不安地期待这一刻。现在想想他自己都要心惊，在自己的孩子面前，他是一个多么阴冷老练的杀手……江小鱼面色苍白，张着嘴巴却没有喊叫，她看着身下被血染红的水直直地盯着昆山，嘴角渐渐地泛上一丝彻骨心冷的笑意……

她在绽着团团血色的水波涟漪上竟然笑了，那笑盘绕多年，以至于后面小鱼如何晕厥，在众人的惊叫声中流产的情形他都记得模糊不清，唯有那笑，随时可以穿透黑暗飘至他的面前。

他怔怔靠在床头，回味那一刻的惨烈，耳边不知何时响起了唱诗班的声音，头顶的天花板上吱吱嘎嘎地响，仿佛有诸多人来回踱步，叹息声若琴弦余留的颤音。这座教堂的面目愈发冷寂可怖了。

初来乍到的新鲜感早已淡去，白天在岛上闲逛时栈桥上那所渔家餐馆的老板再次提醒他，在岛上找一户渔家借住并不难，他心不在焉地敷衍。现在，他有些后悔了。

突然，一声凄厉的嘶喊破窗而入，昆山几乎要跌下床去，那嘶喊饱含惊恐与痛楚，足以撕裂每一个人的心肺，这不是人发出来的声音，分明是鬼泣。昆山面色苍白，拧亮床头灯。

窗外突然射进一道白光，一个人影悬在窗前，身形阴柔，沐着惨白的月光，纸片儿般朦胧。"小鱼，小鱼，是你吗？"冥冥之中莫非天有神应？昆山不知为何会如斯嘶喊。他一跃而起，推开窗户，山风飒飒作响。

好多东西在漆黑的夜空中闪烁，这岛本就温暖潮湿，腐烂的动植物堆砌于林化作点点萤火在地上团团舞动，甚至飘进了窗户，在他眼前闪着鬼魅的光。

那纸片儿在蠕动，昆山悚然一惊。

纸片儿渐渐清晰了，竟然是一具人的躯体！悬在空中，向他逼近，动作是僵直的，没有半点生气，在夜色中发出惨白的光。

"谁?！"昆山大叫起来。

没有回应，可怕的死寂。

那是一具僵硬的尸骸。一个女子，她的身体竟然是赤裸的，只有一双脚上套着一双红色的芭蕾舞鞋。昆山看到那双鞋几乎要尖叫，色泽陈旧，也是泛着九品蜡般淫黄的微芒！他压抑着内心的恐惧，强迫自己向上看去，顿时形神要分为二体了！

……

"昆山，昆山……"有人在叫他。

不知道昏厥了多久，昆山慢慢睁开眼睛，一个东西在床下蠕动，一个人形的未知物体，头发很长，盖住本就模糊不清的脸。她一边向他爬

不要吵醒她

着，一边伸出惨白的双手在地上摸索着什么，终于她摸到了，发出凄厉的鬼泣。那是一个近圆的物体，它把它缓缓放在了自己断开的脖颈上。昆山瞬间看清楚了，那是一颗人头！女尸将头发挽起慢慢站了起来，一具极度腐烂恐怖的面孔瞬间呈现眼前……那是小鱼么？

260

昆山抄起烛台向那东西抛去！那颗头颅铿然滚落在地。断头女尸凄厉地哭喊起来，猛地向他扑了过去……

华唯鸿在床上听完昆山这些似梦非梦的梦中梦，笑得喘不上气来，"你太有想象力了。"

"我觉得那不是梦，是我看到了，那些鬼魂，那个教堂有问题。"昆山惊魂未定，还在恐惧之中，"一个穿芭蕾舞鞋的女鬼，她在教堂里面游荡，我看见她不止一次。"

顾夏初端起华唯鸿的药轻轻抿了一口，味道苦涩，她幽然道："我也看到了，告诉你你却不信。现在昆山也看到了，你该相信了吧？"

华唯鸿苦笑，意味深长道："鬼再可怕，也没人可怕。"

夏初眉头轻蹙："我听说那个教堂死过人，一个上海来的女知青，生前是上海很有名的芭蕾舞女演员，长得非常漂亮……从那以后教堂就开始闹鬼。"

"谁告诉你的？"门外响起一声断喝，拄着拐杖的丁吴贞目光虚无，眼神却凶狠，"谁闲着没事儿乱嚼舌根？"

"岛上人都这么说。"

"都这么说你也不能跟着瞎说。"丁吴贞的铁木拐杖磕得石板地铿铿作响。

夏初垂下眼帘，含笑不语了。

昆山看着夏初，她温柔得体，无可挑剔，但却总有种锋芒暗藏时而灼灼令人心畏的味道。再看华唯鸿，也是面有阴色，忽然觉得今日的来访还是不合时宜，便有起身告辞之意。

夏初见昆山踌躇，笑了笑，凑近他低语道："明天你有时间的话，我们带你一起去看海上的日落。"

昆山笑着答应。

暮色四合，昆山独自一人又一次去了岛东。

夕阳落脚处，白鹭绕着红霞飘飞，深深浅浅的绿茅给荒坟浸染柠檬般清新的香气。

突然，肋下阵阵作痛，他按住痛处找一块柔软的草地仰面而卧。行到了人生虚无处，他却找不到江小鱼了，或许她正在天上某处静静俯视他，不，或许她的亡灵一直跟着自己，寸影不离。想到这儿，他抬眼四顾，但除了海崖壁下那几艘朽烂的船只和令人毛骨悚然的一具裸棺，没有半个人影。不知道为什么，自从他上次随心而至，就有种奇怪的感觉，仿佛与这个地方格外亲近。

不知过了多久，凉风将他吹醒，他悠然转目，陡然看见一双大脚悬在头顶。

"你还不走？"虾叔将鱼篓掷在一边，对昆山说话毫不客气，"今晚有船出海，正好顺道送你一程，你要是想走，我帮你去跟船老大说一声。"

昆山一直觉得这老头古怪，心想我走不走和你有什么关系？于是只有笑笑。

虾叔见昆山不以为然，拾起鱼篓悻悻然道："那教堂死了多少人你知道吗？文革时候被斗死的，自杀死的，还有不明不白死的，阴气太重，岛上人从来不进那个门，只有你们这些陆上来的，才会没头没脑地住进去。"

"我不信这些。"

"信不信由不得你。"虾叔面色阴郁，透着哀戚，"今晚去我的灯塔那里住。有些稀奇事儿你还没听过哩！"

昆山含笑点头。他只想尽快找到江小鱼，为过去的罪孽做出补偿。他默默看着虾叔远去，心如枯木。

暮色深沉，教堂钟声冰冷。

昆山瞩目飞舞上空的那群乌鸦，像是与死神的眼睛长久对视。王重光曾经问他，你为何要如此执著地寻回那已经千疮百孔的过去呢？你为何就不能放过顾夏初呢？

他不禁苦笑，离开上海之前他给律师留下一封信，如果小鱼还在，看到那封信，她会有何感触呢？还会恨自己么？

留下还是离开，他反复思索着。他感觉这座教堂并非诡异，而是这座岛，潜伏着说不清道不明的危机。绕着教堂转了一圈，反复回忆那晚似梦非梦的恐怖场面，会不会有人假扮做鬼来震慑自己呢？这样荒凉的境地，容易让人动摇恐慌。教堂里凄厉的嘶喊，难道真是"文革"中死去的那些人留给这个世界的回响么？

他正犹疑，四五个身板结实的渔民过来，前面走着的是五大三粗，比周围人都要高出一头的村长。村长是上了年纪的海军退伍兵，说话做事透着军人的精干利落，他边走边挥手比划着，声音洪亮。

"我们得把这教堂好好修缮一下，明年开春把它变成岛上的一个重要旅游景点。"

几个渔民在村长的指挥下进了教堂搭起脚手架，开始拆卸各个房间破旧的彩色玻璃。

村长注意到昆山伫立一旁，豪爽地招呼着："曾先生，听说你在外国银行做事，你可要帮帮我们，我们正缺资金来开发岛上的旅游资源呢！我们这岛要是开发好了，任谁来了都不想走呢，这岛上有白鹭、野水仙、金斑凤蝶、上百种鱼……"

村长侃侃而谈，眉飞色舞，昆山没兴趣也只有点头听着。突然，教堂里面传来一声崩裂的爆响，几个渔民抱头跑了出来。

跑在前头的那个人满头鲜血，耳颈后面沾满了玻璃渣子，他一边捂着脑袋上流血不止的伤口一边骂道："见鬼！我还没动手呢，整扇玻璃窗的架子都掉了下来，还好我闪得快，否则——"

剩下几个人都面色惊恐，最后出来的老渔民随手将工具扔在了地上，没好气道："早就说过，这个教堂邪气，不能碰！这下可好！"

村长皱眉："不就是一扇玻璃吗？你们能吓成这个样子？"

"村长……"另一个渔民沉不住气了，"这教堂晦气得很，干吗非要费这个力气？天黑了，我老婆还等着我回家吃饭呐！"

那渔民这么一鼓噪，剩下的人趁机一哄而散。村长又气又急，哭笑不得，对昆山道："看见了吧？这就是愚昧！我干村长这么多年，思想工作做了无数次，可他们就是过不了心头这个坎儿！"

"什么坎儿？"昆山迷惑不解。

村长摇摇头，苦笑着："说到底还是封建迷信。渔民嘛，出海打鱼，风里来雨里去，看天吃饭，骨子里能不怕吗？怕天怕地怕鬼神。"

老渔民停下脚步，"村长，那一年汇老师怎么失踪的？"

村长一愣，转而回过神来，"我怎么知道，那时候我还在部队呢。"

"你不知道我知道！那天晚上教堂里有鬼哭，还有，白兰死的时候你不也在船上么？她死得是不是邪气？"

村长的脸色刷地一下白了，"不就是一场风暴吗？怎么就邪气了？"

"你都害怕了还不承认？"

不要吵醒她

村长无奈地苦笑，"害怕归害怕，但也要科学地去看待问题嘛，那时候谁还见过死人生孩子？"

"死人生孩子？"昆山一惊。

"说来话长了。今晚咱们一起聊聊，我好好跟你讲讲，怪不得他们都害怕，当时我也怕哩。"

天色黑下来，昆山跟着村长到了栈桥上那家餐馆。

餐馆里除了几个夜里出海的渔民，没什么客人。老板本要打烊，一见村长来，马上笑吟吟地迎上去献着殷勤。

村长豪爽，招呼两声，几个渔民也围拢过来，大伙儿坐在一起了。

浓烈的海鲜味道，几箱子啤酒，昆山就这样跟几个渔家汉子喝起来。

"死人生孩子"这几个字一直萦绕在昆山的脑海里，看众人酒喝得高兴，他又提起来："村长，那个死人生孩子到底是怎么回事？"

夜色渐浓，琉璃岛被笼罩在一团黑雾之中。昆山一开口，就把众人热气熏熏的脑袋给浇凉了。

村长硬着头皮灌了一大口酒，一拍桌子："还不都是华家那儿子干的好事儿？把人家好好一个姑娘的肚子给搞大了，那姑娘跑到上海去找他，却吃了闭门羹，一气之下就喝了毒药死了！华家老太太亏心，就上门找我，她们家男人早死，只有靠我们这些人开船出海，把姑娘的尸身接回来……"

村长说得气促激愤，几个渔民也七嘴八舌地插话："那丫头，唉！真是死得可惜。其实华家那儿子是真喜欢她……"

"他们的恩怨谁也说不清，她死那天我也跟着去了，身子早僵了！在小旅馆已放了两天。老板娘报了警，警察赶去发现姑娘身边有生前留下的遗书呢，看着是自杀，就让华家把尸体搬走。我们到了那儿搬着尸体还没出门呢，就被老板娘给堵住了，死缠不放，非要讹一笔烧香钱，说是损了他们旅店的买卖要去晦气。我们只好拿钱消灾，这些都是小事，过去了不提它！关键是尸身到了海上就太邪气了！"

"嘿，大晚上的提这个干吗？"

渔民们说到这里，就有人吵着天已黑，该出海启程了。昆山满心狐疑，心想难不成后面死人在船上诈尸了么？但众人纷纷逃避，不肯再讲了。

说巧不巧，就在众人要走的当口，露天的雨篷砰砰作响，滴滴答答的雨星子下来，渔民们纷纷嘟囔着："这天气预报太不准啦，天要变了，今晚是走不了啦。"

昆山见这情形，便做东跟老板再要了一些酒菜，众人索性放开手脚，海吃海喝起来。喝到兴奋处，免不了要重提那天的古怪。

"岛上老董头死的时候，我抬过棺，他死前可是一百八十多斤的大块头。桶叔去世，我也抬过棺，从没遇到什么事儿，可是那天邪门不？一个丫头能有多重？她的棺木我是怎么也抬不起来……店老板娘吓坏了，在棺前又是磕头又是烧香，棺材这才动两步，好歹被大伙儿七手八脚地挪出来。"

昆山听得心惊肉跳，也从众人口中对那个白兰的身世知晓了一二。白兰幼时来到岛上，七八岁时母亲突然就失踪了，众人都以为她母亲还是贪恋上海都市的繁华，将女儿给抛在了岛上自行离开了。从此以后幼小的白兰就被华家收养，由丁吴贞当做女儿看大。华唯鸿与白兰本就两小无猜，这下子更是形影不离，在华唯鸿要离岛去读大学之前，二人就已经私订了终身。

"那丫头别说在这岛上，就是放到你们上海那样的大都市，也是出众的漂亮！"

说起白兰的样貌，渔家汉们都啧啧称赞，但昔日丁吴贞并不看好两个孩子在一起。在她眼里儿子是飞出偏岛的金凤凰，白兰怎配做华家的儿媳？虽然她把白兰视为养女般怜爱，但自从儿子去了上海，白兰的痴心就成了她的心病，她一心阻挠，想不到会酿成后来的惨剧。

白兰是在鳌江自杀的，听说她在那里空等华唯鸿数日，一气之下喝了毒药。噩讯传来，丁吴贞也病倒了，村长便受托料理后事，在鳌江就地买了上好棺材，将白兰入殓。

棺木被众人抬上船时正值中午，那月正逢出海季，数日都是风轻云淡，晴朗日明。待到了海上，天色竟逐渐暗沉下来。

"那时桶叔还未死哩，他坐在船上，仰头看天，说了一句'丫头死得冤啊'。"

照船长的话讲，坏就坏在三叔那句话上，不一会儿，天就变了，连脚下的海水都变黑了，墨汁一样的黑，大正午的日头瞬间就没了，乌压压的云过来，都压到了船板上，那不像是云，更像倒灌下来的毒气呢，大伙儿都怕了。鳌江离琉璃岛的船程并不远，本来可以遥遥相望，但那时候别说前方的琉璃岛，四围都是一片黑寂，伸手不见五指，过了不到一刻钟的功夫，黑寂中乍然爆发出沉闷的撕裂声，整个海面的上空飞旋着巨大的怪物般的吼叫，震天撼地，震得人肝胆欲裂，毛发倒竖。

大伙儿在船上乱作一团，但无济于事，船身也跟着海面摇晃起来，像个喝得烂醉的疯子。过人头的浪花铺天盖地，不多时甲板上就是齐膝深的水了，死人的棺木在剧烈的颠簸之下在甲板上动来荡去，罩在棺木上的红布早被狂风抓了去，就连棺材盖子也要被风给劈开，村长和桶叔一个箭步蹿上前去，双手合抱，将棺木抱住推进了船舱。

"那时候我什么都顾不上，只想着人死为大，事后想起来都有些后怕，因为我在合上棺木的一瞬，看见了她的那张脸。她的眼睛微微张开，嘴巴张着，唇红得像朱砂，我和她对了个正脸，心里咯噔一下，越想越害怕，几夜都睡不着。

"那天下午，整片海像煮沸了一样，泡沫滚滚，飓风雷电几乎把船都给打翻了，老天爷像是发了怒，大伙儿在船上被冲撞得天旋地转。

"我们一行人都不知道是怎么捱过去的，等到了岛上，天已黑了。丁吴贞跪在栈桥上，还没等我们把棺木抬下来就哭天喊地，说是她把这丫头给害死了。棺材还未落地呢，她就扑上去要给死人梳洗，结果呢，刚一开棺盖她就嚷，这不是我们家的人，你们把谁家的死鬼给弄来了？大伙儿都气坏了，豁上命帮她把人给弄来，她还说这样的话，真不知道她的良心是不是让狗给吃了！我忍不住就朝着丁吴贞吼起来，'你害死了一条人命还不想负责么？'"

"大伙儿都生气，白兰那丫头谁不认得？"渔家汉子们议论纷纷，"丁老太婆有些不正常，据说当年江老师失踪的时候，村里人都去海上喊魂，喊了一晚上，她喊着喊着突然就发了疯往回跑，说是看见江老师的鬼魂了，后来江老师的尸体从教堂的地砖下面被起了出来，她老头子华雄天突然就自杀了，从那以后，她的脾性就更怪了。"

村民们讲，白兰死时，丁吴贞反而跑到海边，对着海上一遍遍地招魂："海里冷哦，回来——"这种哀呼，是给那些死在海上的遇难者招魂的，但白兰的棺木明明就停在那里，她视而不见，去海上喊什么魂？

村长没办法，只有安排几个人轮流帮她守灵。

那天晚上，丁吴贞在外徘徊，久久不归。到了深夜，火盆都冷了，盆里纸灰纷乱。守灵人依稀都能嗅得到尸身的气味，于是就商量着尽早下葬，天气湿热，怕是不久便要腐败。

棺木前的蜡烛明灭不定，众人经过白天的风波都劳乏得很，不由得恍然入梦了。突然一个人嚷道："什么人？"

村长被惊醒，定睛一看，是桶叔。桶叔大睁着眼喊道，"我看见一个穿白衣的女人抱着孩子出去了。"

众人都惊了，深更半夜，哪里来的白衣女人？再看那棺木，那门窗，纹丝未动，不由得悚然。

桶叔面色苍白，多年不愈的气喘病都要发作，胸膛一起一伏。面对众人的惊怪，他指着那棺木说："里面的那个女人，出去了——"

村长简直哭笑不得，正要倒头再睡，忽然有人惊呼："看那棺材！"

众人都无法淡定了，凑到棺材前一看，一缕暗红色的液体正从棺木的底部缝隙缓缓而出……

"棺材流血？"昆山越听越惊奇，村长说到这儿义愤填膺的一拍桌子，"华家人真是混蛋！我们仔细端量才看出来，白兰那尸身的腹部是隆起的。她平常身子细瘦，大家都看不出她有孕。"

"人死了四五天，又在海上剧烈地颠簸，所以尸身都开始鼓胀，下面全是乌黑色的血……"

昆山的脑海中忽然浮现起华唯鸿带自己去见顾夏初的那天，他站在高架桥上对自己说："我不开心很久了……"原来他们都是背负过去艰难前行。

这一夜，华家格外宁静。

丁吴贞的心绞痛发作得愈加频繁，这一次，她又在黑暗中陡然惊醒。

房内昏暗，透过古旧的窗子向外看去，潮湿的夜空中悬着的月幻作血样的红了。她从不敢说，自从看见棺木内渗出的那一缕乌血之后，她就堕入血色的恐怖之中。

更令她惊惧的是，窗下的梳妆镜前有一抹白色的身影。那身影若鬼魂复生，幽然回首间，那双黑蝴蝶般的眼睛也是血色。

这女人分明就是二十年前死去的那个狐狸精，不，是那个勾走了儿子魂魄的鬼！那一身月白色的旗袍，活脱脱就是旧上海画报中的人物，连那笑都泛着潮气。

"果然是你——"丁吴贞心口一阵绞痛。

顾夏初凄然一笑，一动不动。她盯着镜中那张苍白的脸，失了魂般喃喃自语："每天晚上她都对着我哭，我实在是睡不着，所以过来看看你。"

"我就知道是你耍的把戏！你想让我儿子一辈子都为你难受，你真狠啊！"

"还不是因为你害死了我的孩子……我要你和你儿子为我内疚一辈子！"

"从你踏上这个岛第一天开始，我就知道你是一张画皮！"丁吴贞舌尖发麻，中风不灵的身子被寒意裹得僵毙。她颤声道："你是回来报仇的？"

"你怎么能这么说呢？我是回来孝敬你的呀。我千辛万苦把华唯鸿找回来，就是为了咱们一家团圆，再也不分开。"

"你——"丁吴贞又惊又怒，脑袋却灌了铅似的向后坠下去。

夏初看着床上再次昏厥的那具苍老的躯体，唇边绽出一缕古怪笑意。

昆山回到教堂，回忆着渔民们的那些话，想到了断崖下白兰的那口烂棺木。难道真是因了风水师的话要浮葬么？丁吴贞又说，这不是我们家的人，那是什么意思？难道那尸体不是白兰？

他反复琢磨，感觉一团模糊不清的迷雾向自己袭来……当年他在山西出差，曾遇见一个苍老憔悴的老汉。老人出来寻儿子，天南海北找遍了，打听弱智儿子的下落，熬白了头发熬成了枯骨，花尽积蓄却一无所获。当地的百姓对着他那个傻儿子的照片纷纷摇头，表示没见过，实际上都知道那傻儿子早死在黑煤窑里了，谁愿意得罪当地的黑窑老板呢？自己家人还在窑里讨生计呢！

昆山看着那些不愿说破的当地人，老汉怅然而去的苍老身影，心头难言地悲凉。这世上有太多死无所踪的人，太多支离破碎的家庭。

忽然，一道冷光心头闪现，顾夏初为什么那么酷似江小鱼呢？她们和白兰又有什么样的关系？身为医生，华唯鸿为什么会爱上一个病人？这其中是不是藏着其他原因？他越想越乱，越想越觉得江小鱼有可能如同王重光所说，凶多吉少。

他裹着毛毯在床上辗转反侧，怎么也睡不着，那种奇怪的若有若无的歌声又在教堂里响起来了。天花板上有了女子高跟鞋踩在上面来回踱步一般的"哒哒"声响，甚至还有男人困兽一般的哀号声。这荒废已久的教堂果然变鬼了。

昆山尽量从声学物理学的角度去剖析这种种怪异，恐惧与兴奋同时卷裹着他。他举起蜡烛，向楼上走去。

黑暗中腐烈的气息令人窒息，久不通风的走廊弥漫着强烈的古旧味道，似乎有什么东西潜伏其中。推开一扇门，空荡荡的房间里空无一人，谁也搞不清那些怪异的声响来自何处。他用力拉上在夜风中呼呼作响的半扇破玻璃窗户，冷不防朽烂的木头瞬间脱离了窗框，整个直坠下去。想起白天发生的那一幕，他的心不由得揪了一下，就在这时，他看见窗子坠落处有一抹黑色的影子。

他一惊，只听那黑影嚷起来："你想要我的命？"

原来是虾叔提着一篓虾蟹过来，"夜里刚捞的鲜货，给你送点过来。"

虾叔外冷内热的性子，昆山已经很了解了。

他从鱼篓里拿出几碟海鲜，还有一坛子米酒，昆山方才吃得酒足饭饱，只能象征性地夹上几筷子，有意无意地打听着岛上的新鲜事。

"江老师的事情你已经听说了吧？"虾叔忽然开门见山地问道。

昆山一愣，方才在码头，确实听渔民们一口一个江老师，他并未往心里去，也不知道虾叔突然提这个做什么。

"教堂闹鬼就是从她失踪那一天开始的，那时知青们都返了城，大家都说她是因为拿不到返城指标，自己偷偷跑回了上海。可我觉得不会，她那么爱孩子的一个人，怎么会撂下女儿自己跑了呢？后来不断有人来岛上，和你一样，他们会住到这个教堂里。到了晚上，他们都会听到女人的哭声，哭得那么凄惨……游客都住不到两天就纷纷搬走了。大家伙儿纷纷议论这教堂里面是不是有不干净的东西。大家晚上听到那女人哭喊的就是一个字'冤'啊——我忽然就想到了江老师，她先前一直是带着白兰住在这教堂里面的……后来，村长提议把这教堂里里外外翻修一下，工匠们起地砖的时候，发现了有一块地儿凹凸不平，明显高出周边的地砖一块儿，大家就用榔头一通乱撬，结果砖一起开，就看到了一缕黑漆漆的头发……"

昆山听到这儿，心里都发毛，感觉从空洞洞的教堂门外涌进来的寒风是带着阴魂儿的，它附着在身后，令自己坐立难安。

"榔头再下去就只剩下一堆白骨，但她脚上那双红色的绣花鞋还好好的，新着哩！有人一看见那鞋子就喊，这不是江老师的鞋嘛？我们这才知道她是被害了……"

"害死她的人是谁？"昆山的心悬了起来。

虾叔没有回答，只是叹了口气："尸体被挖出来的第二天，华雄天就上吊自杀了。"

昆山的心寒了起来，想不到这看上去犹如世外桃源的海岛还会有这样血腥的过去。虾叔说："江老师失踪时，白兰被丁吴贞接到了家里，说是以后就把她当亲生女儿。华雄天一死，大家伙儿都怀疑上了丁吴贞，她肯定知道江老师被害的内情，否则干吗好心收养白兰？分明就是心里有鬼。但不管怎样，这个教堂之后就彻底变成了鬼宅，诡怪离奇的事儿每年不断。"

昆山听得后背冷汗直流，忽然就想到了死去的白兰在棺木内分娩的惊悚一幕，但是转而又不禁一笑，"虾叔你说的这些是够吓人的，可吓人归吓人，到底有谁见过鬼呢？"

虾叔横了一眼昆山，"你说得对，谁也没见过鬼，可鬼的传说哪儿来的？都是有人暗中作祟，这人比鬼更可怕，你还是走吧。"

昆山一愣，看虾叔却是欲言又止心事重重的样子，不由得笑道："真有那么可怕，谁能害我？"

虾叔闷声道："信不信由你。"

昆山虽然确实想离开，但虾叔比自己还急，真是令人费解。

虾叔长出一口气，拍了拍昆山的肩膀。昆山迷惑之余，茫然地点头。

虾叔连夜跟村长打了招呼，隔日就要送昆山出岛。

昆山也在虾叔的坚持下，去灯塔过了一夜。

在灯塔上俯瞰琉璃岛夜色之美，真是让人心生不舍，也少了许多教堂里的阴郁和沉闷。

第二天一早，天色未亮，虾叔已经不在了。海边人有看潮汛赶海的习惯。在灯塔里听了一夜的海风呼啸，老人家早就坐不住了，早早就去了海边。

一想到即日要离开，昆山也睡意全无，向泊船的码头走去。一路上，灰白雾气弥漫，整个琉璃岛被一条条游移不定的若有若无的白带缠裹着，它变成了一个厚实苍白的蚕茧儿。昆山不知道为何，总想要到那断崖上去，那条停着白兰棺椁的破船，像道闪电一直横亘在他的脑海里……

他在迷雾中，头顶一只黑漆漆的乌鸦，静静地看他。他抬眼，那不是乌鸦，是只硕大的黑蝴蝶。它飞起来了，巨大的双翅在厚重的水汽中迟缓吃力。他跟着它，向迷雾中去……不知道走了多久，他停下了脚步，脚下一团白色的迷雾，传出潮水拍打乱礁鸣鼓一般的回响，原来他已经到了断崖上。而那只蝴蝶，却消失了。

昆山站在那里不想走，雾中的琉璃岛更美了，虚幻得像一个梦境，以至于后背突然传来的剧痛都不像是真实的。他懵然回头，一双黑蝴蝶般的眼睛正幽幽地望着他……

丁吴贞坐在华家那张古旧的摇椅上，吱吱嘎嘎的声音像极了小时候，她的眼前一团模糊，什么都看不清了，只能听到屋里传来缠缠绵绵的歌声，那歌声很熟悉，像是很多年前在哪里听过……听着听着，一行老泪就落了下来。

华家的镜子古旧，斑斑点点的水锈，像是谁家断肠女的泪喷溅在上面，顾夏初透过镜子看到的是一张蒙混不清的脸，还好，这张脸是自己的，有时候它会变成别人，就像刚才，她在镜中看着自己殷殷凄楚，眼中流出了血泪，哀戚道："你杀了他！"

夏初双手托住那张脸，看着那不断涌出血泪的空洞的一双眼，苦笑着说："这有什么不好吗？你们终于可以在一起了。你在海上等了这么多年，多孤单多冷……"

镜中的那双眼睛瞬间变得血红，夏初看着那张脸瞬间变得狰狞扭曲，那是多么痛苦那么怨愤的一张脸啊，她常年被捆锁在冰冷的船板上，困在寒湿的棺木里，风吹雨打那么多年，竟然没有腐败，那双手冷硬如铁爪，猛地从镜中蹿出，死死地扼住了夏初的喉咙，凄厉地控诉道："是你杀了我……"

不要吵醒她

华唯鸿冲到屋内的时候，顾夏初正在地上翻来滚去，两眼翻白，双手死死扼住了自己的喉咙剧烈地喘息着。他一个箭步冲上前去，拼尽全身力气掰开了那双手。

顾夏初不知道自己是何时才苏醒过来的，当她睁开眼睛，看到华唯鸿正焦虑不安地看着自己，屋外那把摇椅依旧吱吱嘎嘎地响着，丁吴贞幽幽叹着气。

昆山闭上双眼前的那一瞬，那双黑蝴蝶一般的眼睛鬼魅一般镂刻在脑海里，她不是江小鱼，江小鱼在哪里？这个问题在他坠落悬崖，沉入海底的那几分钟里，在他使尽全身力气想要阻止鲜血从脖颈汩汩而出的痛苦中，戛然而止了。混沌的茫茫海水犹如一口闷锅，令他窒息，最终彻底失去了知觉。就在他手脚散开，海葵一般在海底随波逐流时，一缕金色的光晕裹住了他，懵懂中他仿佛看见一条美人鱼向自己游了过来，将自己轻轻揽入了怀里，那人鱼分明有着小鱼一般美丽的眼睛……

重光捏着手中那张照片，皱紧了眉头，一种难以言喻的滋味儿涌上心头。他简直难以相信法医说的，这尸体是昆山的，它在海上漂流多日，泡得肿胀高度腐烂难以辨认，丑陋狰狞到令人作呕的地步，但他的的确确是昆山，是当初那个衣着光鲜，令蔡渺渺一见倾心的昆山，随身物品中有他的身份证。

"王警官，我承认我做过很多错事，但小鱼真不是我杀的。"饭馆前二人离别时，昆山留下的那句话至今还萦绕耳边，想不到那一别竟成了永别。重光咬紧了牙关，用笔在纸上唰唰写着算了下日子，分开不过一月，难道那时昆山已经动了自杀的念头？

蔡渺渺这两天做过调查，昆山离开上海之前已经跟律师做了遗产授权，除了留给父母的一部分，大部分都捐给了上海的一家孤儿院，"在他第一次来咱们警局的时候，他已经是肝癌晚期，他的家人劝他住院，是他自己放弃治疗……"

王重光听着听着坐不住了，他干咳一声，冲到走廊上对着湿冷的寒气抽了根烟。白启帆提供的尸检报告列出昆山死前的惨状，刀伤七处，一刀从左下颌角横向到达右侧颈动脉，构成了致命伤，最关键的是从刀伤的力度来看，凶手力道浅，而且下手时极为慌乱。从报告的字里行间，重光凭着第六感想到了藏在昆山背后的那名凶手，脑海中渐渐浮现出一个人的影子……

海上的琉璃岛被一场突然而至的暴雨给困住了。

顾夏初乐见这种戾气，幼时她便时常幻想一场暴雨浇灭天地，万物由此堕入无边的黑暗，彻底解脱……

她站在被暴雨砍砸得噼啪作响的玻璃窗前，任凭潮湿的风雨进来掀起漆黑的长发，把大块大块的油墨泼在画布上，那种酷烈更像是一个刽子手给猎物做细致冷寂的分解剖尸，五色淋漓，触目惊心。

在她的身后，华唯鸿正熟睡在床上。他已经熟睡很久了……

丁吴贞的中风愈发厉害，她说不出完整的一句话，当她担心自己儿子时，只能用力跺着脚下的轮椅，嘴唇不住地发颤。

暴雨散去的天空，雾气氤氲，稀稀落落的雨脚敲打着海面。

白鹭又开始在天空中翩翩作舞了，她们歌声柔曼凄悯，恍若昨夜未逝的残梦。

顾夏初看着白鹭，轻轻问着丁吴贞："你喜欢这里么？"

丁吴贞已经看不清说不清了，她只能清晰地听到笨重的轮椅轧过木栈桥，发出咯吱咯吱的声响，一波又一波的潮水冲上栈桥，汩汩作响。

夏初幽幽叹了口气："妈妈，我很开心，你终于肯喜欢我了。"

她取出一把梳子，将丁吴贞花白稀疏的头发拢向脑后。

丁吴贞的身子微微颤抖，夏初低头只顾着梳头发，似乎丝毫没有注意到手中的轮椅已经出了栈桥悬在了半空，时刻都有坠入水中的危险。

她口中呢喃着："小时候我也常常是这样给妈妈梳头发。她的头发比你长，又黑又柔软，像是海底的水藻……她把头发织成两个长长的麻花辫，在草地上跳维族舞给我们看，你记得么，记得那片开满野百合的草地么？她常在那里跳舞……"

她眼睛红着，手指向了斜对面那个废弃的灯塔下面，是那座被遗弃的茅草屋。

丁吴贞被电击一般瞪大了眼睛看向夏初，浑浊的眸子里充满了惊恐，可惜她已无法说话，只能双手用力拍打着轮椅。

夏初笑起来："您总是这种急脾气。"

她的手轻轻向前一送，轮椅直接骨碌碌向栈桥下面坠去。

丁吴贞拼命拍打着轮椅，"啊啊"叫起来。

夏初苦笑，捧住了丁吴贞的脸，直直盯着她，眼中充满杀气。

"你刚看到她的时候，是不是很嫉妒？你们穿得像一群灰扑扑的麻雀，把晒透了的红薯干一样的脸藏在满是鱼腥味的破烂头巾下面，你们不知道什么是咖啡，不知道谁是莫扎特，更不知道什么是文明和优雅，你们仇视她，编织莫名其妙的谣言来诋毁她，只为了满足你们那些卑劣的不平衡的内心……那个晚上你做的事情，你以为我不知道吗？可惜我知道得太晚了！从华雄天上吊自杀的那天起，我就发誓！总有一天，我会让你付出代价……"

丁吴贞的泪水下来，她在风中哀号着，拼命用手捶打自己的心口。二十多年前那罪恶的一夜让她悔恨一生，从丈夫初见江一璃失魂落魄的那一刻，她就预感到她的安稳日子到头了，那个女人会夺走她的一切。

那几年，她战战兢兢地盯着丈夫，还是不能阻止华雄天偷偷跑到教堂和江一璃私会。恨极了的她终于和江一璃揪扯起来，不料一个失手，江一璃就倒在了血泊之中……

她多想跟顾夏初说，江一璃不是她有意杀死的，可一切都晚了，她已经沦为椅子上的一个木偶。泪花在眼中打转，她不担心自己这条老命，她更惊惧的是床上昏睡的儿子，等待他的将是什么样的命运呢……

上海的警局内，就在王重光为了是否要前往海上追查昆山的死因和一帮同僚争执不休的时候，一个女人不期而至。

重光在会上坚认自己的感觉，顾夏初就是康德医院一系列谋杀案背后的凶手，却被在座的人一条一条地驳回，因他缺乏有力的证据。

"你打算怎么办？没证据，你办不了她。"蔡渺渺斜睨了一眼正在吞云吐雾的王重光，"我看华唯鸿更有嫌疑，昆山的死搞不好是仇杀，谁说那种刀伤一定是女人干的？一个手无缚鸡之力的男医生也干得出来。最关键的是，顾夏初杀那么多人，她的目的是什么？你不觉得你的臆测太荒唐了吗？"

"臆测？你说我是臆测？老子什么时候这么幼稚过？"王重光最近肝火奇大，暴烈得像个火药桶，一点就着。

蔡渺渺瞥了王重光一眼，不吭声了。

重光叼上根烟冲到走廊，狠狠啐了一口，抬眼却看见了一身珠光宝气的姚桂云。

姚桂云看到他也是一愣，她神情忐忑欲言又止，怔了片刻。重光知道她对自己向来没好气也懒得搭腔。就在他转身的一瞬，姚桂云却在后面叫住了他。

姚桂云是来报警的，谢晏菲也失踪了，这是王重光始料不及的。好好的孩子怎么会失踪呢？昆山的死还在他脑海里留着疑云，又一个人失踪了，这让重光隐隐有了不好的预感。

谢晏菲为什么失踪？姚桂云抽噎着说是因为她和谢永镇的一次吵架，吵着吵着就说到了顾夏初，一想到谢永镇的那场车祸，她就觉得是顾夏初捣的鬼，忍不住嚷起来，痛骂老谢袒护那个害人精，脸上挨了老谢狠狠一耳光，让她始料不及的是，她发现女儿晏菲正在一旁惊诧地看着他们。

晏菲如梦初醒，喃喃道："原来你们都觉得是她在作祟……那你还让她和唯鸿哥在一起？！你想让她害死唯鸿哥？"

谢永镇被女儿说得胸口发闷，他无力地反驳着："她不会，她那么喜欢唯鸿，这么多年就是为了等他回来……"

晏菲难以置信地看着父亲，"等他回来？她不是唯鸿哥回国以后才认识的吗？"

谢永镇被这一问打了个激灵，手心发冷，"不，你们根本不知道，这都是我做下的冤孽啊，我怎么也没想到当年犯下的错会造成今天这个局面……"

姚桂云也不知道谢永镇在痛悔什么，只是从那天晚上开始晏菲就失踪了。

王重光皱紧了眉头，追问姚桂云："你觉得她最有可能去了哪里？"

姚桂云茫然地摇头，"那孩子连封信都没有留下，起初我以为她去找小麦了，过几天就会回来，后来我发现小麦那孩子也失踪了，这么多天过去，一点消息都没有，我的心起起伏伏的，总觉得有什么不好的事儿……"

王重光皱紧了眉头，"为什么不早点来报警？"

姚桂云张了张嘴巴，愣在那儿，半天才嗫嚅着："我总以为那孩子说不定哪天就回来了。"

王重光叹了口气，"那你回家等着去吧！"转身他就对蔡渺渺喊道："给我订票。"

琉璃岛好安静，安静得如同时间停滞，万物失去气息。

那座老宅里，顾夏初安稳若幽深枯井里的一尊玉观音。时光都已飞逝，对于一具僵毙了的身体来说，爱还有什么意义？从她有记忆时开始，母亲抱着幼小的自己和父亲厮打的情形就镂刻在脑海里。母亲边打边哭，撕心裂肺地喊着："姓谢的，我要和你离婚！"之后，幼小的她就随母亲来到这个岛上，像两片薄薄的叶子随风流转，举目无亲。母亲美艳不世故，像一只孤独的被放逐的鹤，昂首在这片陌生的土地上，苦熬岁月，饮尽风霜，等来的却是谢永镇和别的女人再婚的消息……她傲气骄人的玫瑰花儿一般的骄傲容颜一夜之间萎败，等到大返城，岛上的知青们纷纷离开，母亲却浑浑噩噩把自己搁置在岛上。直到有一天，她不见了，像是从空气中蒸发了一般，自己一夜之间变成了孤儿。

大片大片的棕榈叶蒲扇般遮住了太阳，在她身上投下飘移的光斑。母亲失踪之后，她被丁吴贞收留，带回这栋老宅的情形，历历在目……渐渐地，丁阿姨成了丁妈妈，唯鸿成了朝夕相伴的哥哥。日月如梭，她几乎要淡忘了失去母亲的伤痛，成了一条被养起来的鱼，闲适安逸。冥冥之中，她的忘本激怒了母亲，在一个散发着潮气和咸鱼味道的日子里，她的母亲将自己湿漉漉冰凉凉的躯体黯然曝光了。岛上的渔民们围着她，七手八脚地清理着埋葬她躯体的那些碎砖土块，夏初惊慌失措地站在那些渔民的身后，一小步一小步向前挪着，那么长的头发，的确是母亲的，长发下面覆盖着的是高度腐烂的头颅，无声地传递着阴冷的气息。

华雄天忽然就在一个晚上上吊自杀了，丁吴贞哭得死去活来，她对着丈夫的尸体喃喃自语，夏初从她失去心智的零言碎语中隐约听出了母

不要吵醒她

279

亲的死因，母亲被华雄天纠缠，丁吴贞因妒成恨，错手杀了她。天一下暗了下来，她迅速从暗影中不动声色地离去，心头埋下了深深的仇恨的种子。

她无数个日夜在海边踌躇，到底应该如何复仇，但是一想到占据心头的另一个影子，她却动摇了，十多年的岁月，让她和唯鸿已经心心相印，早就以身相许了。

又一个轰轰烈烈的夏天快速到来了，暴雨骤歇，大地有如初醒，泥土的香气和青草的幽香沁人心脾。唯鸿拿到了大学的录取通知书，夏初渐渐释然，她相信他一定会带她走，远离这一切。那时的她是多么依恋他，多么相信他……想到这儿，夏初苦笑起来，哦，差点忘记了，那时的自己叫白兰，做着天真无邪的荒唐梦，为了"梦"她放弃了为母亲报仇的信念，心甘情愿要做他们华家的儿媳，那是多么羞耻多么可悲的一段过去。

王重光辗转一番后终于登上了去琉璃岛的海船，还未到跟前，他就被那一抹碧色给强烈地吸引住了。

蔡渺渺的电话接踵而至："大伙儿不支持你这么干，你别一根筋了，你有什么证据能证明凶手是顾夏初？一个自控能力都没有的精神病人会是一个杀人狂？"

王重光咬着烟，长舒一口气，"不管怎样我要来一趟，昆山的死我要负责，老子不查清楚了绝不回去。"

重光说完，不由蔡渺渺再说什么就挂断了电话。

他下了船，到了岸上，在岸头的小饭馆儿坐下，正要找个话茬向老板探听些什么，忽然一道白光横亘在眼前。那是一群人流，缓缓过来。

重光这才注意到栈桥边上的空地上，搭着一个小小的"醮台"。台旁的帐篷里点着小孩胳膊粗的香烛，浓烈的蜡油味道、鞭炮味道还有火油味儿迎风阵阵，呛得他眼泪都流了出来。

醮台周围烟雾缭绕，一个茅草扎起的草人儿被立在那里，它身上贴满了亡者的生辰八字。

"涨潮啦，该喊魂了！"老板看着那群送葬人看得出了神，几乎忘了重光这个客人的饭桌上还空空如也。

果然，不一会儿，几个道士敲起了钟打起了铙钹，口中念念有词。重光好久没见如此隆重的丧仪了，不禁入了神。醮台前一个头发花白的老渔民手扶一杆带根的毛竹，竹子梢上顶着一只筐，筐里装着一只羽毛雄健的大公鸡，面对大海，不停地摇晃着毛竹。

那些披麻戴孝的人，围着毛竹随着摇晃的方向，一圈圈地打转，有人还高喊着："村长来呀！村长来呀！"一个孩子让大人给把在那儿，用稚嫩的嗓音懵懂地应着："来啰！来啰！"

重光心一沉，"村长？"按照这么多年来去外地办案的惯例，一到当地他就该联系当地相关部门请求协助，但这个小小的琉璃岛只有一个小小的村长，竟然在他初来乍到的时候就死了？

"村长死了？"

"没见在喊魂？生不见人，死不见尸，出海的时候落水啦。"

"这么惨？"

"他还好，起码还有个儿子，最可怜的是虾叔，打了一辈子光棍儿，死了也没有个人送终。"

"虾叔？"

"我们这岛上看灯塔的一个老鳏夫。前些天外边来了个年轻人，忽然就不见了，虾叔非说那人是让鬼给害死的，还说鬼就是扔在海上的那口棺材，非让村长把那棺材烧了。村长正要出海，哪儿顾得上，就跟虾叔说先跟他出海去，回来就办，结果还没回来呢，两人在海上就出了事。"

重光心头一冷，那个年轻人八成就是昆山了。

"'棺材里的鬼'是怎么回事？"

"唉，说来话长，那个棺材在岛上作祟好多年啦，你要是不怕我得空带你去看看。"

重光连连道谢点头，虽然他对一口棺材没什么兴趣，心想那不过是岛上的渔民们以讹传讹罢了。这时，海鲜面也上了桌，重光饿极了，狼吞虎咽地吃起来，还没吃上两口，筷子就停住了。

只见香烟缭绕中，一张冷冰冰的脸在烟雾中渐渐飘了出来，就像穿破重重雾霭的一朵苍白的匏瓜花儿，是顾夏初！

她站在人群当中，目送着送葬的人群，面无表情。唯有那微微蹙起的纤细的双眉，幽凉的双眸，落在那些来来往往在面前晃动的人影上，带着点儿飘忽，恍如欣赏舞台上的皮影戏。

重光心里咯噔一下，想不到顾夏初会如此突然地出现在自己眼前，像是不期而遇，又像冥冥注定。他紧盯着她的一举一动，她那看似黯淡失神的目光，落在放着稻草人的空棺材上，竟闪烁出一种独特的冷漠的激动。

夕阳的余晖透过乳白色的薄雾，给海岛涂上了一层淡金色。

道士看着潮水一涨一落，口中念念有词，与亡者的灵魂在空中呓语，最终护送棺木到山崖安葬。

抬柩人在前，麻木的人流与道士随后，一行人浩浩荡荡向山上而去，重光跟了上去。

送葬的队伍行走在树林的稀薄处构成的天然小径里，表情木然冷漠，有人甚至打起了呵欠，重光找不到顾夏初的影子了。

就像行进在丛林中的猎人，忽然发现枪口对准的那头白鹿不见了。重光想不通，自己多年的老公安经验，竟让一个人在眼皮子底下悄无声息地溜走了。他心头的疑云更重，她那看似默默又无辜的阴冷中总是带着那么点儿让人难以察觉的狡黠和杀机。

　　他返身追向山下去，太阳已经陨落，吞噬了日光的海水透着恬静，暮色幽凉。这是他从未涉足过的南方丛林，浓烈的草木香伴着未褪尽的热气，每一步下去都有直冲鼻腔的草叶腐败的气息，巴掌大的飞蛾没头没脑地飞撞过来，色彩斑斓的蜘蛛忙碌着织就可以遮住天空的蜘蛛网，倒悬于树梢上比平常同类都稍大的蝙蝠，吐着毒气在草底下窸窣而过的毒蛇，像一团绚烂的火球，在暗色中莹白闪烁的不知名的花朵，散发着馥烈的香气溶入棕红色的夜雾之中，令人眩晕……

　　山上响起噼里啪啦的鞭炮声，亡者亲属的哀号惊起宿栖的鸟雀，它们发出各种怪异粗哑的叫声扑棱棱地飞向别处。一怔之间，一个人无声无息地出现在重光身后，就那么一秒钟，重光的眼前便一片模糊，重重倒了下去。

　　夜，就这么暗下去……不知过了多久，他才恍恍惚惚有了意识，自己似乎躺在一个异常阴暗的地方，看不清左右，也睁不开眼睛，动也不能动。他想，老子的脊柱一定是受伤了，他甚至想不起来之前发生过什么，是不是从什么地方摔了下去。

　　忽然，头部一阵剧痛，黏腻的液体自额头缓缓淌下，灌进脖颈。脖颈上传来糙裂的磨砺的疼痛，有人用绳索箍住了他的脖子，被血水糊住的双眼因暴涨的血压睁开一点点了，一张苍白又疯狂的脸在面前晃动。

　　是她的声音，在黑暗中喘息着。

　　重光像只奄奄一息等待宰割的羔羊，他感觉自己沉重的躯体正在一点点被拖向更黑暗的地方，老子是不是要死了？昆山的声音在他脑海中

不要吵醒她

283

萦绕——"我不是杀人犯，江小鱼不是我杀的……"

有那么一瞬，她的眼神与他寂然相对，冰样淡漠，甚至摩挲了一下重光头上汩汩淌血的窟窿，像猎手把玩猎物身上的伤口。

"王警官，你有哮喘症……"她冷笑，手中的石块滚到地上，发出咕咚咚的空洞回响。重光从头部的剧痛来推测，它一定沾满了鲜血。

重光等着对方下杀手，是肢解还是绳子勒毙，但什么都没有。

时间一点点过去，痛感缓缓地从脚传上来，他的身体也渐渐有了麻刺感，神经开始复苏，气血一点点回到身体，或许五分钟，十分钟之后，他就可以活动双手，摸向后腰的枪。

残存着一丝意识，挣扎在生死之间的重光正想努力活动麻木的双手时，一股臭鸡蛋样的气味若有若无地飘过来。那气味令他的口鼻灼热，眼睛刺痛，喉头奇痒无比，甚至是气管痉挛，发出难以抑制的喉鸣音。重光心头涌上寒意……这山洞里面有毒气。

他剧烈地喘息着咳嗽着，胸口的憋闷令他万分痛苦，如果要他选择一种死法的话，他宁愿被对方直接勒死。

周围黑漆漆一片，唯有前方远处是一片光亮，他拼尽力气向光亮处爬去，但呼吸的困难让他爬不出两步就得重重喘口气。但接下来的一幕让他毛骨悚然，那些光亮竟然是密密麻麻的蚂蟥，它们贴附在洞壁上，厚厚的一层，犹如此起彼伏的波浪。重光倒吸一口凉气，疼痛和窒息感拖累着他，他的身体只能缓慢前移，而那些蚂蟥也发觉到地上的活物，如侵略军一般涌了过来。

当重光忍受着蚂蟥的攻击，将勉强能动的双手摸向腰际时，他绝望地发现手机和枪都不见了。

突然，一双手把住了他的两条腿，重光一惊，一个人影立在身后。

"谁？"

那是个身材佝偻的老头儿，身穿海上作业用的防水衣，他身后带着一缕光，看上去像某种生长在阴暗角落的怪人。

他不说话，只是抓住了重光的手向前方拖去。重光因拖拽之间产生的疼痛喊叫起来。

"你到底是谁？"

"我是这个岛上的，大伙儿都叫我虾叔。"老人掏出打火机，在洞里四处查看了下，迅速又灭了火。

"虾叔？"重光忽然想起午间在码头小店老板说过的话，不由得喊起来，"你不是死了吗？！"

"我要是跟你一样蠢，可能就真死了。刚才害你的那个丫头，害死了我们村长，我看出来了，她是故意引你上山的。"

"你是说顾夏初？"

"从她来这个岛上的第一天起，我就觉得她不对劲。她太像我们岛上的一个丫头了，只是那丫头已经死了好多年了……"

重光想要再追问，但因突发的哮喘症咳得上不来气，他抬起半僵的手指指胸口，喘息着吐出一个字："药！"

虾叔忙向重光的胸前口袋摸去。重光喷了药，这才慢慢活过来，被砸伤的脑袋重得像颗铅球，暴露的伤口，地上的血迹让一堆堆小山般的蚂蟥闻风而至。虾叔将随身携带的药粉撒在蚂蟥堆上，或许因浓烈的药味儿驱遣，蚂蟥渐渐散去了，重光想爬起来，两只脚却不怎么听使唤。虾叔叹了口气，用羸瘦的身子撑起了重光。

重光长舒了口气，"我以为自己会死在这儿。"

虾叔长叹一声，"要不是我，你死在这儿都没人知道，她像鬼一样，害人都不露痕迹。这洞沟沟角角很多，还有毒气，岛上人都不敢进，当年是让日本鬼子追得没地儿躲了，才进来藏一藏。除了毒气，还有蚂蟥，

不要吵醒她

285

加上这洞在半山腰，潮汛一来，洞就会被海水填满，你要不及时爬出去，就会被堵在里面。"

重光听得毛骨悚然，虾叔催促着："走吧，涨潮了，再不走就来不及了！"

重光忍着痛跟着涉去，前方漆黑，一汪汪海水在黑暗中银镜一样闪闪发亮。不到五分钟的功夫，海水没过了脖颈。虾叔带着重光潜游水中，令人窒息的黑暗过去，眼前渐渐明亮，两人正要靠近一处礁石，忽然重光脚下一沉，像有什么东西拽住了他的脚踝。只见水中一团黑影，粼粼闪烁，他大喊一声："虾叔小心！"

虾叔没有回应，浓烈的血腥味儿盖过了海水的咸腥，他的身子散了架一样失去了控制。重光转身抱住了虾叔，身后的黑影却扬起匕首紧接着刺过来，重光一个侧身躲过，反手拿住对方手腕，对方却鱼一般逃离了反制，迅速消失在水下。

她来去之快，令重光措手不及。天色全暗下来，他想要扎入水下搜寻来凶，被虾叔拦住。鲜血从口中溢出，虾叔艰难道："你抓不住她，她是在海上长大的，快走——"

重光怎么肯独自离开，他抱住性命垂危的虾叔抓住一块礁岩，竭力把他推上去，凭着多年办案的直觉，他相信对方还没有离开，一直潜伏左右，但他已顾不得那么多了。就在他把虾叔推上礁岩的那一刻，内踝又一阵钻心的刺痛，他险些撒手仰覆水下！不等他躲闪，第二刺已扎入臂膀，对方从水中盘旋而出，阴险得像条水蛇，她的头发湿哒哒紧贴着脸颊，眼神凌厉凶狠，活脱脱一只嗜血恶鬼，匕首的寒光卷着浪花一波波向重光袭去，重光根本看不清她的脸，他甚至难以相信对方是个女人。

冰凉的海水浸得他浑身发冷，血不断融入水中，简直就是慢性自杀，如同挣扎在沼泽中的人，越挣扎陷得却越深，而凶手还在暗处冷笑着看他，随时准备袭来，此刻的重光感觉糟透了。就在他捂着肩膀，惊魂未定地紧盯着水面时，空中突然传来一声枪响，礁岩上伸来了一只手。

来人是谁，重光已经顾不得那么多了。他抓住那只手，逃生的欲望驱使，他一个纵身跃了上去。

"她走了。"那只手的主人在夜色中渐显，是个年轻人，重光感觉在哪里见过他。

"你是谁？"

"我们见过。"

"杜小麦！"重光很快认出对方，何况在来琉璃岛之前，自己还调查过他。但重光没时间多说什么，急忙蹲在虾叔身边对其进行心口按压。与他愤怒粗重的喘息声相反，虾叔的身体一团冰冷，没有了气息。

"心脏贯穿伤，失血太多，在这个鬼地方，急救都来不及……"杜小麦拧开手电筒，翻开虾叔的眼皮，光反应已经消失了……

顾夏初很饿很狼狈。

夜漆黑如墨，她完全看不清自己，如一段枯木伏倒荒山。

一种撕心裂肺的绝望在空中回响，她站在风中，透过夜色眺望着远处的灯塔。

灯塔，从她幼时的记忆初始，就以温润的明亮的目光迎接着她。它是昔日那些摧肝断肠荒芜年月的见证，"唯鸿不会回来了，他要出国。我从来都不赞成你们的婚事，这样一来，你也该想想自己以后怎么办。"丁昊贞握着一串串饱满的扁豆，麻利地撕去它们的青筋，面无表情。

"怎么办？"天真软弱的她嗫嚅着，更像在自言自语。她在丁昊贞的背影下卑微得像只虾蝼，腿都麻了，微微隆起的腹部像只忍辱负重的半括号。

姑
获
鸟

288

"都是你自己作的孽。姑娘家怎能那么贱？你和你妈真不一样，你妈比你有骨气多了。"丁吴贞阴阳怪气地奚落着。

"我要去上海，找唯鸿。"她心口呲呲冒着冷气。

"真是不见黄河心不死，他早就走了，坐飞机去外国啦。"丁吴贞气急败坏地摔下扁豆，转身进屋拿出一个白色纸包向白兰扔过去，"我托人去岸上买的。你一个姑娘家肚子大了将来怎么办？你终究还是要嫁人的。"

"除了他我谁都不嫁。"眼泪刷刷地从她脸上下来，她咬着唇面色惨白，像快被暴风雨折断脖子的小白桦，"我把孩子生下来，等他……"说出最后这两个字的时候，她几乎是咬断了牙。

"别做梦了！这儿子是我养的，难道还要听你的？他这辈子不回来了，国外的日子多好啊，将来他还要把我这个当娘的接出去享福呢。"丁吴贞哼哼着，轻蔑地瞥了白兰一眼，"我对你是做娘的心肠，买这个是为了你好。趁着没人知道偷偷把孩子做掉，别等着将来丢人现眼啦。"

白兰握着纸包，像握着一只生了瘟疫的老鼠，她浑身筛糠一样抖，眼泪不值钱地滚落着，颤声道："我知道这个屋里除了他没人是真对我好的。谢谢你给了我这么多年的口粮。这孩子是我的，谁说了也不算，我也不怕丢人现眼。"说着她噔噔跑出了屋。

她已经不能在这个家待下去了，这本来就不是她的家。虾叔收留她在灯塔下的空房子安歇了几天，"老汉睡破鞋"的风言风语就起来了。她只好一个人去了教堂，破败不堪的教堂残留着昔日她和妈妈厮守过的房间。

不知多少天过去，她的孩子几乎都要破壳而出了，粗笨的肚子大得像只鱼篓，走到哪里都会惹来一片嘲笑和奚落。她不在乎，游魂一样捱着日子。

她不肯绝望，尤其是在早上，朝阳初起来，她便会跑到灯塔上去，在那里可以第一眼就看到船进港。她多么期望某个明媚的早上，船上会出现心上人的身影啊。

她没钱去岸上找他。

几个月过去，没有任何海上来的音信。

她不知道，那些信未登岸之前便被一个人截了去。

这么小的一片岛屿，谁不晓得谁？出海捎信的渔民们多半是给丁吴贞几分颜面的，那信也就暗中让她给揣了回去。世俗的眼光里，这种靠着弄大自己肚子强势逼婚的女孩子多半是不讨喜的。

丁吴贞揣走了她的信，还不忘在众人面前奚落几句："那个逼丫头啊，真是得了失心疯了，我这么多年养着她，她却要蝎子一样来蛰我，勾引我那老实巴交的儿子。"

也有人劝说，养了这么多年，干脆收做媳妇得了，丁吴贞便会脸色一沉，"你是什么意思，莫要瞎掺和，我们唯鸿要出国的，要娶的媳妇儿怎么也要披一身洋皮，不信你们等着瞧……"

多少年过去，白兰变成了顾夏初，顾夏初变成了画中鲜血淋漓的姑获鸟，她忘了自己是谁，却始终忘不了那卑俗阴冷的侮辱与折磨。

西方的天幕被涂作了靛蓝色，粉红与深红糅杂融动的流云，如同无数个在天幕上跳起夜魅之舞的妖艳舞娘，摇摇摆摆的影子在海上渺绵若幻境。一脸惨白的月娘自云魅的裙下悄悄爬出，满怀鬼胎地窥视，惨白的手拂过琉璃岛的莽山深林，教堂村落的断壁残垣……

夏初看着那些粉色若婴孩皮肤、深红若鲜血般的色彩，忽然感到了恐惧，内心的罪恶感若火山喷发。那些流动的云影分明是无数个在天空飞舞的魔魅，正呼啸着向她而来。她在山间亡命地奔跑，仿佛身后有无数双变形的诡异的手，正试图扼住她的喉咙。

她鬼使神差地来到了教堂前，这教堂的锥形顶像一把凌厉的匕首，给了她几分安全感。

蜷缩在教堂的墙下，她忐忑不安地透过彩色玻璃，战战兢兢盯着窗外。

靛蓝色的夜幕下，一团巨大的扭曲的光影在盘旋呼啸。

那光影在苍廖的天地间迅疾漂移，若一团从天而降的龙卷风，不，确切地说那是一个举着火把的巨人，你看不到它的全貌，它是无形的不可捉摸的诡异阴冷的东西。

耳边忽然起了风声，残破的窗户被掀得四分五裂，瞬间爆裂成碎片，夏初在窗前步步后退，令自己惊惧的那个东西正在向这座土楼靠近。看清楚了，那个巨人，身体庞大，腹部臃肿，像一条怀着重孕的蝮蛇吐着猩红的舌信。弯曲的身影投射在灰楼和楼前的空地上，张牙舞爪的阴影罩住了自己的脸。

"啊——不！"夏初嘶喊起来，她突然意识到唯鸿不在身边，而他那面色阴沉的母亲此刻也神秘地消失了！不，救救我！不要留下我一个人。她哆嗦着将身体藏在暗处。

那巨人越来越近，黑漆漆的头发罩在灰楼的尖顶上像一面随风飘摇的黑布，臃肿的腹部几乎盖住了整栋楼壁，狰狞的面孔暴露在月光之下……不，她怎么有一张和自己一样的脸？那脸紧贴着玻璃窗，黑洞洞的两只眼睛充满了殷红的血水紧盯着自己，发出极为凄厉的哭声。

夏初的整个身子都在发抖，"她是谁？她为什么这么看着我？"

女子血淋淋的手扒向了窗户，那些残破的玻璃迅即被血水晕染开来，夏初惊怖地看到楼道内每一扇窗户都变作了血红色，映射出她那张厉鬼面孔。她的嘴唇已经烂掉了，白森森的牙齿裸露在外，喃喃自语似的翕动着，青灰色的面颊深深凹陷下去，像是枯叶蝶干枯的外衣。

"你杀了我，你杀了我！"厉鬼哭喊着，风掀起她的黑色长发，露出骷髅般的白色头皮，在哭声中她松枝一般粗壮变形的手猛地砸碎了窗户，向夏初抓去。夏初尖叫一声，看到那只钢筋一般冷硬的手插向了自己的胸口，鲜血汩汩而出。

四围一片阴暗，潮湿的墙皮能滴下水来，当头顶上传来歇斯底里的足以撕破人耳膜的喊叫声时，谢晏菲不禁打了个冷战。

这是一座幽闭的密室，她不知道自己怎么会置身其间。从父亲的口中发现顾夏初的可疑之后，她一直在尝试着联系唯鸿，可始终联系不上。哥哥突然跳楼，给她的心口留下了终生难忘的割裂伤，唯鸿也是她眼中至亲的人，她不能再眼睁睁看着有一个至为亲近的人被周围人都看不见的黑洞所吞噬。

她记得自己刚踏上这个岛，向当地人打听唯鸿哥住处时，忽然就失去了知觉，之后所有的记忆都是空白。

当她醒来时，一只黏腻的壁虎正缓缓爬过她的鼻子，她的身上脸上到处都是融化的巧克力一样的污物，那是老鼠留下的，气味令人作呕。

她懵懵懂懂，不知所措，身边没有一个人。面前竟有一个白瓷盘，干净极了，盘中有一条鱼，肚皮外翻，安静地翻着白眼，那吐不出呻吟的嘴巴微微翘着，想要给这世界留下点什么。

谁给她留下的鱼？自然是圈禁她的人。对方是让她靠此果腹苟活吗？可为什么留下一条生鱼？这几天她饿极了，面对着这条以看不见的速度暗中腐烂的鱼，她难以下咽。即使她快要饿昏过去，面对鱼身上那光滑闪亮的层层鳞片，她还是难以鼓起把它生吞下去的勇气。

随身的物品都不见了，身上只有一件肥大的丝缎睡衣，脏兮兮的却在昏暗中发出真丝特有的柔润光色，手摸上去还有密集针线绣出的小碎花。睡衣上传来的腐烈气息让她不禁怀疑这是从古坟堆里扒出来的物件儿。

最让她惊惧的是，沉闷的密室上方总是有奇怪的声响，像是天花板上锁了一只猛兽，在她的上空发出痛苦的嘶吼，时而尖利，时而低沉，她想象着那不过是风声，空气掠过上方地面时留下的尖锐的气流，但半夜它也会突然爆发，轰响整个教堂的上空，刺穿她的耳膜，让惶惶不可终日的她更加神经衰弱。

她顺着那些堆砌的古旧西洋式酒柜爬上去，想从天花板找到一线生机。好吧，小麦说得没错，就没见过像她这么笨的女人，还未等手触到上方，她就重重摔了下去。

她蜷缩在角落里，爬动的力气都没有，但求生的欲望很快又驱使她再做一次徒劳的努力。她穿过那些家具，找到藏在暗处的楼梯，拖着一条被摔得几乎失去知觉的伤腿爬上去，脚下是吱吱嘎嘎的声响，堆积多年的尘土在这一刻扑簌簌飞起落下，使尽全身力气爬到顶端时，一道冷冰冰的铁门堵住了去路。

铁门外的锁发出沉重的闷响。她在铁门前绝望了。就在她颓然瘫软的那一刻，铁门突然开了，一道细长的雪白的光影射了进来，有个人对着她喃喃着，"小鱼"，捧住了她的脸。

四目相对，晏菲几乎要魂飞魄散，那双眼睛太熟悉了，是顾夏初，她喊自己"小鱼"！她忽然想到放在面前的那条生鱼，不寒而栗……

夏初看着面前那张浮动的脸，心魂忽然就空洞了，眼前晃动的全是十年前的光影……空中有婴孩的啼哭声，十年不过是弹指间，她又置身于这栋黑漆漆的死牢一般的密室了。她的孩子就是在这个房间艰难地降临，她在那些破烂家具中蠕动挣扎，嘶喊着挣扎着，在无尽的痛苦中竭力保存着一点点清醒的意志，甚至品尝到了灵肉分离的可怖瞬间。迸裂而出的灵魂在疼痛中升起，俯瞰着地上的肉体，那是一朵开在无数荆棘中的血蔷薇，沾满鲜血的两条大腿，艰难地爬向那团模糊的血肉。他来得太早了，即便是把他捧在手心，也看不出他的嘴脸，全是血。他没有呜咽，身子骨软得像团海绵，那么可怜，她抱着它靠向心口，如果可能的话，她宁愿把自己的心脏掏出来给这小小的肉团儿换上，他是她的孩子，一切的希望……她晕厥过去，她以为那么痛苦，上天不会让她再次醒来。

你瞧，你承受了那么多痛苦，还是什么都没有发生，神没有降临，地狱之门也没有开启，你拖着伤痕累累的身体蹒跚着走向了海边。

你太累了。不过是短短一天，却像是走完了整个生命。

当海水没过头顶的时候，一艘船静静靠了过来，一个苍老的身影说："丫头，我送你离开这儿……"

她不知道怎么上的船，怎么离开了那座让她伤心欲绝的岛，她只记得那一天，海水和天空的颜色一样，是灰蒙蒙的。她上了岸，流浪在异乡，在陌生人家的屋檐下蜷缩过夜，向街上的摊贩讨饭吃，即便身上有上岸时虾叔塞来的一点钱，但脑海一片空白的她已经不会说话了。活着真累啊，她想和那小小的肉团儿一起去死，他的血还残留在她的指尖、她的衣角、她的心口……

她也有突然清醒的时候，清醒时她会打听那些异乡人，怎么才能去上海，有人告诉她，上海离这里上千里，你这样一路讨饭过去要三个月呢！讨饭？她这才发现自己已是蓬发垢面憔悴至极。强撑心力，她用仅有的那点钱找了一个小旅馆，天天失魂落魄。老板娘知道了她的事，长吁短叹，数落道你这个丫头怎么这么笨，就不知道打个电话？她怔然，那个年代打个长途电话对她来说是很奢侈的事情，她在岛上活了十几年，都不知道电话是什么样子。

老板娘一边唏嘘，一边帮她查唯鸿所在学校的教务处电话，反复打听，那边说叫这个名字的学生好几个哩，老板娘就唧唧哇哇一通解释，那边又说你找的那个人早走了，出国了。老板娘急了，追问去了哪个国，对方称德国，老板娘一头雾水，德国在哪儿有多远，对方却撂了电话。老板娘愤愤不平地放下电话，半晌才缓过气来，骂道你那个死逼男人啊，早跑了，跑到国外去了，你还死心塌地给他生孩子，那种没良心的狗东西根本不配有孩子……

夏初起初看着老板娘拿着电话，像看着根救命稻草，眼睛都亮晶晶的，现在忽然晴天响了个霹雳，不知道对方在说什么了，她的耳边全是风，呼啸凌厉，割得耳膜都疼。

她度日如年，不敢入睡，一到梦中就是母亲的惨死，孩子的夭折，她以为唯鸿最不济会逃避，不要她，但她怎么也想不到他就这样走了，一句话都没有，那种被抛弃的感觉刀刀入骨。半夜里，她被憋闷得又疯了，对着墙壁嘶喊，吵得隔壁房客敲门过来骂。她索性嚎叫起来，捂着耳朵在地上打滚，喘着粗气捂着胸口，精神分裂的痛苦比死还难受，老板娘看出她不正常，也不敢那么热情了，有意无意地暗示她那点房钱不够。

她举目无亲，整日在镇上游荡，何去何从呢，似乎只有一死了之了。她徘徊在码头，看着海上去往琉璃岛方向的船只，心如死灰。琉璃岛那么偏远，少有人来这里，偶尔碰上一个，那人却惊叫起来："你不是小兰吗？难怪平日里不见你，我听丁家伯母说你私奔去了大城市，怎么会在这儿？"

她的毛发都倒竖起来，刹那间，忽然觉得该死的人不是自己而是丁吴贞！让她死为自己的孩子偿命，让那个逃到国外的负心贼付出代价……各种复仇的念头在脑海间翻腾着，恶搅着，她一阵阵恶心，只有海风吹过来，她狂躁不安的内心才能有片刻凄冷。如果自己死了，他会难过吗？她不止一次想过这个问题，肯定会！她毫不质疑他们之间的相爱，握着自己的手时，他总是微笑着的，满足的，那他为什么要抛下自己，他真的那么狠心？就因为那个恶毒的老女人？如果她就这样不明不白地去死，他会知道那个夭折的婴儿的存在么？会为她承受的那些折磨和痛楚感到内疚和悔恨吗？

哦，这么多年过去，痛苦的还是自己，他还是不知道。顾夏初看着面前惊慌的晏菲，昏暗的四处散发着霉味儿的地下室，发出一声冷笑。

"小鱼，你不能出去，不能离开这儿，他们会害死你……"

"小鱼？"晏菲惊讶地瞪大眼睛。

顾夏初紧紧捧着晏菲的脸，眼神中充满爱怜和痛楚，"我们要永远在一起，再也不分开。"

"我不是江小鱼！你疯了！"晏菲惊恐，大喊着，"是你把我关到这里来的？你真是个精神病！"

晏菲边说边向外冲去，就在要冲出铁门的一瞬，忽然飘来一股异香，眼前瞬间暗了下去。

顾夏初抚摸着晏菲的脸，她和自己多像啊，像一个模子里面出来的，那种似曾相识的感觉多迷人，和她捧着那团夭折的肉团儿骨血相连的感觉一样，可惜那时候她根本不知道小鱼就是自己的孪生妹妹。

她在码头徘徊了一整天，终于下决心买了张船票，除了船票，还有在怀里揣了许久的安眠药，她想总该跟丁吴贞有一场决断。

天色阴晦，下起了小雨，她想孩子在天上看着她呢，孩子知道她要做什么。就在她拿到票转身的那一刻，意外发生了，一道光照亮了眼睛，一个玲珑似雪的人儿映入眼帘。看见她，就像看见镜中的自己，白兰惶惑了，世上竟有和自己如此相像的人。现在想想，那是上帝给自己的礼物吧？它可能会对她说，嘿，你在这个世上没那么孤单，还有个亲人呢！可惜，她会错了老天的意，之后很长一段时间她沾沾自喜，以为它给了自己一个替死鬼。

"你去哪儿？"她问她。好奇怪，这么多天她一直濒于崩溃，除了嘶喊就是不停地哭泣，现在竟然能够如此自然地说话。

"琉璃岛。"她淡淡一笑，说话都是甜甜的淌着蜜。虽然眉眼相似，但她面颊红润，白皙似雪的皮肤在向日葵般的暮色下透着一抹淡淡的玫瑰色，她的家世一定很好……想到这儿，白兰忽然一股醋意，恨绝了的心闪过一个念头，她要让那个负心贼一辈子都活在歉疚和悔恨里面，彻生难赎。

小鱼太天真了，轻信了她船票已经卖完了的鬼话，很快在她的热忱寒暄下与她熟悉起来。雨势渐大，天色渐晚，白兰提议不如与她一同在小旅馆歇宿，第二天一同去琉璃岛。

小鱼就这样高高兴兴地跟她走了，她怎么也想不到进了小旅馆房间，白兰递过来的一瓶汽水会要了她的命。

她的眼睛微张，小嘴也微微翘着，那张脸就是一个魔咒，之后很多年的很多夜晚，她会出现在白兰的梦中，睡在她的枕边，小嘴反复叫着："姐姐，姐姐……"

是，临死前她接过那杯水，甜甜地叫了声"姐姐——"，甜蜜的，满足的，那是她们有生以来第一次姐妹相称，也是最后一次。

一道闪电划破天空，把床上的那具尸身照得透亮惨白。她站在床前看着尸体，一瞬间有点不知所措，她把给丁昊贞的安眠药放在了汽水里面，这谋杀太顺利，顺利得近乎诡异。

即便她咬了牙要去这么做，但还是有点小小惆怅，仿佛下手之前她们之间还应该说些什么。白兰握着小鱼的手，她的手还是温的，柔软的，在床前伫立许久，直到那小手渐渐化作一块坚冰。她回味着小鱼的笑容，多么温暖啊，纯洁若小鹿，就像母亲生前那充满爱意的目光一样。很多年以后，白兰在缠身多年的梦魇中，渐渐明白小鱼其实是想跟她说点什么的：我终于找到你了呀，我真的，很高兴……你是我在这个世上最亲的人。

可复仇心切的她怎么会在意小鱼给她裹挟而来的这些微妙的感觉，她更想知道那个负心贼得知自己自杀暴毙会是怎样的感觉，他会痛苦吗，会为自己伤心哭泣吗？她颤抖着用从小旅店前台借来的一支劣质圆珠笔写下了一封血泪斑斑的遗书，塞在小鱼的手里，趁着夜色穿上雨衣夺路而逃。

她一度蜷缩在附近的渔村，十几年前那里很是荒凉，大片大片的水田在湿漉漉的水汽中闪烁着镜面一般的光亮，成千上百只蛤蟆在水里呱叫。她暗中打听消息，果然，琉璃岛的人兴师动众来到镇上小旅馆将小鱼的尸体搬了回去，谁也想不到她会在人群中静静地看着这一切，再后来她听说丁吴贞疯了……她并无期望中的复仇快感，只是匆匆动身去了上海。

她幽灵般游荡在那个纸醉金迷的都市，身后是千里之外的琉璃岛，碰不到一个来自那个岛屿的渔民。十几年过去，他们的身体都随着时间的流逝萎靡在那片邪恶的土地上，他们的声音在没有飘到上海之前就被海风吞没了，感谢这个世界的博大，它能够吸纳所有龌龊的高贵的灵魂发出的声音。

有人说，杀过人之后会寝食难安，日以继夜地做噩梦。

但她没有。她暗自庆幸，自己可以脱胎换骨，以另一种身份自由地生活飘荡，直到有一天她撬开了小鱼随身携带的那只提箱。

　　她带走了小鱼的提箱，不想给现场留下任何证据，包括衣物她都彼此小心翼翼地换过。

　　小鱼的提箱里只有皱巴巴的二十块，余下的满满的都是泛黄的书和书信。通过那些信，她知道了昆山，恶意栽陷小鱼逼她离开昆山的周一苇，白兰渐渐意识到小鱼那娇俏的外表背后，原来也是个苦命的人……最后，她在那些书信的下面发现了一件不同寻常的东西，它像一条鲨鱼潜伏在那一叠黄色信纸下面，露出锯齿状的牙齿，冲她惨兮兮地笑着。她信手抽出，原来是一张撕得只剩一半的全家福。那是张黑白照，年幼的小女孩儿偎在一个英俊男人的怀里，灿烂地甜甜地笑着，微翘的小虎牙可爱极了，那必定是江小鱼和她的父亲了！白兰踉跄着倒在地上，她猛地想起曾在母亲的珠宝匣子里见过那么一张照片，自己和母亲以同样的姿势相偎着，母亲身边的那个人只剩下半张脑壳……她打开的是潘多拉的盒子，守卫地狱之门的恶犬一下子向她扑了过去，她捂着脑袋瞬间爆发出撕心裂肺的嚎叫。

　　她开始疯狂地追寻江小鱼的一切，她的住所，她曾有过的爱，她的那些画，她的习惯……这个曾经湮没在人海之中渺茫不可见，昙花一现却又迅速夭折在自己手上的妹妹，牢牢钳住了她的心。她不断翻看着小鱼的那些遗物，一字一字读着她写给昆山的信，陪她一起流泪心碎……直到有一天站在镜子前，她看着薄而红润的唇，纤细的眉，娇怯的眉眼，发现自己与小鱼已经浑然一体了。她们相互拥抱，抹去彼此眼中流下的血泪，哭个不停，"对不起，以后再也不分开了……"

谁是姑获鸟 *15*

人生不相见，动如参与商。

今夕复何夕，共此灯烛光。

恍恍惚惚中，唯鸿从黑暗中醒来。周围阴冷、潮湿，潮气蚀身，还伴随着一股腐烈的气味，这气味仿佛在哪里遇到过……他不知道自己昏睡了多久，一天？两天？关键是他是如何置身于这种幽闭阴冷的空间的。他尝试动一下手脚，却惊诧地发现它们似乎被什么东西牢牢地捆缚着，甚至他的嘴巴也被堵得死死的，发不出一点声音……头顶上方传来有节奏的清晰可闻的闷鼓一样的轰鸣，那是海水在扑卷礁岩，他努力转动大脑，开始回忆之前到底发生了什么。

哦，对了，那时他躺在地板上，一个白色的影子站在身前。她正对着昏黄的灯光，仰着头眯着眼睛将一小瓶药缓慢地推入针管，那白色的黏稠的液体从针尖倏地射出，在他的额上流下一点水渍。

"你醒了？"她蹲下来，摸摸他的额头。他渐渐看清了，她的脸在昏暗中有点扭曲变形，不知道为何他忽然就想到了鬼枭，它在黑夜中的叫声犹如鬼魂，总能幽灵一般提前嗅出将死之人身上的气息，所以世人叫它"报丧鸟"……她端详自己的眼神就像看一个死人。

谁
是
姑
获
鸟

299

"你把晏菲藏到哪儿去了？"他吃力地抬起上眼皮儿看她，希望她体内还残留着正常人的一部分。

她咬了下唇，似乎在思考什么，却答非所问地幽幽道："要是没有你，我是不会死的。"

"什么？我不明白。"

"姐姐杀了我，因为你，她太爱你啦。"夏初突然鼻子一皱，小女孩一样哭起来，"姐姐，你为什么要杀我，我在海上冻得慌，太孤单了，一个来看我的人都没有，你就让他来陪我好不好……"

说着，她将绳子套在了唯鸿的脖颈。唯鸿四肢麻木，舌头成了堵住咽喉的木塞，头顶灯光也是晃来晃去令他眩晕。

"你们谁都不能离开这个岛，我姐姐说了，她会让你们统统给我陪葬……"

唯鸿瞬间明白了谢永镇的话，"顾夏初就是个鬼，她会害死所有人！"那干涸的喉头不由得发出痛苦的哀鸣。

王重光和小麦在山上伫立片刻，便下了山，决定去码头的小饭馆儿草草将就一夜。

老板深夜被拍门声惊醒，看到一身血的重光吓了一跳，当他得知虾叔被害更是吓得魂飞魄散，连连道："这太邪门了，一定是有什么东西在作祟。"

"什么东西？鬼要害人还用得着拿匕首？"王重光闷声道，老板翻箱倒柜找出的酒精棉一沾伤口便阵阵作痛，他闭目呲牙忍了好一会儿。等老板帮他包扎好伤，他缓过劲儿来睁眼瞧瞧屋内，忽然发现少了个人，小麦不见了！糟糕，他顿时明白杜小麦找不到谢晏菲是不会善罢甘休的。

妈的，今晚是歇不了了。

杜小麦在岛上已经盘桓一整天了。晏菲的一意孤行让他有点小忧伤，潜意识里她还是对那个华医生有留恋吧？他一想到这儿就很不舒服。

他在岛上转来转去，唯一的希望就是晏菲头上的那只水晶发卡。他送她的发卡就是一个小小的人体追踪器，实际上他送这种别有用心的小礼物已经不是一次两次，每次被晏菲发现，她就把它们统统扔进垃圾桶，大骂他跟踪狂变态，骂得他狼狈不堪抱头鼠窜。

之前，他也暗中打听华家位置，翻墙进入老宅。但屋内除了一个痴痴傻傻的老太太，别无他人，这未免诡异。据他所知，华唯鸿并没有离开这个岛，难道他和晏菲一起失踪了？这让他有了不祥之感，顾夏初的阴冷总是让他带着那么点儿不寒而栗。

海上的灯塔一闪一闪，给这小岛添了抹神秘，他最终在岛东的那片斜坡坐了下来嚼了片薄荷。还是一点儿信号都没有，难道晏菲发现了那只发卡的秘密把它扔了？正犹疑着，前方突然传来奇怪的声音。

"嘤嘤嘤"，是孩子在哭，还是鸟的怪啼？站在山坡上，铁灰色的上空和黑压压的山林映衬下，那古老的哥特式教堂就像是潜伏的妖怪。他慢慢向教堂走去，仿佛教堂里藏着什么。

教堂的门半敞着，里面漆黑一片，小麦没有拧开手电，他已经领教了顾夏初的厉害。果然，还未在大厅内走出半步，门忽然就关上了！对方可能隐藏在身后，小麦正警觉间，一股气流倏然掠过，紧接着一道黑影在前方楼梯口转瞬即逝。

小麦正要追上去，脑海中却打了个问号，门为何是半敞着的？他屏住呼吸跟上去，原来楼梯口侧面有道暗门，里面犹如黑洞，弥散着潮湿腐闷的气息，"嘤嘤嘤"的声音正是从里面传来，难道是晏菲？

小麦心跳得厉害，"晏菲"两个字就要脱口而出，却被一只手牢牢自后扼住了喉咙。那只手还拿着一瓶液体，向小麦口中强灌进去，小麦猝不及防被灌了一大口。他情急之下一个后肘击，身后偷袭的那个人吃痛弯腰。小麦赶忙用手抠着喉咙强迫自己呕吐，地上那个人却不肯罢休，趁乱再次把药液向小麦脸上洒了过去。

眼睛一片刺痛，小麦惨叫了一声，腹中残存的药液令他的肠胃翻江倒海地抽搐起来，难以支撑的小麦不由得倒在地上，痛苦地呻吟着。

天旋地转，周围似乎起了烈火，关键是他的身体在地板上被人像耍蛇一样抓住了两只脚踝倒拖向那道暗门。

他的脸颊被粗糙的地面摩擦着，火辣辣地疼，就在他努力睁大眼睛，想要看清周围摇摆不定的世界时，他的身体却像被扔下山的石头滚落下去，原来暗门后面就是一道通往地窖的石阶，他被狠狠踹了下去。

整个世界都倒转了，小麦的脖子像被卡的齿轮，全身都生疼，正在他竭力扭转身体想要看清眼前时，昏暗中一双裸足走了过来。

"晏菲！"小麦大惊，是晏菲没错。她穿着一身空荡的白袍，踉踉跄跄地跨过他的身体，一步一步走了上去。

丝袍包裹中的她柔光葳蕤，像月下盛开的幽幽百合，要是平时小麦会觉得美若天仙，但此刻却格外害怕，晏菲的那双眼睛就像没有被点睛的画中美人儿，呆呆的。小麦拼尽全身力气想要抓住她的裙角，却只抓到了一块脆裂的布片，接下来的一幕更让他目瞪口呆，随着晏菲的身影消失在门口，一个巨大的火球腾然而起，向他这里滚落下来……

王重光刚走出小饭馆儿，就听见远处一声轰响，紧接着就是火光滚滚，一串火焰从东南方向黑黢黢的教堂上空蹿出。他来不及多想就向教堂冲去。

烈火围攻之下的杜小麦仿佛坠入炼狱，他在火光中沙哑地嘶吼着："晏菲，是我——我是小麦！"

晏菲毫无反应，火势越来越大。闻声而来的渔民在外围观，没有人上前救火，在他们看来一把火烧个干干净净还不错。

重光透过破旧的窗户一眼看到一个白色影子，大吼一声："里面有人！"

渔民们这才骚动起来，几个胆大的脱下衣服罩在头上就往里冲，但到了门口就被灼热的气浪给逼退回来。

重光咬牙，向着教堂冲了进去。

天生我才的杜小麦只偶尔几次设想过自己的死，那是他对宇航技术着迷的时候，他可从没想过死在地球上。他想象着自己漂浮在外太空，死前倒数的 15 至 30 秒内，地球上成千上万的人正关注自己的死亡，看着他挥一挥手做出一个伟大的道别，紧接着太空辐射和射线把他的尸体烧为灰烬，或许从此太空某座星球以杜小麦来命名。他可从没想过自己被一个疯子关在地窖里，活活烧成了烤乳鸽，然后以北京烤鸭四脚朝天的僵硬姿态躺在冰冷的停尸床上让法医们去啧啧围观，妈的，太不精彩了！就在他自嘲死亡的那一刻，一个高大的身影从那些堆砌的破旧箱柜后面冲了过来！他翻身背起自己若一尊金刚步伐铿然有力，穿过滋滋舔着皮肉的烈火围墙，一路踹翻那些横七竖八面目狰狞的屏障，迅速冲到了阳光底下。

琉璃岛的上空弥漫着焦烟的味道，岛民们三三两两都围拢了过来，看着失火的教堂，窃窃私语。

"果然有邪气，干脆把它推倒得了！"

此刻的教堂被烧成一团焦黑，但哥特式的尖顶依然傲挺，无声冷笑。

"要说邪气，岛上闹鬼的地方多着呢。"一个声音低低地说。这女巫的声音，刺激了每一个人的神经。

教堂前围观的人起了波澜，有人悟到了什么，纷纷向一个方向奔去。

304

教堂前的空地上，王重光再也支撑不住，一头栽倒在地上。

旁边的小麦一个劲地干呕，呕到把胆汁都吐了出来，一边呕一边狠狠骂道："这女人到底给我灌了什么，还好我反应快……对了，晏菲呢？！"

重光哪儿还有力气回答他的问题，只能在地上大口喘着粗气。

小麦稍微缓过劲儿来，像一头愤怒的狮子向教堂冲去。

教堂里面除了浓烟和遍地狼藉，空空荡荡。

重光筋疲力尽，紧张到几乎感觉不到皮肉烧伤的痛楚，从踏上这个岛的那一刻起，对方就层层算计，从虾叔到杜小麦，再到谢晏菲，这么疯狂到底是为了什么？忽然他的心"咯噔"一下，华唯鸿呢？！到现在为止，华医生就像人间蒸发，根本感觉不到他的存在。一种不祥之感幽然而起，重光跌跌撞撞站了起来，举目四望，岛上安静如常，看够热闹的渔民们扛着渔具拖着渔网互相吆喝着向码头走去。

"小麦，你见过华医生没有？"

"听说回上海了。"

"谁说的？"

"华家邻居。"

"他们亲眼看到的？"

"不清楚。"小麦皱眉，"难道你认为晏菲失踪和他有关？不，我见过晏菲，她还在这儿！"

"你不觉得诡异？顾夏初这么残忍，这么疯狂，华医生和她朝夕相处竟然毫无察觉，除非……"

"除非什么？"

"除非他是个死人。"

小麦背后起了一股寒风，"我怎么没想到，华家现在只剩一个疯疯癫癫半身不遂的老太太……"

"办了这么多年的案子，像她这样不可捉摸的杀人犯也算屈指可数。藏在暗处，不动声色，干掉一个又一个……最让我不甘心的是她还是个精神病人，很有可能会脱离法律的制裁。"

重光心事重重，顾夏初这么疯狂作案的背后藏着什么？她为什么要这么做？这令他百思不得其解。

"从一开始，顾夏初就应该被送进监狱去。晏菲一直不肯相信她哥哥是自己跳楼自杀的，可谢院长有意袒护顾夏初，把她安排进了精神病院，逃过了所有人的质疑和谴责。"

"谢永镇为什么要这么做？"

"顾夏初实际上是他的亲生女儿，她原来的名字叫白兰，和华医生是青梅竹马，两个人一起在这座岛上长大。"

"什么？怎么你越说我越糊涂了？"重光清楚记得他第一次看到顾夏初的情形，她癔症性失明发作，被众人围攻，华唯鸿挺身而出，任何人都看得出他们素昧平生。

小麦长出一口气，"我也想不通，但晏菲就这么跟我说的，顾夏初很有可能和华医生有一段说不清的过去，因为这段过去，她处心积虑多年，改头换面换了种身份接近华医生……晏菲很害怕，她担心顾夏初这么做，就是要对华医生实行报复。"

江小鱼、白兰、顾夏初这三个影子若一团黑色疑云，将重光牢牢锁住。他就是剥丝抽茧，一时半会儿也理不清。他无比焦躁，身上的伤痛

谁是姑获鸟

愈发剧烈，就连沉下来的夕阳也让他感觉灼热非常。但这种灼热并非来自内心，很快他就察觉到异样，"哪儿来的浓烟？"

"海上！"

小麦顺手一指远处的鹰嘴断崖，重光的心悬了起来，莫非又有人纵火？他大吼一声问左右的人："谁在点火！？"

正在教堂收拾残局的几个渔民闻声抬头，看了看远处那道扶摇直上的黑烟，若有禁忌地相互看了看。一个老头儿慢悠悠道："那地方阴气太重，放把火驱驱邪气。"

"阴气太重？"

"十多年前岛上死了个丫头，当年要给她下土的时候墓碑突然裂了，风水师说大凶，她的棺木就一直被搁在那片海滩上。从那以后，这个岛就开始闹鬼，你看我们村长死了，教堂也烧了，奇奇怪怪的事情这么多，刚才又有人说是那棺材作祟，大家伙儿合计着干脆去了这个祸害。"

重光听老头儿絮絮叨叨，听得心里头冷飕飕的，"死了个丫头"这话在他耳边滚来滚去，总透着几分诡异，他却又想不出诡异在何处。带着一脑子迷雾，他和小麦向海崖下奔去。

眼前一片黑暗，时而有黏腻的散发着腥臭的液体滴落下来，灌入鼻腔。唯鸿不明白顾夏初为何不把自己弄死，反而将他层层捆缚，像插在钢钎上的生鱼片与身下的木板牢为一体，动也不能动，喊也喊不出来，难道她是想让自己体会死亡的脚步缓缓而来的恐惧么？

他不知道昏睡了多少次，或许只有昏睡才能驱走饥饿和恐惧。潮湿的雾气浸湿了他的衣服，缓缓渗入身体，浸得他浑身酸冷，愈加虚弱。就在他又一次闭上眼睛静待死亡的同时，杂沓的脚步声传来，几个男人的声音，他听得出来是岛上人，他们吆喝着咒骂着，紧接着有石头抛砸在船板上的声音，咚咚作响。

"点火！"有人大声吆喝。

他能清晰地听到松木被烧着时噼噼啪啪的爆裂声，甚至是松香馥烈的烟味儿，火燃起来了。他静静地躺在那里，"姐姐为了你杀了我"这话一直萦绕耳边带着谜样的味道，现在倒渐渐释然了。心底那个鲜血暗流不止，一到黑夜就撕扯着灵魂阵阵作痛的伤口忽然笑了，原来她没死，她一直活在自己的身边，用一种不同寻常的爱意仰望着自己，直到把自己送到漆黑阴暗的忘川河边，让烈火来得更猛烈些吧！

这时候，他的身子暖起来了，有一种轻飘飘的感觉，像躺在一团柔软的棉花上，烈火已经卷裹着热浪从四面八方扑了过来，灵巧的火舌伸向破败不堪的船身，他仿佛能看到丝丝火光在船板上方吞吐着，狞笑着看向自己，头顶的船板也发出吱吱嘎嘎的响声，有什么东西在挣扎蠕动……他看到了一双红色的眼睛，透过了黑暗在上方俯视着自己。

"你们杀了我，"她在对他打着口语，她的五官像被卷裹在蛛网中的骷髅，丑陋可怖，"火烧不死我！"她张开嘴巴狂笑，黑浊的液体自她朽烂的脖颈渗出，滴落在他脸上，愈来愈近，他感觉自己被一种不知名的力量撕裂着，她在渗入自己的身体，不——

唯鸿喘不上气来，她的脸悬浮上空，静对自己，惨白阴森，脖子早就被棺木常年的压迫挤变了形，像被拗断了一样。黑色水藻一般黏腻尚未烂掉的长发，渐渐遮住了他的眼……

"停下，谁都不许动！"一声爆裂的枪响震破了可怖的喧嚣。

王重光冲到熊熊燃烧的破船前，挡住了那些不断扔火把的壮汉，"我是警察，谁都不许动这棺材！"

"来不及了——"

小麦低声叹道，只见黑烟滚滚若一道冲入云霄的龙卷风，船上的烈火映红了半边海滩，被烧焦的船板纷纷散落，伴着一股奇异的香。

几天后，一个渔民在琉璃岛附近的一块礁岩发现了谢晏菲。那时候靠近海鱼的产卵季，很多大腹便便的母鱼要贴近礁石产卵，渔民们喜欢拿着铁锹拍死那些一肚子鱼籽的孕妇们，她们行动不便且口感很好。就在一个壮汉举起铁锹要猛拍在水下若隐若现的一块泛白的鱼肚皮时，那条母鱼发出了惊叫，把壮汉吓了个半死，以为妈祖娘娘突然显灵。

晏菲恍如梦游地从水中爬向礁岩，照她的话说，夏初对她很好，没有伤害她。

"顾夏初呢？"

王重光追问道，晏菲懵懂摇头，"姐姐怀孕了，她想要一张床把孩子生下来。"

康德医院为华唯鸿举办了一场隆重异常的追悼会。

精神病学界的资深学者顶尖人物几乎都参加了这场追悼会。

唯一有些扎眼的是几个穿着警服的人，他们一动不动站在唯鸿的遗像前，严阵以待如临大敌，令这场追悼会看上去悲凝异常又透着危机。

"我没有请你们来。"白发苍苍的谢永镇在晏菲的搀扶下蹒跚而来，他看上去犹如大病初愈，悲痛万分，脸上的每一道褶皱都挂着泪水。

"我不是来参加华医生的追悼会，我是来要人的，把顾夏初交出来！"王重光暴烈的吼声震惊了所有人，来客纷纷停下脚步，惊异地看着他们。

谢永镇脸上的肌肉抽搐了几下，缓缓道："王警官，我这里所有的精神病学专家都可以作证，她就是个妄想型精神分裂症病人，很严重的精神病人，这是已经通过无数次会议讨论研究的事实。"

王重光看得出来，谢永镇的身子因为激动而瑟瑟发抖，犹如霜败的叶子在秋风中哆嗦。

晏菲在一旁看着父亲的胸膛因为剧烈的喘息而起伏不停，害怕极了，小心翼翼劝说着："王警官，我理解你的心情，可是我姐姐在医院强制治疗了，这是政策允许的。强制治疗你懂吗？王警官，她永远不会再出来，和无期徒刑有什么两样？！"

重光不由得冷笑了，指着唯鸿的遗像大声质问这父女俩："你们觉得这样对华医生公平吗？"

谢永镇吃力地转身看了看得意门生的遗像，张了张嘴巴想要说点什么，却眼前一黑，无声地倒了下去。

王重光坚持要再审视一次顾夏初。

在看护人员的引领下，他终于得以进入强制医疗区，走向那个房间。

无视旁边人员的喝止提醒，他在门前伫立了会儿抽了根烟。

房内传出咿咿呀呀的低语声，有婴儿的声音，还有男子的低音，房间里好像住着一家子人，正在窃窃私语。

"老婆你该睡了。"

"不急，老公，让我再抱她一会儿……你看孩子，多像你。"

重光听出来那个女子异常温柔的声音正是顾夏初的，他满腹疑惑，扔下烟头靠近铁门往里窥视，可映入眼帘的只有一道惨白的墙壁，一个人影儿也没有。诧异之间，一张凄白的脸忽然从门后的铁栅间倏地闪现，重光吓了一跳，倒退两步。

只见夏初飞快地从里伸出一只手，死死抓住了他的衣角，用近乎讨好的眼神哀怜道："你终于肯来看我了？"

她的眼神疯狂凌乱，让人不忍端详，重光急忙忙推开她的手，不知

谁
是
姑
获
鸟

309

道该说什么。对一个疯子，他能说什么呢？

"不，不，你不要走，"她抓住了重光的手，"我不恨你了。"

重光明白，她是把自己当做死去的那个人了。他慢慢抽回手去，心头灌了铅似的沉重。

出乎意料，顾夏初并没有坚持，也没有因为他的离开而尖叫，走下楼梯的那一瞬，他不由得回头又看了她一眼，只见她靠在铁门上，微微垂首看着自己微微隆起的肚皮，自言自语道："你看，它又回来啦……这次它不会走啦，我们永远在一起了。"

她的叹息一点点钻进重光的耳朵里，幽怨凄恻的身影在重光的脑海中深深定格，像极了画中那只鲜血淋漓的姑获鸟。

康德医院出奇的安静。

夏初站在窗前，风吹起她身上薄薄的雪纺纱裙，阳光下，微微隆起的腹部若隐若现。

她对着日光喃喃："还记得我们第一次牵手的夏天吗？我等你足足一年。你放假回来，我们去海边。我穿着你妈妈亲手给我缝制的花裙子，白色的底，大大的黄色百合花，我很喜欢。你说我站在崖上，像飘浮海上的蝴蝶，风一吹就会走……"

时光犹如一道装载无数年岁风景的长廊，在眼前打开。冥冥之中的他怎会不记得？那个夏天停留在他脚下，从未离去。

碧蓝的海，闪烁着宝石般璀璨的银亮光芒，散发着浓稠粉香的涩李层层开放，将山坡染作一波一波的白色，风过处，若白色的雪浪起伏。他踩着夕阳晕染的晚霞，迈着踌躇满志的开阔步伐回家。海风的腥咸，催开他在书香中麻木已久的知觉，让他兴奋，有着豁然开朗的快意。

远远的，她从挂满绿网，沾满海苔和紫菜的渔船上跳下来，鸟儿一般掠过沙滩蹿进他怀里，引来渔民注目。

那个杜鹃、海棠、野生牡丹、白李染就的彩色斑斓的琉璃岛的夏天，是他们一生永远无法抹灭的亮色。

台风来袭，奔腾的海水漫过沙滩和简陋的堤岸，水漫金山一般袭进散落的渔村，跨过每一家的门坎，浸泡着那些泥房子的平地和白漆斑驳的墙面。

他和她，被堵在了深黑的树林里面，惶恐惊惧。看着大自然的咆哮力量将那些巨大的樟树、松树、柳树连根劈倒吹断。长满绿叶的树枝带着湿漉漉的雨水从天而降，向他们砸去。他抱着她，无处可去。灰色的野兔和松鼠，彩色的山鸡，乃至流浪在外的狗和鸡鸭都在林间四处逃窜。

她伏在他的胸前，心怦怦直跳。眼睛明亮，带着水样的波光，仿佛那里随时会有透明的珍珠落下来。

"我们要永远在一起。"他在她的耳边轻轻说道。

谁是姑获鸟

图书在版编目(CIP)数据

姑获鸟/媿嬹著.—上海：上海人民出版社，2015
ISBN 978-7-208-13217-7

Ⅰ.①姑…　Ⅱ.①媿…　Ⅲ.①长篇小说-中国-当代
Ⅳ.①I247.5

中国版本图书馆 CIP 数据核字(2015)第 177676 号

出 品 人　邵　敏
责任编辑　邵　敏　方蔚楠
封面装帧　尘　曦

世纪文睿出品

姑获鸟
媿嬹 著

出　　版　世纪出版集团 上海人*民出版社*
　　　　　（200001　上海福建中路 193 号　www.shsjwr.com）
出　　品　世纪出版股份有限公司上海世纪文睿文化传播分公司
发　　行　世纪出版股份有限公司发行中心
印　　刷　上海商务联西印刷有限公司
开　　本　720×1000　1/16
印　　张　20
插　　页　1
字　　数　270,000
版　　次　2015 年 8 月第 1 版
印　　次　2015 年 8 月第 1 次印刷
ＩＳＢＮ　978-7-208-13217-7/I·1424
定　　价　38.00 元